西遊妖物志

趙爽 著

序

這是一本「混搭」的《西遊記》讀書筆記。

《西遊記》本就包含相當豐富的「混搭」。小說文本中，神魔、凡人、佛道儒家、文化、科學，你中有我，我中有你，細細品讀，如入寶山，目眩神迷；跳出文本，「取經故事」演進之中，移花接木、借屍還魂、層疊嵌套、搏土重塑，找尋這些「痕跡」，樂趣甚於神探斷案；在此基礎之上，再由「動物世界」角度去閱讀，往往有出乎意料的驚喜。這些正是筆者邊讀、邊學、邊寫的親歷感受，大膽拿出來與讀者諸君分享。至於「混搭」不可避免的跳脫生澀，以及因自身學養之限造成的各種淺見，萬望海涵。

本書共三十變，討論《西遊記》的大部分「動物妖精」。除了前三變討論的是「取經團隊」的成員孫悟空、豬八戒、沙和尚與白龍馬（二者合為一變，因為沙和尚「非動物」），之後基本上是按照「動物妖精」在原著中的出場順序來布局。有的章節用了「合傳」，討論一種或一類動物，例如〈從青獅怪說起〉，涉及「獅子成精」的三個故事——烏雞國、獅駝嶺、玉華州；〈不出彩的老虎〉說到小說中出現的八隻老虎；〈七蟲之禍〉講了「蜘蛛精」的七個「乾兒子」——七種小蟲，順便說了說孫悟空常常會變的幾種小蟲子。還有少量章節是「家族合傳」，例如〈牛魔王家族〉、〈「佛親」家族〉（大鵬鳥家族）。

做為神魔小說，《西遊記》有相當一部分動物並非真實存在，而是傳說中的動物，例如龍和龍的「九子」、鳳凰、麒麟等，在原著中所占比重很高，因此這些「神奇動物」都在本書的討論之列。當然，所有動物妖精甚至動物神仙，牠們的動物特徵都是小說作者為了故事豐富性而「起用」的一些有趣「素材」，小說更多賦予了牠們人的心理、性格，甚至影射當時的某種社會現狀，本書在相關章節中也做了簡單討論，例如〈「白鹿精」的隱喻〉。

有些角色在本書沒有專題討論，例如唐長老。真實版的西天取經，主角玄奘大師是一位非常了不起的人物，不過在取經故事的演進之中，大師的主角地位逐漸被降妖伏魔的孫行者取代，而小說《西遊記》中的唐僧，與玄奘大師的差距已經相當大。不過本書不為唐長老獨立一章，主要因為他是一個「凡人」，而非動物精怪。小說文本中，唐長老的七情六欲、優點缺點，是伴隨妖精們依次登場而展現出來，因此唐長老和孫悟空、豬八戒一樣，會在本書的很多章節中進行討論。

九九八十一難，有些「難」是由仙、佛、凡人製造出來，例如「四聖試禪心」、「人參果」、「女兒國」、「滅法國」、「鳳仙郡」、「銅臺縣寇員外」等；有些妖魔的原型並非動物，例如白虎嶺的白骨精（白骨成精）、小西天的黃眉老佛（彌勒佛的黃眉童子）、荊棘嶺眾樹精（植物成精）——以上這些都沒有專門的章節討論，而是在相關的章節中有所涉及。

好吧，不再贅述，一起進入「西遊動物世界」，一起體驗探尋之樂！

目錄

Contents

第一變
大聖，你到底是誰？

猴子這類動物總是有點與眾不同，創作於五百多年前的小說《西遊記》，已經把牠們，特別是把孫悟空和其他物種區別開來。先來看一個概念——「五蟲」。

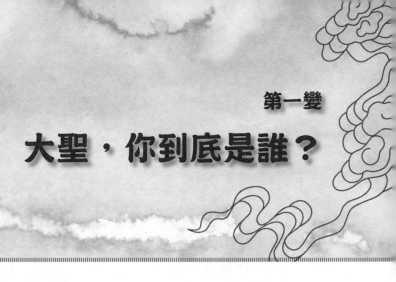

「五蟲」與「靈長」

話說東勝神洲傲來國花果山的那隻天產石猴，自從發現水簾洞，當上「美猴王」，一直和眾猴過得很快樂，一過就過了三、五百年。突然有一天，美猴王想到一個特別可怕的問題——自己會在將來的某一時刻死去，於是就開始哭，眾猴得知原委後也跟著哭。這時，手下一隻通臂猿猴提出一個說法：「如今五蟲之內，惟有三等名色，不伏閻王老子所管……乃是佛與仙與神聖三者，躲過輪迴，不生不滅，與天地山川齊壽。」

這是「五蟲」的概念第一次在書中提出，有些版本的《西遊記》會有注釋：一般認為，人為「倮（裸）蟲」，獸為「毛

〔明〕文俶／繪，《金石昆蟲草木狀》的獮猴

蟲」，禽為「羽蟲」，魚為「鱗蟲」，蟲子之類的是「介蟲」，是為五蟲。從通臂猿猴的話來看，包括美猴王在內的猿猴，也包含在五蟲之內，無法像神、仙、佛一樣不生不滅、躲過輪迴。

這隻通臂猿猴顯然是猿猴中的智者，不過從後文來看，牠所掌握的五蟲知識，只是個「大概其」，不特別準確。

且看第二個場景。

孫悟空從須菩提祖師處「學成」歸來，結交牛魔王等六位魔王，常飲酒歡聚，一日醉酒酣睡之時，卻被兩個鬼使帶到「幽冥界」。孫悟空惱怒之下打上森羅殿，將自己和許多猿猴的名字從「生死簿」上畫掉，即所謂「九幽十類盡除名」。不過，這本記錄孫悟空和其他猿猴名字的簿子卻不在五蟲之中：「裸蟲、毛蟲、羽蟲、昆蟲（即『介蟲』）、鱗介（說『鱗蟲』更準確）之屬，俱無他名。又看到猴屬之類，原來這猴似人相，不入人名；似裸蟲，不居國界；似走獸，不伏麒麟管；似飛禽，不受鳳凰轄。另有個簿子。悟空親自檢閱，直到那魂字一千三百五十號上，方注著孫悟空名字，乃天產石猴，該壽三百四十二歲，善終。」陰曹地府的「官方」分類，應該更準確一些，因為猿猴與五蟲都不像，所以不在五蟲之列，需要另外造冊。

五蟲的概念再次出現是在「真假美猴王」一段，兩隻猴上天入地找人辨真假，最終鬧到如來佛祖那裡，佛祖不慌不忙地替大家上了一堂科普課：

「周天之內有五仙：乃天、地、神、人、鬼。有五蟲：乃蠃（即『倮蟲』、『裸蟲』）、鱗、毛、羽、昆（即『介蟲』）。」「五仙」加五蟲，湊成「十類」，而十類之外，「又有四猴混世，不入十類之種。」這四種特殊的猴子是：「第一是靈明石猴，通變化，識天時，知地利，移星換斗。第二是赤尻馬猴，曉陰陽，會人事，善出入，避死延生。第三是通臂猿猴，拿日月，縮千山，辨休咎，乾坤摩弄。第四是六耳獼猴，善聆音，能察理，知前後，萬物皆明。」真悟空應該就是第一類「靈明石猴」，而假悟空，佛祖指出是「六耳獼猴」。

從以上三種大同而小異的「五蟲」、「三界」、「十類」、「四猴」之說可以看出，古人早就發現猿猴這類動物與眾不同，很難歸類，所以才把牠們單獨列出來。

今天，從現代動物分類學的角度來看，猿猴類因為和人類有著較近的親緣關係，所以被劃入「靈長目」——人類也在此目之下，所謂「萬物之靈長」。

靈長類是個大家族，現存的種類不算少。比較「原始」的猴子在外形上和人類、甚至和其他猴子都不太像，例如在非洲馬達加斯加島分布最多的各種狐猴，臉和狐狸很像。動畫片《馬達加斯加》的四位主角中，就有一隻狐猴。

我們在動物園經常見到的尾巴黑白相間的節尾狐猴，也是一種狐猴。

還有一種身體很小、眼睛巨大的「眼鏡猴」，喜歡在夜間活動。

猿猴類和人親緣關係最近的是非洲黑猩猩，研究表明，牠們有將近百分之九十九的基因和人類相似。幼年期的黑猩猩，很多行為和人類的小孩子很接近。

如來佛提到的「四猴」，有兩種是真實存在，一種是通臂猿猴，一種是赤尻馬猴。牠們是大聖在水簾洞的四健將，各兩隻，叫做「馬流二元帥」、「崩芭二將軍」。出場時就是「老猴」，年紀應該比大聖大得多，也確實見多識廣。早期大聖初創家業時，牠們經常給出好主意。第一個主意就是那隻通臂猿猴出的，大王要長生，應該去外面尋仙訪道；第二個主意是四隻老猴一起出的，為了壯大山寨，大王應該去傲來國借兵器（其實就是弄一陣風，「搶」來兵器）；第三個主意，大王的兵器可以去東海龍宮找（結果大聖找來金箍棒）。「四健將」應該就是生死簿上被銷名的長壽者，孫大聖被壓在五行山下五百年，以及後來隨唐僧取經，牠們一直負責管理山洞，讓大聖總有個「家」想念——豬八戒不是評論過嗎？好大一份家業，換了我也不去取經。是啊，花果山比高老莊的家業大多了，也興旺多了，多虧四健將的治理。

通臂猿猴的「原型猴兒」應該是——長臂猿，長胳膊使牠們更容易攀爬。中國境內有好幾種長臂猿，例如白頰長臂猿、白眉長臂猿等。牠們的叫聲淒婉，記得那句詩嗎？「兩岸猿聲啼不住」。順便提一句，「猿」比猴進化不少，和大猩猩、黑猩猩屬於一大類，牠們在外形上和猴有個最大的區別——沒有尾巴。

再說說赤尻馬猴，其實關於牠最有名的一句話來自《紅樓夢》——呆霸王薛蟠說：「女兒愁，繡房鑽出個大馬猴。」馬猴，學名叫山魈。我們在迪士尼動畫片《獅子王》見過牠，就是替小獅子施洗禮，又會點巫術和中國功夫的老猴子，牠有一個分外醒目的彩色大鼻子。

至於四猴中的另外兩種猴子，石頭縫裡蹦出的「靈明石猴」，就是孫悟空，還有「六耳獼猴」，這兩種在靈長目裡找不到，因為牠們不是真實存在的物種，而是吳承恩先生創造出來的藝術形象。不過，孫悟空在動物界還是有原型猴子。

〔宋〕牧谿／繪，《猿猴圖》

「金猴」與「哈奴曼」

關於孫悟空的動物原型，有人認為是——金絲猴。曾有一部動畫片叫《金猴降妖》（講「三打白骨精」的故事），「金絲猴」之說有可能是由這個「金猴」衍生出來。

中國有三種金絲猴：滇金絲猴、黔金絲猴、川金絲猴。滇金絲猴主要生活在雲南維西縣海拔二千公尺以上的冷杉林，以冷杉上的地衣植物松蘿為食，最突出的特點是牠們紅紅的嘴脣，不過毛色其實是從頭頂到身上漸變的灰色。黔金絲猴主要生活在貴州梵淨山，頭部的毛是金黃色，身上的毛偏灰褐色。川金絲猴分布在四川、陝西、湖北交界的大山之中，湖北的神農架、陝西的周至都是牠們著名的棲息地。川金絲猴是這三種金絲猴中毛色最漂亮的，尤其是公猴，渾身金光閃閃，面孔則是淡淡的藍色，實在美得令人驚嘆。外國人最早在中國外銷的瓷器上見到川金絲猴，曾經以為牠們是藝術形象，並非真實存在。這種驚人的美豔倒和「美猴王」之名挺相稱，因此有人認為孫悟空的原型就是金絲猴中的川金絲猴。

只是小說裡的孫大聖和金絲猴長得不是很像，雖然孫悟空有很多和「金」有關的「配件」，例如一出生就發出兩道金光、震動天庭的一雙眼睛（後來煉成「火眼金睛」），威力無比的「如意金箍棒」，當大聖時的紫金冠、鎖子黃金甲和當和尚之後的「緊箍兒」，但偏偏沒有寫過牠的毛色是金色的。還有川金絲猴鼻孔朝天（其實以上三種金絲猴都是），而孫大聖的鼻孔是否朝天，原著中也沒有寫。

從另一個角度說，如果孫悟空一身金毛、鼻孔朝天，可是很顯眼的外貌特徵，原著怎麼會不提呢？

其實「金猴」一詞，應該源於小說中孫悟空的一個稱呼「金公」，本意不是指孫悟空的毛色是金黃，而是從五行來說猴屬金，所以《西遊記》常用金公來代指悟空，而用「木母」代指八戒（豬屬木）。

金絲猴說不太可靠，而另一種說法認為孫悟空的原型在印度——印度神話中有一隻神猴名叫「哈奴曼」，神通廣大，有移山倒海之能。二〇一六年，北京的首都博物館舉辦過一場印度文物的展覽，其中有一個哈奴曼的塑像，看上去真的很像孫悟空，頭上有一個類似「緊箍兒」的頭飾！而哈奴曼的動物原型是印度長尾猴。這種猴子在印度很常見——經常滿大街溜達，完全不怕人。

不過有很多學者認為，孫悟空的原型並非哈奴曼，不僅因為他不是「中國原產」，更重要的是，哈奴曼和孫悟空的性格差異頗大。哈奴曼本領高強，完成很多別的神祇不能完成的任務，但性格卻是馴順聽話型，而孫悟空正好相反，追求無拘無束，玉帝、如來都敢反抗，這種性格在哈奴曼身上找不到，倒是在另一隻「中國國產猴」——無支祁的身上能發現一些孫悟空的影子。無支祁是誰？從無支祁的角度看來，孫悟空的「原型猴」又是什麼猴呢？來關注一下「大聖」這個稱呼。

那隻叫「大聖」的猴子

「大聖」是孫悟空最得意的稱呼，代表著他輝煌的過往。其實這個稱號在小說《西遊記》誕生前，已經存在好久，而且叫大聖的大多是猴精。

宋、元時期的話本小說《陳巡檢梅嶺失妻記》的猴精「申陽公」就叫「齊天大聖」，共有兄弟姊妹四人，「弟兄三人：一個是通天大聖，一個是彌天大聖，一個是齊天大聖。小妹便是泗州聖母」。

元代雜劇《二郎神鎖齊天大聖》的「齊天大聖」自報家門：「吾神三人，姊妹五個：大哥哥通天大聖，吾神乃齊天大聖，姊姊是龜山水母，妹子鐵色獮猴，兄弟是耍耍三郎。」

元末明初楊景賢的《西遊記》雜劇中，主角是「通天大聖」，而非「齊天大聖」，他的家族成員「大姐驪山老母，二妹巫枝祇聖母，大兄齊天大聖，小聖通天大聖，三弟耍耍三郎」。

〔清〕京劇《泗州城》的水母娘娘

這三部作品中，「大聖」家的兄弟姊妹略有不同，楊景賢《西遊記》甚至把「驪山老母」（即「黎山老母」，小說《西遊記》中與觀音、文殊、普賢三位菩薩一起化作母女四人試探過唐僧師徒）也拉進來做了「大姊」，不過，齊天大聖、通天大聖這兩個非常近似的稱號已經都有了。而《二郎神鎖齊天大聖》中，「耍耍三郎」出場時，居然說自己是「耍耍三郎孫行者」——「大聖」一家，在這時已經姓「孫」了。

不過，以上三部作品中最值得注意的細節是，「泗州聖母」、「龜山水母」和「巫枝祇聖母」，其實指的是同一個「妖」——吳承恩老家淮安附近著名的淮河水怪「無支祁」。淮河在古時是特別能「搗亂」的河流之一，傳說就是無支祁在興風作浪。無支祁長得和猿猴很相似，本領高強，大禹治水時，費了好大的力氣才把他抓住，用大鐵鍊鎖在盱眙的龜山下。後來的故事演變中，無支祁的性別逐漸固定為女性，因為水屬陰，所以才有了「龜山水母」、「巫枝祇聖母」、「泗洲聖母」等稱呼。

無支祁在小說《西遊記》其實是提到過的，「小西天」一段，孫悟空想要搬救兵，日值功曹就給他出主意，去盱眙山玭城（盱眙的古稱，又稱「泗州」）請大聖國師王菩薩和他的徒弟小張太子，說他們「曾降伏水母娘娘」。當孫悟空見到國師王菩薩時，菩薩卻說自己去不了，只能派小張太子去：「時值初夏，正淮水泛漲之時。新收了水猿大聖，那廝遇水即興；恐我去後，他乘空生頑，無神可治。」這裡的「水母娘娘」、「水猿大聖」，指的應該都是淮河水怪無支祁或由她演化出的水怪。至於「大聖國師王菩薩」，指的是唐朝一位叫做「僧伽」的高僧，相傳他因降伏淮河水妖，被朝廷封為「泗州大聖」。

雖然很多人認為無支祁是女性，但她這種特別能搗亂的個性，還有最終被降伏壓在山下的經歷，和孫悟空很相像，所以從魯迅先生開始，認為孫悟空的原型是無支祁的學者很多。

當然，從「妹子鐵色獼猴」這個角色，可以推測出「齊天大聖」這一家子兄弟姊妹，高機率都是「獼猴精」。獼猴在中國分布範圍很廣，自古至今都有耍猴兒的習俗，耍的就是獼猴。在沒有公共動物園的古代，人們見過最多的猴子應該就是牠。

從「人」到「猴」

除了大聖，孫悟空還有很多名字。出世時的名字是「石猴」；發現水簾洞被尊為王，將石字隱去，稱為「美猴王」；拜須菩提祖師為師，祖師看他長得像個「猢猻」，就給他起名「孫悟空」；初到天宮，被封「弼馬溫」，這名字是他的「軟肋」，誰提他和誰吵；跟隨唐僧後，正式使用孫悟空的名字，諱名「行者」或「孫行者」，當然，八戒、沙僧、白龍馬都叫他「大師兄」、「猴哥」，而他對師父、師弟及各種熟人，自稱「老孫」，對妖精則喜歡自稱「外公」。

這些可以說是吳承恩版《西遊記》之前猴子名字的一次「總集合」，從中能理出孫悟空形象的演進過程。

唐僧取經的真實故事發生在唐朝太宗年間，唐僧法名玄奘，俗家姓陳名禕，後世一般尊稱為「三藏法師」。

有一種說法，真實版的玄奘大師真的有一個叫「悟空」的徒弟！而且收悟空的地點，和《西遊記》提到的兩界山（五行山）有類比關係——是當時大唐邊界的「瓜州」。此瓜州不是《杜十娘怒沉百寶箱》裡長江邊的瓜州古渡，而是今天甘肅酒泉的瓜州縣，在「春風不度玉門關」的玉門關附近。

玄奘的弟子為他寫的《大唐大慈恩寺三藏法師傳》，記載玄奘到達瓜州時發生的一段故事。玄奘取經其實沒有奉唐太宗的聖旨，還被認為「御弟」，而純粹屬於偷渡。當時唐朝建立的時間不長，邊界很不安定，所以朝廷禁止人員隨便出境。玄奘一心要去天竺「那爛陀寺」求學，只有偷渡一條路，不僅要躲避官府的追捕，還要面臨自然的考驗。玄奘到了瓜州，打聽西去之路，發現真不是一般的難：出了瓜州，要渡過一條水流湍急的葫蘆河，才能到達玉門關；除了玉門關有重兵把守外，關外還有五座烽火臺，也就是「五烽」；過了五烽，則是一片荒涼的大戈壁沙漠，人稱「莫賀延磧」，只有過了莫賀延磧，才能到達那時候的「外國」。

聽起來似乎每一步都不可逾越，不過玄奘很幸運，在瓜州，他收了一個年輕的胡人石磐陀為徒弟。石磐陀是本地人，熟悉路徑，答應送玄奘過「五烽」，玄奘自然喜出望外。一開始很順利，石磐陀帶路，在距離玉門關十多里的地方就地取材，「遇水疊橋」，渡過葫蘆河，相當於繞過玉門關。可是當晚便生不測，「徒弟」居然悄悄揮刀想砍死玄奘！在玄奘的追問之下，石磐陀說前路太難走了，家裡還有家累等，不想去了；同時，他又擔心萬一玄奘被捉供出他來，也是死罪，所以想把玄奘殺了滅口。玄奘答應他，哪怕自己被捉住，被碎屍為塵埃，也不會供出他來（好毒的誓，比「碎屍萬段」還厲害），石磐陀才放下了刀。之後，師徒二人分道揚鑣。

很多人認為石磐陀就是「孫悟空」的原型。小說中，孫悟空剛剛皈依，因為打死六個強盜被唐僧罵，氣憤之下棄了唐僧想回花果山；東海龍王勸回後，被騙戴上緊箍，又想暗中偷襲打死唐僧，這故事和石磐陀的故事是不是有點像？石磐陀有始無終，不過有名、有姓、有故事基礎，讓他在後來的西遊故事裡經過「從人到猴」的轉變，成了——「猴行者」。

有圖有真相——「猴行者」真真實實地出現在西夏時期的壁畫中，而且不只一幅。今天瓜州縣的東千佛洞和榆林窟是敦煌莫高窟的姊妹窟，壁畫中有好幾幅畫了「玄奘取經」的故事，畫中唐僧、白馬（對，「白龍馬」的原型也在這一段出現，後文將專題講述）的旁邊就站著猴臉人身、酷似孫悟空的人。這個猴行者還戴著髮箍——髮箍倒並不少見，因為帶髮修行的「頭陀」（也叫「行者」），頭上本

甘肅省酒泉市瓜州縣東千佛洞第二窟南壁西側壁畫，《唐僧取經圖》的行者

來就會戴個箍，例如著名的「行者武松」。

有學者認為，瓜州的壁畫是照著南宋話本《大唐三藏取經詩話》（也有人說是元代的）畫的。的確，這個話本的第二章，玄奘法師啟程不久，遇到一個白衣秀才，自稱是「花果山紫雲洞八萬四千銅頭鐵額獮猴王」，說要助他取經。玄奘收他為徒，改名為「猴行者」。不

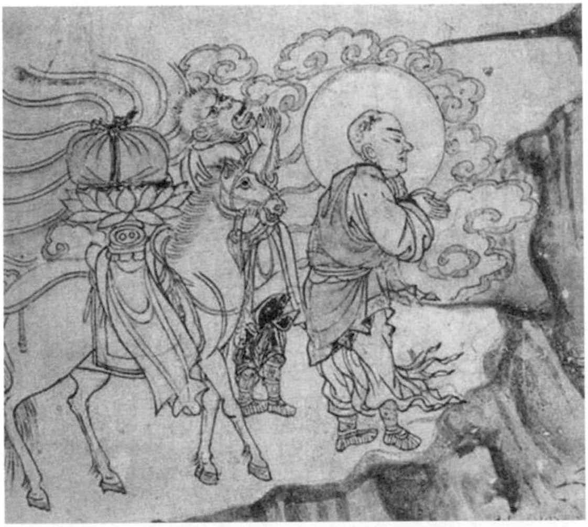

甘肅省酒泉市瓜州縣東千佛洞榆林窟第三窟壁畫上的玄奘取經圖

山西省稷山縣青龍寺大雄寶殿拱眼處唐僧取經壁畫

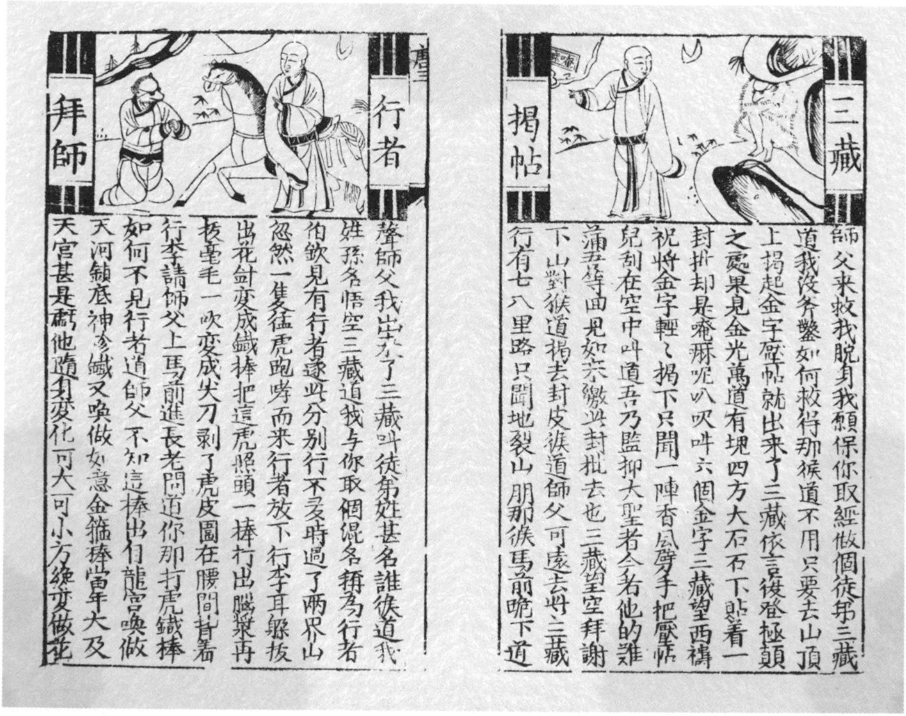

〔明〕《新鍥三藏出身全傳》，悟空拜師

過也可能在《大唐三藏取經詩話》之前，猴行者的故事在瓜州已經流傳很久了。石磐陀是胡人，在中原人看來，他們都是深目削頰卷髮（頭髮顏色很可能不同），和「猢猻」——猴子的長相有點類似。我們甚至可以再多想一點，「石磐陀」之「石」會不會給了吳承恩靈感，聯想到和「石頭」有關的神話傳說（那可是太多了，例如女媧補天，禹的兒子啟從母親塗山氏所化的石頭中生出等），最終演繹出花果山天產「石猴」這個故事。

至於「悟空」這個名字也不全是空穴來風，悟空是比玄奘晚幾十年的另一位唐代高僧，原是一名武官，在去西域的途中得了一場「馬瘟」（很巧，孫悟空在天庭最早的官職是「弼馬溫」）。馬瘟危及生命，為了活命，這位武官只得出家。沒想到病奇蹟般地好了，武官就拜在當地「三藏法師」門下，法名「法界」。注意，這位「三藏法師」不是玄奘，是另一位同一稱號的高僧。實際上，三藏法師是一種尊稱，指的是精通佛法聖典「經」、「律」、「論」這「三藏」的高僧當然不只一位。法界後來跟隨三藏法師到印度去取經，當他返回長安時，當時的皇帝唐德宗賜他法名「悟空」。就這樣以訛傳訛，很多人以為「悟空」是玄奘的徒弟，並把這個名字安在「猴行者」身上。

重塑孫行者

繞來繞去，總算將孫行者的原型動物和文學形象的源流說了個大概。不過，吳承恩版《西遊記》不僅是之前取經故事的總結，更是提升和重塑。這麼說吧，如果沒有吳承恩「重塑」出來的「孫行者」，今天猴家族的文化地位想必會下降不少。吳版《西遊記》之前故事中的猴子，不管和取經有沒有關係，大多都是有缺陷甚至有惡名。

例如被視為孫行者原型的無支祁，不論性別是男是女，反正是個喜歡興風作浪的水妖，而做為「鎮壓」他或她的大禹或僧伽，都代表正義的一方。而吳版《西遊記》之前出現的各種大聖（通天大聖、齊天大聖等），大多有小偷小摸的毛病，偷老君的金丹、玉帝的仙酒……不僅偷，還搶——搶人家的老婆。

話說古時候有一個叫歐陽紇的人，漂亮的妻子被一隻白猿搶走。歐陽紇千辛萬苦終於找到白猿的洞穴，設計殺死白猿。不過此時，歐陽紇的妻子已經懷孕，後來生下的兒子長得像猴子……

這個故事出自唐傳奇《補江總白猿傳》，其實帶有人身攻擊性質。唐代著名書法家歐陽詢的父親就是歐陽紇，而據說歐陽詢面目醜陋、尖嘴猴腮……小說創作者的初衷大概是想「噁心」一下歐陽詢，不過作品本身還是很有特色，是早期「猿猴搶親」故事中最著名的一個。

前面提到的宋元話本《陳巡檢梅嶺失妻記》，陳巡檢的妻子被猴精申陽公「齊天大聖」搶走，不過陳妻寧死不從，沒有失身，這當然是為了照顧人們的貞潔觀。

楊景賢雜劇《西遊記》「通天大聖」的老婆也是搶來的，是金鼎國的公主。為了討好老婆，通天大聖還去偷了王母的仙衣。接著，通天大聖被天兵天將擒拿，公主被送回家。這位通天大聖後來隨唐僧取經，時不時還會顯露出一些好色的本性，例如在女兒國，師徒四人被眾女子「圍困」求歡，逃脫後，他居然為自己沒「得手」而懊惱；為了「找補」一下，在「火焰山」狠狠地調戲了一番「鐵扇公主」（鐵扇公主在雜劇中還是單身）！

以上這些猴子的品行實在不怎麼樣，吳版《西遊記》雖然保留猴子們大聖的「曾用名」，但他們的故事卻被打散後重新排列組合，刪除和「轉移」很多元素，又注入許多新元素，最終塑造出一隻完全不同的猴子。

首先，把「好色」的行為「轉移」給豬八戒：在天上調戲嫦娥，在凡間強霸高小姐，取經一路，好色的毛病時有發作。實際上，對取經團隊來說，「色念」是一大考驗，既然要唐僧、孫悟空包括沙僧都「乾乾淨淨」，這個毛病只能扔給「呆子」。而以呆子的整體人設來看，好色在他身上，只是「缺點」而不是「惡行」。至於更加惡劣的「搶親」行為，則移植到了「寶象國黃袍怪」、「朱紫國賽太歲」等故事中。

然後，從無支祁那裡移植來猴子的身分和無邊法力，而像興風作浪、塗炭生靈之類的「壞事」，則轉移到了「通天河靈感大王」等故事裡。

至於「偷盜」，敘述方式和以前很不同。偷蟠桃、盜御酒、偷仙丹，禍闖得很大，可是——偷玉皇大帝、王母娘娘、太上老君的東西，說到底只是挑戰「權威」、冒犯至尊，不會妨礙到弱小者；反而是那些「至尊」們，只因為一點吃的、喝的，就天羅地網、十面埋伏來捉人，太小題大做了！所以孫悟空闖下天大的禍，我們反而看得津津有味——就像一個好奇心重又喜歡惡作劇的孩子，完成那些別人想做但不敢做的事，可惱可恨，但也很可愛。

如此重塑後，取經「正片」中的孫悟空，變得有始有終、有情有義、疾惡如仇……這些大家說了很多年的優點就不多說了，且說說他的缺點，往往與「猴脾氣」有關。

性急多動。

這來自猴子好動的天性。大多數猴子的主要生活空間在樹上，手腳並用，迅速敏捷，沒人計算過牠們每天在樹上要「遷移」多遠，反正普通人在樹下跟蹤是很難跟上的。這種「沒半刻寧時」的生活狀態，自然不會鍛鍊出多好的耐性。在流沙河，孫猴子和八戒商量好，由八戒將「妖精」沙和尚引上岸再打，可是他們剛在水中露頭，鐵棒子就打下去。結果妖精學乖了，「貓」在水裡不出來。在五莊觀，猴子受不得清風、明月兩句損話，一怒之下就推倒「天下靈根」人參果樹。人說猴急，說的就是牠。

惡作劇。

前面說過，猿猴們的智力水準、行為習慣和人的童年時期差不多，其中包括「惡作劇」。話說研究非洲叢林黑猩猩的英國女科學家珍·古德（Jane Goodall），某次發現黑猩猩們「拜訪」她的帳篷，把東西都翻了出來，搞得亂七八糟。珍不以為忤，她認為黑猩猩在

「惡搞」當中玩得很開心，而牠們能到她家來拜訪，說明已經「不把她當外人」。某種意義上說，孫悟空「大鬧天宮」闖的那些禍也是惡作劇，想表示「看看我的本事有多大，天戳個窟窿也不怕」。俗語說：「淘小子出好的，淘丫頭出巧的。」孫悟空在取經路上降妖除魔，往往也是出奇制勝，都是「淘猴子」才能想出的歪點子。例如為了降伏高老莊的「妖精女婿」，變成「高小姐」來套妖精的話；在車遲國，半夜叫八戒、沙僧起來變「三清」吃東西、玩「顯聖」，最終讓虎力等三仙拿猴尿、豬尿當「仙水」喝；在朱紫國，和妖精玩「雌雄鈴鐺」的遊戲（實際上是真假鈴鐺）。

猴子的惡作劇還有一大功用，就是捉弄豬八戒。「呆子」到底上了多少回當，真是數也數不清。好在這些惡搞不過是詐點私房錢（獅駝嶺）、讓呆子多出點力巡山打妖精（平頂山）等，無傷大雅。呆子的本性還是寬厚的，不怎麼記仇；而呆子一旦真的被捉進妖洞，大師兄自然會出手相救。這點惡作劇倒是增進哥倆的感情，也為我們貢獻了很多笑料。

當然，孫悟空的「缺點」或者說「特點」，不是他的猴子本性就能概括，還有相當多缺點，其實就是人的缺點。

最突出的例如——好面子。「孫大聖」是他最自我陶醉的稱呼，「弼馬溫」是他最忌諱的過往，二者都是百發百中，雖然不是驢，卻是天生的順毛。再大的事，只要幾句好話都好辦。「無底洞」一回，李天王因為一時性急，沒問清楚就把孫行者綁了起來，搞明白後人家要解繩子，孫行者一陣撒潑耍賴、不依不饒，卻禁不得太白金星曉之以理、動之以情的幾句好話，立刻「投降」。反過來，妖精一旦叫「弼馬溫」，他掄鐵棒就揍。

好名。

好面子自然就特別在意自己的名聲，包括降妖的時候。「盤絲洞」一回，在濯垢泉看到幾個女妖在洗澡，覺得這樣打殺幾個女流會低了名頭，就變隻老鷹叼走她們的衣服。這些名聲不大好的降妖機會，他都「送」給豬八戒，可是結果呢，一般是妖沒降住，還會把「呆子」給搭進去——豬八戒想在濯垢泉占蜘蛛精的便宜，卻被她們的「超級蜘蛛網」弄個鼻青臉腫。更嚴重的是，蜘蛛精受了這一番「性騷擾」，又丟了到嘴邊的唐僧肉，對取經團隊恨之入骨，替後面蜈蚣精下毒埋下伏筆，類似情節在「隱霧山」等段落裡也有。

從玄奘取經到吳承恩的《西遊記》，九百多年的時間裡，這隻猴子逐漸取代玄奘成為取經故事的主角，又經過「八卦爐」一般艱難的淬火「重塑」，最終定型為有猴的特點也有人的缺陷、人見人愛的孫悟空，完全能夠勝任百回巨著的絕對男一號。下一個問題是，他的搭檔為什麼是一頭「豬」？

第二變

「豬」從何處來？

話說東勝神洲傲來國海外有一山名花果山，山上有一塊天產仙石，一日雷電交加，石頭崩裂，爬出來一隻——豬！

以上摘自漫畫家蔡志忠的《西遊記》，下一幅畫面是：一隻豬作挑燈寫小說狀，回頭咧嘴笑道：對不起，如果不喜歡，就改回猴子好了。

開個玩笑。孫悟空是當之無愧的第一男主角，但大家有沒有想過為什麼要給他搭配一隻豬，而不是別的動物呢？

錯投豬胎

豬八戒雖是二師兄，但從歷史源流來說，他卻是「取經團隊」中最晚出現的角色。真實版玄奘取經的「瓜州－莫賀延磧」段落中，孫悟空、白龍馬、沙和尚的原型都已經出現（後兩個下一章會詳細講述）。西夏時期（一〇三八年～一二二七年，相當於北宋中後期到南宋時期）的取經壁畫中，真人「石磐陀」

〔清〕陳士斌／詮解，《西遊真詮》的豬悟能

已經「轉化」為猴行者，而相隔一百年甚至更長時間，在一件元代磁州窯出產的「唐僧取經」瓷枕上（現藏於廣州博物館），「取經團隊」才成為「師徒四人」，走在佇列第一個的是孫悟空，第二個看得出很明顯的豬嘴和手執的「釘鈀」，就是豬八戒。這隻出現得這麼晚的「豬」，到底是什麼來頭呢？

小說《西遊記》中，觀音菩薩在尋找取經人的途中遇到豬精「豬剛鬣」，說自己本是「凡人」，修道成仙後受封

「天蓬元帥」，犯罪被貶，下界錯投豬胎變成一隻豬。這個說法有不少人表示懷疑。

按照「投胎」的既定「程序」來說，投胎後不會對前世有記憶，因為會喝「孟婆湯」或用其他方法抹去記憶。例如唐僧就不記得做「金蟬長老」時的任何事，都是別人、孫悟空或如來佛告訴他前世如何。而這個豬精在天庭「犯罪」的經過卻記得清清楚楚，這不大對啊。

此外，豬剛鬣的這段敘述中，還有一件觸目驚心的「血案」——他錯投豬胎後，咬死母豬和同一窩出生的小豬。表面看來，這一句血腥味很重的話，除了有嚇到觀音菩薩的風險，說不說沒什麼必要，如今關於《西遊記》的影視作品等，敘述到豬八戒的來歷時，都很自然地刪除這個血案。吳承恩為什麼要寫上這麼一句呢？和豬剛鬣「自述」中其他的疑點有什麼關聯嗎？

其實，小說中豬八戒的自述不是只有這一處，後文「隱霧山」一段，豬八戒說給花豹精的自述，和說給觀音菩薩的自述，就有不少出入，透露出一些資訊。

這一段自述的第一句是：「巨口獠牙神力大，玉皇升我天蓬帥。」看上去好像他做天蓬元帥前就是「巨口獠牙」，這些特徵實在不太像人的特徵，而像是——野豬。第二處，豬八戒說他調戲嫦娥後，還借酒撒瘋大鬧天庭，「一嘴拱倒斗牛宮，吃了王母靈芝菜。」「拱」這個動作，人基本上不會做，而豬最在行了。再看「天蓬遭貶」的經過：「玉皇親打兩千鎚，把吾貶下三天界。教吾立志養元神，下方卻又為妖怪。」根本沒提「錯投豬胎」這回事。

豬八戒是不是說謊？他不是什麼「錯投豬胎」，他原本就是一隻豬，所以在天界酒醉調戲嫦娥未遂，才會「大鬧天庭」、「一嘴拱倒斗牛宮」？他所說的「遭貶下界」，其實就是被打回「原形」？

御車將軍

還是來看看現存最早、詳細描述豬八戒來歷的楊景賢雜劇《西遊記》。劇中，豬八戒出場時是這麼介紹自己的：「某乃摩利支天部下御車將軍。生於亥地，長自乾宮。搭琅地盜得金鈴，支楞地頓開金鎖。潛藏在黑風洞裡，隱顯在白霧坡前。生得喙長項闊，蹄硬鬣剛。」

「生詞」很多。

先看中間那句「搭琅地盜得金鈴」，「搭琅地」可以理解為一個象聲詞，就是「金鈴」的聲音，約等於「噹啷」。不過這個會搭琅響的金鈴，卻關聯著一段很有趣的故事。

據說有一位王生坐船回家時，在某處碼頭巧遇一美女。春宵一度，王生解下隨身帶的金鈴繫在美女的臂上。王生派人尾隨美女，見她進了一處人家。敲門詢問，這家人卻說家裡都

北京法海寺壁畫，摩利支天像

是男人，沒有女子。大家找來找去，終於發現圈裡的豬，前腿上繫著王生的金鈴！

美女是豬精，口味夠重。

這個「豬臂金鈴」的故事，出自東晉干寶的志怪小說集《搜神記》，是比較早關於豬精的故事。楊版《西遊記》引用這個故事，當然是要說明「這一個妖精」也是豬精，和「生於亥地」要表述的意思一致（豬的生肖對應的是「亥」）。至於「長自乾宮」，「乾」為天，「乾宮」就是天上，也就是說這隻豬來自天上。

下一句「支楞地頓開金鎖」，「支楞地」可以理解為一個象聲詞，是金鎖被「頓開」時發出的聲音，不過「頓開金鎖」這件事卻要和開頭那句「摩利支天部下御車將軍」放在一起理解。

「御車將軍」貌似是個車夫，他的「主人」、「摩利支天」是誰呢？

「摩利支天」是印度佛教中的一位菩薩，「摩利支」梵語的意思是「光明」，「天」就是「天神」的意思，所以她又被稱為「光明天母」。雖然名字如此高尚，但這位菩薩卻和豬脫不開干係。摩利支天的形象有時是三頭八臂或更多臂，三個頭中一定會有一個豬頭——不開玩笑，真的是豬頭，而且豬嘴很長，應該是野豬。有的圖像中，「摩利支天」是莊嚴而和善的女性形象，坐在一輛車上，但重點是——車前有一群小豬在拉車，這些小豬的數量是固定的數字，七頭或九頭。有時候，「摩利支天」還會騎在一頭大豬的身上！這些豬有時全為金色，有時全為黑色。

明白了吧，豬八戒所謂的「御車將軍」，並非車夫，而是「坐騎豬」或拉車的豬，和文殊菩薩的青獅、普賢菩薩的白象、觀音菩薩的金毛犼一樣。他的下界方式也和這幾位很像，「頓開金鎖」就是弄開自己脖子上的車籠頭、寵物鏈什麼的，勝利大逃亡了。

摩利支天這位菩薩為什麼這樣有個性，偏要騎著豬或坐著「豬車」到處溜達呢？據說和她的職責有關。前面提到摩利支的原意是「光明」，這位菩薩就是管理光明的使者，每天清晨伴隨著第一縷陽光出現，她就開始工作了，一整天與太陽同出同落。這麼一項辛苦的工作，菩薩總得有個座駕吧。恰好印度古代有一個習俗，天明之前要把家裡的公豬圈打掃乾淨，也就是說在黎明前，豬都醒了，所以摩利支天就選豬來幫她駕車。

豬，特別是野豬，在古代印度本來就是比較重要的動物。

印度教三大神之一的毗溼奴，就曾化身為一頭野豬戰勝妖魔，救出被鎖在海底的大地女神。和豬脫不了關係的摩利支天菩薩，在元代，她常被尚武的蒙古武士視為戰神、保護神到處供奉，所以她的「拉車豬」或「坐騎豬」私自下凡為妖，又成了唐僧的保鑣、徒弟，也是順理成章的事。

天蓬元帥

到了小說《西遊記》，豬八戒的「拉車豬」身分就消失了，轉而有一個很高貴的天界身分——天蓬元帥。這是因為由元入明，蒙古人崇拜的摩利支天不那麼受待見了，不過豬八戒天蓬元帥的新身分，還是和老主人摩利支天脫不了關係。

〔清〕銅鎏金摩利支天像

原來摩利支天菩薩傳入中土後，逐漸化身為道教中的重要角色——斗姥元君。所謂「斗姥」即北斗眾星的母親，傳說這位元君一共生了九個孩子，老大是「勾陳大帝」，老二是「紫微大帝」，其他七個就是北斗七星。且說老二紫微大帝，名氣很大，代表皇權，為歷代帝王所尊崇，位於「紫微垣」中，人稱「北極紫微大帝」。紫微大帝手下有四位護法大神，即所謂「北極四聖」，為首的就是「天蓬元帥」。有沒有可能斗姥元君的一頭拉車豬，透過老主人的關係，在紫微大帝這裡謀得天蓬元帥的位置呢？而到了小說《西遊記》中，因為北方從五行來說屬水，就給天蓬元帥造出「統帥天河八萬水軍」的職責。

天蓬元帥這個身分對豬剛鬣的重要性，就和齊天大聖對孫悟空、「捲簾大將」對沙和尚一樣，絕對是吹牛的最大資本。他曾對孫悟空變化的「高小姐」說：「就是你老子有虔心，請下九天蕩魔祖師下界，我也曾與他做過相識，他也不敢怎的我。」這位「九天蕩魔祖師」，就是後文「小西天」段落中派了龜蛇二將、五大神龍幫助孫悟空降妖的武當山真武大帝。在明朝，真武大帝的地位差不多僅次於玉皇大帝，不過在早期，這位大帝曾經是天蓬元帥的同事，在「北極四聖」中排名第四。

和九天蕩魔祖師的這種「同事友誼」，是天蓬元帥身分帶給豬剛鬣的眾多好處、資源之一，是可以好好吹一吹牛的；相反，拉車豬的身分則是他最不想提起的往事，就像「弼馬溫」之於孫悟空一樣。所以，他就編造出「錯投豬胎」的謊言，而咬死母豬和同窩小豬那段血腥細節，正是謊言的精彩部分。估計他是這麼想的，大家知道一頭母豬一胎要生七、八隻甚至二十來隻小豬，假如有人問起——你的「豬媽媽」和「豬兄弟們」現在在哪裡？那可不好回答。所以乾脆就把牠們「編死」算了，反正自己已經是妖精，編得血腥一點，「妖氣」不是更重、「可信度」不是更高嗎？

這讓我們想起「平頂山」巡山一段，呆子為了讓謊話說得圓一些，特意把幾塊石頭當成唐僧、孫悟空和沙和尚進行排練，你有來言、我有去語，什麼「石頭山」、「石頭洞」，連洞門上的釘子都想好了：「問門上釘子多少，只說老豬心忙記不真。」估計關於錯投豬胎的這番謊話，呆子不知道事先預演過了多少遍。為了維護自己「前天蓬元帥」的形象，真可謂是煞費苦心。

關於咬死豬的故事，觀音菩薩的確沒有再問什麼，或許是覺得這和豬精的本性很搭，沒必要追問，或許是根本不感興趣。總之，呆子想像中的「被追問」沒有出現。不知呆子鬆了一口氣後，是不是有點掃興呢？

當然，以上這些謊話都是吳承恩先生替呆子編出來的。不管是御車將軍還是天蓬元帥，都和劇情關係不大，一筆帶過即可；至於文本中找到的那些bug，或許是吳先生特意為御車將軍形象保留的一點痕跡，讓後人有機會循著它們探奇尋幽一番，不失為一樂事。

好吧，回到小說《西遊記》，不管之前有什麼波折，取經故事中，豬剛鬣一出現就已經是一頭豬了。有一個科普問題需要討論：這隻豬到底是家豬，還是野豬呢？

「家豬」還是「野豬」？

由前面提到的「巨口獠牙」，可以推測豬剛鬣一開始是一頭野豬。觀音菩薩在福陵山遇到他的那段，對他的外貌做了詳細描寫：「卷臟蓮蓬吊搭嘴，耳如蒲扇顯金睛。獠牙鋒利如鋼銼，長嘴張開似火盆。」有獠牙！還有他的名字——「豬剛鬣」，有鬣毛！這頭豬和觀音的保鑣木叉打成平手，還聲稱要抓個人「肥膩膩地吃他家娘」，生猛程度還是很高。

觀音菩薩說服豬剛鬣等候取經人，並給他摩頂受戒，起了法名「豬悟能」後，他就開始吃素了——忌了五葷三厭。但山中歲月實在難熬（食物匱乏），豬剛鬣的意志本來就比較薄弱，沒等多久，他居然離開福陵山去做高員外家的上門女婿。

這一段故事和楊景賢雜劇《西遊記》的豬八戒故事已經很不一樣了。

雜劇《西遊記》中，那位「摩利支天部下御車將軍」住在黑風山黑風洞（小說《西遊記》中變成黑熊怪的住所，「黑」得更搭），山下村莊裡有一位裴太公，因為嫌貧愛富，不肯將女兒裴海棠嫁到已經定親的朱家去。這事被豬精知道了，豬精就變成朱公子的樣子，半夜到後花園誘騙裴小姐「私奔」，把她帶回山洞。後來唐僧師徒路過這裡，孫悟空特意請了二郎神來降伏豬精（雜劇中的豬八戒只怕「二郎細犬」），成了唐僧的三徒弟。

〔清〕佚名，《彩繪西遊記》，悟空和八戒變作獻祭的童男童女

「豬精搶親」的故事在小說《西遊記》中變成「豬精入贅」，估計是吳承恩先生的原創。做上門女婿和「搶親」的區別很大。話說在傳統中國社會，上門女婿很讓人看不起，大家普遍認為一個男人一定是有某種缺陷——身體殘疾、貧困交加、父母雙亡等，才不得不到人家「上門」；而一旦上門，不僅要低眉順眼、俯仰由人，連子女都要隨女家的姓。前「天蓬元帥」豬剛鬣居然願意忍受這樣的委屈，而且在高家三年，可以說幹活相當賣力。他後來在「四聖試禪心」一段驪山老母化身的「準丈母娘」面前吹過牛，說自己什麼活都會幹：

「我雖然人物醜，勤緊有些功。若言千頃地，不用使牛耕。只消一頓鈀，布種及時生。沒雨能求雨，無風會喚風。房舍若嫌矮，起上二三層。地下不掃掃一掃，陰溝不通通一通。家長里短諸般事，踢天弄井我皆能。」

裡裡外外、上上下下地忙活，基本上算是一個長工了，而「老丈人」高員外還私下抱怨他吃太多。寧願忍受上門的委屈，用辛苦勞動換個媳婦和一份安定的生活，應該說，這樣的豬八戒「妖氣」不那麼重，更容易讓人接受。

從生物學的角度來看，豬剛鬣從吃人的野豬變成這麼一隻「家務全能豬」，其實相當類似一個野豬被馴化成家豬的故事。大約在八千五百年前甚至更早的時候，野豬在中國被馴化

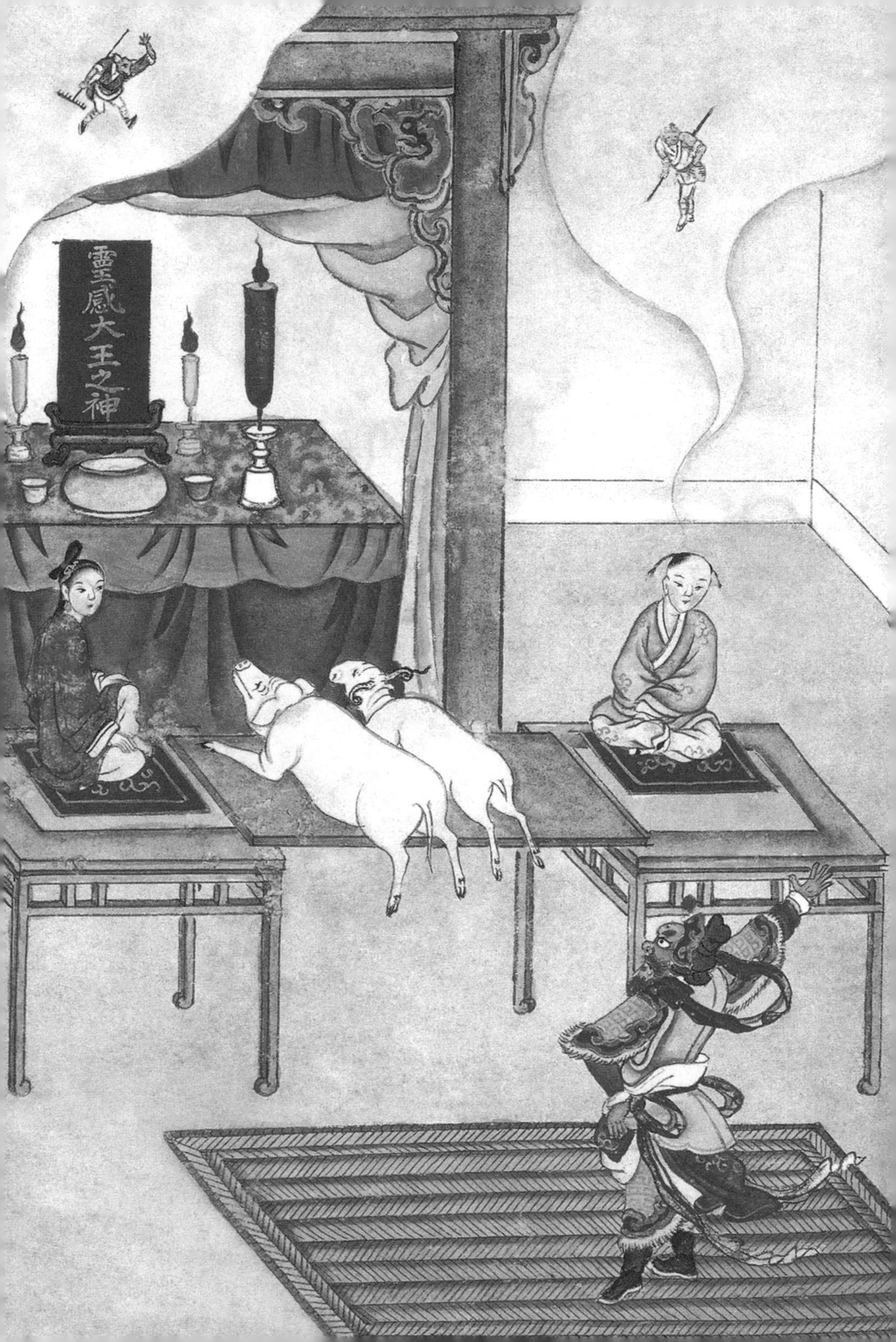
靈感大王之神

成家豬。野豬是原始人類狩獵的對象之一，為了獲得穩定的肉食來源，有時人們會把逮到的一些野豬先養起來，等外面天氣不適合捕獵時再殺了吃。在此過程中，人們發現豬這種動物很容易隨遇而安，用豬圈圈住牠，發幾次脾氣後就適應了，只要有好吃的就行。養的時間長了，野豬還會生小豬，而從小養大的豬，性格更加溫順，更好養，再把小豬養大，生更多小豬……於是，原始畜牧業開始了。

豬剛鬛入贅高老莊，過上了有吃、有喝、有媳婦的生活，居然和野豬變家豬的情景神似，其中甚至包含接受「圈養」生活（類似於寄人籬下）必須承擔的委屈——必須聽話，必須好好替人家幹活。不過，畢竟是「第一代野豬」，忍了三年，原來的「豬嘴臉」漸漸露出來，活也不幹了，「天明就去，入夜方來。雲雲霧霧，往回不知何所」。這倒像是如今提倡的「放養豬」，白天散養到處溜達，晚上回圈吃飯、睡覺。豬剛鬛這種兼具野豬和家豬特點的放養豬生活，直到遇見孫悟空才徹底終結。

呆呆的幽默

豬剛鬛正式成為豬悟能，一路取經，一路貢獻著小說《西遊記》帶給我們最重要的精神享受之一——幽默。

豬悟能有很多缺點，有些是豬的特性，例如懶惰，動不動就偷打瞌睡。再例如貪吃，書中經常能鋪陳出大段的齋飯描寫，排場、花樣一點不比俗世的宴席差，不過再精緻的齋飯，到了豬八戒這裡都是一股腦兒倒進嘴裡。

豬八戒還有一些毛病，其實就是人的毛病。例如好色，調戲嫦娥捅了那麼大的婁子沒有讓他長記性，「四聖試禪心」、「戲弄蜘蛛精」，繼續吃虧，繼續不長記性。其他缺點還有愛占小便宜，喜歡打小報告，總鬧著分行李。但是，這個角色的人緣卻出奇的好。

因為他憨厚樸實、不記仇——唉，真的被大師兄黑過很多次，不過事情過去就算了，這點還真是難得。肯幹活——掄起釘鈀在八百里荊棘嶺開路，把臭烘烘的千年稀柿衕拱出一條路。這些事情上，呆子任勞任怨，更別說在很多降妖故事中，豬八戒都是孫悟空的主要幫手。豬八戒的缺點就是普通人身上的缺點，有時很可惡，但又沒觸及底線，可以被原諒；更重要的是，他有一種貌似呆笨、實則智慧的幽默。

細讀很多片段，會發現如今動畫片裡那種常見的蠢萌「慢半拍」情境，居然是呆子玩剩下的。例如黃袍怪對呆子和沙僧說，你師父在我家裡，我請他吃人肉包子，你也來呀！呆子居然真的要進洞去。還是沙僧機警說：「師兄你糊塗了，你幾時又吃人肉了？」才算把呆子叫醒。就連變個小孩子也是搞笑的，大師兄妥妥地變成一模一樣的「陳官保」；二師兄呢？頭臉雖然變成清俊可愛的小姑娘「一秤金」，肚子卻還是自己的豬肚子，怪不得蔡志忠的漫畫裡讓「一秤金」崩潰地說：「還是讓妖精吃了我吧！」

豬八戒不是真的呆，而是有著憨憨的智慧。有人曾說唐吉訶德的隨從桑丘有豬八戒風格，俗語一套又一套，什麼「出去剪羊毛，自己給剃了個禿瓢」。豬八戒的俏皮話多得是，別人嫌他吃得多，他會說「齋僧不飽，等於活埋」；有女人嫌他難看，他會說「粗柳簸箕細柳簍，世上誰嫌男兒醜」。諷刺朱紫國的太監們，他說：「你這反了陰陽的！他二位老媽媽兒，不叫他做婆婆、奶奶，倒叫他做公公！」「五莊觀」一段，「福祿壽」三星罵他「夯貨」，他說：「我不是夯貨，你等真是奴才……既不是人家奴才，好道叫做『添壽』、『添福』、『添祿』！」

更為精彩的猴與豬的對手戲，「烏雞國」、「背死人」一段就很經典。豬八戒被孫悟空大半夜地騙到井裡去背烏雞國國王的死屍，搞得異常狼狽，所以一旦把「死人」馱到師父面前，就開始反攻，硬說孫悟空和他吹牛，能把死國王醫活。而棉花耳朵的唐僧偏偏就信了，力逼孫悟空趕緊醫，不醫就念緊箍咒，呆子還要增加難度：「師父莫信他。他原說不用過陰司，陽世間就能醫活，方見手段哩。」唐僧「咒兒」念得緊，八戒笑得滿地打滾：「哥耶！

哥耶！你只曉得捉弄我，不曉得我也捉弄你捉弄！」

有時候真覺得這緊箍使用權不是如來的、不是觀音的，更不是唐僧的，應該屬於豬八戒，十足的報復「神器」。只是孫行者豈是吃虧的？一邊答應要上「三十三天之上離恨天宮兜率院內」向太上老君討「九轉還魂丹」，一面提出自己的條件：他去討藥，這邊必須有人舉哀哭死人，而且還提出具體的「哭法」：乾號不行，必須號啕大哭。呆子也真有本事，「號啕大哭」說來就來：「他不知哪裡扯個紙條，拈做一個紙撚兒，往鼻孔裡通了兩通，打了幾個涕噴，你看他眼淚汪汪，黏涎答答的，哭將起來，口裡不住的絮絮叨叨，數黃道黑，真個像死了人的一般。哭到那傷情之處，唐長老也淚滴心酸」。不但長老辛酸，孫行者見他如此投入，也不好再多計較，轉頭去做自己的事了。

這一段來言去語，反覆交鋒，足寫了千字不止，可見吳老先生寫作時也滿愉悅的。悟空捉弄呆子的方式邪惡得不一般，而呆子的回應也妙得不一般。如果你從小就熟悉《西遊記》的故事，還喜歡一遍一遍地看，多半是因為放不下這對「活寶」鬥嘴的片段。

「猴兒哥」和「豬師弟」雖然出場的相隔時間那麼長，可是一旦搭檔在一起，真是天造地設的絕配。「主角」已經把本事、脾氣、情義等占滿了，「搭檔」必須貢獻他有缺點又好笑的幽默和平凡。想一想吧，假如沒有豬八戒，孫悟空一天到晚和嘮嘮叨叨沒重點的唐僧、人不錯但話很少的沙僧，再加上通常不說話的白龍馬在一處，這不是要悶死人了嘛！

所以，要想笑，呆子很必要。

第三變

沙和尚・白龍馬

為什麼把沙師弟和白龍馬放在一起說呢？理由很直接，因為——

沙和尚「非動物」

沙和尚在下界之前是玉帝的捲簾大將，下界之後在流沙河做吃人的水妖，之前呢？他是怎麼成為「玉帝近臣」的呢？且看他的自述：

「自小生來神氣壯，乾坤萬里曾遊蕩。英雄天下顯威名，豪傑人家做模樣。

萬國九州任我行，五湖四海從吾撞。皆因學道蕩天涯，只為尋師遊地曠。常年衣缽謹隨身，每日心神不可放。沿地雲遊數十遭，到處閒行百餘趟。因此才得遇真人，引開大道金光亮。先將嬰兒姹女收，後把木母金公放。明堂腎水入華池，重樓肝火投心臟。三千功滿拜天顏，志心朝禮明華向。玉皇大帝便加升，親口封為捲簾將。」

整整一大段，找不到沙僧原型是什麼動物的資訊，書中其他地方也沒有。看起來，沙和尚就由一個凡人修道成仙，而不是其他動物，某些影視劇把沙和尚描述成一條怪魚，這個在原著中是找不到的。所以我們不再專門為他立題，就在這裡補充一點資訊。

玄奘法師的傳記中，孫悟空的原型石磐陀，中途離開了玄奘，玄奘只帶著一匹「瘦老赤馬」前行，獨自穿越大沙漠「莫賀延磧」。

莫賀延磧即現在甘肅玉門關外的「哈順戈壁」，那時又稱「八百里瀚海」，自然條件極其惡劣：目力所及看不見飛鳥，地上看不到走獸，也找不到任何草木水源，比現在說的「無人區」還要可怕，還有兩句更嚇人的話，「夜則妖魑舉火，燦若繁星；晝則劣風擁沙，散如時雨」。所謂「妖魑舉火」，應該不是真的妖精鬼魅，有可能是死在戈壁中的人和動物屍骨發出的磷火，當然也有可能是置身荒漠中的人達到生理極限後產生的幻覺。至於「晝則劣風擁沙，散如時雨」，相當於整日的沙塵暴，這也是莫賀延磧的另一個名字——「沙河」的來歷。是的，莫賀延磧就是《西遊記》中「流沙河」的原場景。

這個真實版的流沙河不是大河，而是大戈壁，凶險程度一點也不比小說裡差。玄奘走進大沙漠不久就迷路了，接下來還有更致命的，水袋裡的水都灑光了。玄奘走到第五個夜晚，

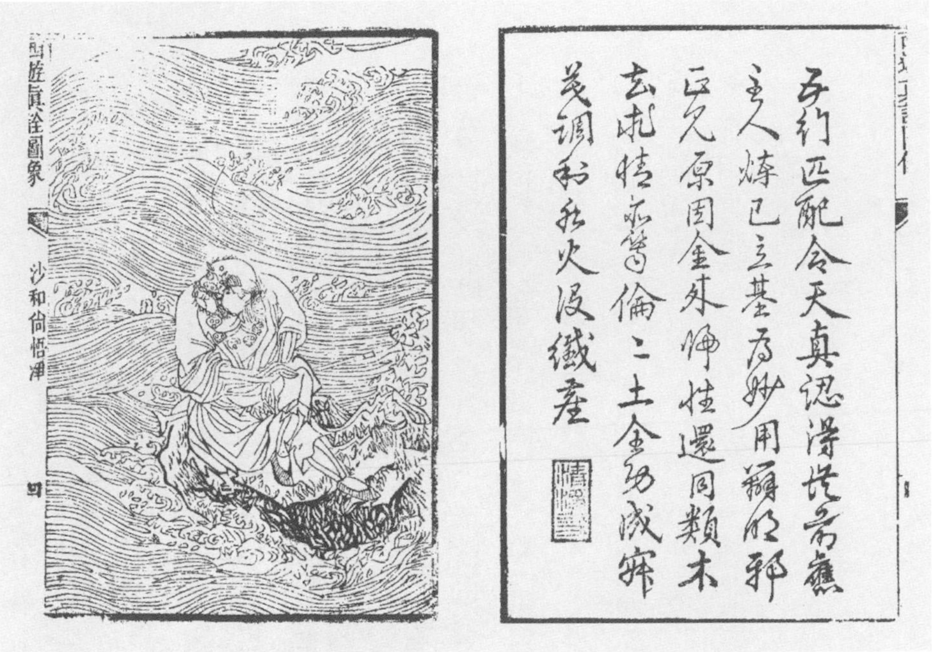

〔清〕陳士斌／詮解，《西遊真詮》的沙和尚

已接近死亡邊緣。就在這一夜，一位高達數丈、手持長戟的神人出現在玄奘夢中對他說，還不快快趕路，睡在這裡做什麼？玄奘驚醒，起身繼續趕路，不久，果然遇到水源，走出了大漠。

這位大沙漠中的神人，後來被稱為「深沙神」。其實在唐、宋時期，深沙神是一位擁有不少信眾的神祇：像莫賀延磧這樣讓人九死一生的大沙漠，人們穿越時祈求沙漠「神人」的庇護，是再正常不過的事了。後來，深沙神又從「大漠之神」一變而成為大河之妖，莫賀延磧也變成取經故事中的「流沙河」。

小說《西遊記》中，流沙河算不得「大難」，因為沙悟淨的本事最多就和豬八戒打個平手，而且很快就皈依了，但其中一個細節顯示這一難不像看起來那麼簡單：

觀音菩薩在訪求取經人的路上遇到「前捲簾大將」，替他取名「沙悟淨」，並命他等待取經人。此時，沙悟淨向菩薩彙報一件詭異的事，說他在流沙河為妖吃人，流沙河本來是「鵝毛飄不起，蘆花定底沉」，他吃完剩下的人骨頭一般都會沉下水去，但唯有九個取經人的頭骨浮在水上，所以他就把這九個頭骨戴在脖子上玩。後來，唐僧來到了流沙河，觀音派來的惠岸行者（哪吒的二哥木叉）讓沙悟淨將九個骷髏頭串起來按「九宮」排好，中間再安上菩薩給的一個紅葫蘆，做成一條法船，唐僧師徒就坐上這條船渡過流沙河。過河之後，九個骷髏頭就化作九股陰風，寂然不見。

取經路上的妖精們流行一句話，唐僧是「十世修行」的好人，源頭就在這裡——原來，唐僧的前九世都是取經僧人，只不過都被沙和尚吃掉了，前九次的取經之路都是走到流沙河就終結了。這倒很像是一種暗喻，因為如前所述，流沙河的原場景莫賀延磧之於玄奘，就是一場生死考驗。

這個細節透露出沙和尚原型「深沙神」的另一面——曾經吃掉取經人。這個情節在《大唐三藏取經詩話》就已經出現了，「猴行者」剛皈依，說自己知道的事情很多，曾經九次見到黃河水由渾變清。唐僧不信，猴行者又接著說，師父，我知道你前兩世都去西天取過經，但中途遇害，現在你是第三世取經，你知道前兩世在哪裡遇害嗎？唐僧覺得猴子在胡說八道，於是懟了他一句：「你說你什麼都知道，那你知道今天天宮有什麼事嗎？」猴行者馬上回答：「今日北方毗沙門大梵天王水晶宮設齋。」唐僧於是又「進逼」一步：那麼借你的洪大法力（應該是意帶諷刺的反話），我們去赴齋如何？

結果猴行者立刻帶唐僧上天參加毗沙門天王的齋會，此次赴會，唐僧不僅受到天王禮遇，得到很多禮物（其中有錫杖和缽盂），更重要的是，他還得到一道「護身符」——天王告訴他，前路如果遇到難處，只要叫一聲「天王」，就會得救。後面的故事證明，這一句「天王」真的很有效，屢試不爽，特別是在流沙河。原來，住在那裡的深沙神就是吃掉前兩世取經唐僧的妖精。不過這一次，因為有「天王」庇護，深沙神對唐僧畢恭畢敬，還點化了一座金橋助他過河。

這位毗沙門天王就是如今廟宇中「天王殿」裡「四大天王」之首的「多聞天王」——關於他還會牽扯出不少話題，後文將在「黃風怪」、「牛魔王」、「無底洞」等章節詳細講述。只說《大唐三藏取經詩話》的這一段，天王對深沙神有如此的威懾力，所以有傳說他就是天王的手下大將。到了楊景賢雜劇《西遊記》中，深沙神從天王的部下變成玉帝的「捲簾大將」，吃人的次數也增加了，從「兩世」變成「九世」。捲簾大將被猴行者征服後，成為唐僧的第二個徒弟「沙和尚」，排在豬八戒之前。

小說《西遊記》中，沙和尚成了三徒弟，他吃掉的前九世取經僧人的骷髏頭有了一個實實在在的用途——載唐僧過河的「寶船」，他做為吃人妖精的特徵，已經淡化了不少。不過這種妖氣被淡化後，沙悟淨的光彩也減少很多，之後主要的降妖故事中，他往往是缺席的。推測其中原因，大概是豬八戒實在太「有戲」，做孫悟空的降妖助手和談話對手太合適，而照顧師父、白馬和行李，這樣一些沒什麼技術含量、卻也很必要的工作，總要有人去做，就只能交給沙和尚了。

話說這種「鏘鏘三人行」在小說《西遊記》中有很多組，悟空、八戒、沙僧仨徒弟（白龍馬的任務是做「腳力」，基本上不說話，也不參與戰鬥），車遲國虎力、鹿力、羊力三法師，獅駝嶺青獅、白象、大鵬鳥三老怪，金平府的三個犀牛精辟寒、辟暑、辟塵……

「三」是中國人喜歡的數字，「三兄弟」的人設能造出比較複雜的故事情節，比較多樣的人物性格和人物之間的關係，參差錯落，甚是好看。也因為「劇情需要」，三兄弟必得有強有弱，內中必得有一個打醬油的，發揮「緩衝」和「平衡」的作用。沙和尚正扮演這樣一

〔清〕佚名，《彩繪西遊記》，八戒與沙和尚在流沙河中大戰

種角色——當取經團隊出現矛盾時，他往往充當「和事佬」。例如「無底洞」一段，老鼠精脫下一隻繡鞋變成自己，騙住孫悟空，騰出真身把唐僧抓走，孫悟空氣得追著八戒、沙僧直打，豬八戒躲都來不及，沙僧卻跪下服軟：「兄長說哪裡話！無我兩個，真是『單絲不線，孤掌難鳴』。兄啊，這行囊、馬匹，誰與看顧？寧學管、鮑分金，休仿孫、龐鬥智。自古道：『打虎還得親兄弟，上陣須教父子兵。』望兄長且饒打，待天明和你同心勠力，尋師去也。」必須給老沙按個讚，一番道理說得孫悟空熄了火，不簡單。

遇到實在需要出頭時，沙和尚也義不容辭，例如「真假美猴王」一段，去花果山找要回行李和通關文牒（實際上是六耳獼猴搶的），唐僧怕八戒與孫悟空不睦，特意派沙僧去，沙僧就謹遵師命前往；被六耳獼猴趕出來，沙僧又遵師命跑了趟南海去找觀音。這一趟對於會筋斗雲的孫悟空自然算不得什麼，而「雲程」慢的沙僧，足足走了四個晝夜，真是不辭勞苦。

從某種程度上說，基本沒話的白龍馬和話少的沙和尚經常承擔相似的工作，所以說完了沙師弟，我們來重點談談這匹非同一般的馬。

白馬非凡馬

陪伴真實版玄奘穿越流沙河的那匹「瘦老赤馬」，是瓜州一位老胡人送的。這位老胡人說，這匹老馬跟隨他往返「伊吾」十五趟，熟悉路徑，其他的馬走不了西去之路。當玄奘夢到深沙神、醒來繼續趕路時，就是這匹「赤馬」發現水源，幫助玄奘走出大漠。不用說，赤馬就是白龍馬的原型。

楊景賢雜劇《西遊記》中，專門有一折叫做「木叉售馬」，說西海龍王的火龍三太子，因為「行雨差池」將要被玉帝問斬（和涇河龍王犯的錯差不多），被觀音菩薩救下，變成一匹白馬，派徒弟木叉變成賣馬商人送白馬給唐僧。這時，赤馬已經變成「白馬」，估計是因為聯想到佛教故事「白馬馱經」；不過在原身分中保留近似「赤」的「火」字——火龍三太子。而到了小說《西遊記》，「火龍三太子」又變成「玉龍三太子」，和「白馬」搭配更加一致。

雖然在普通人看來，白龍馬就是一匹「坐騎」，但他和取經團隊裡的其他人都知道不是。第二十三回，唐僧的徒弟們「湊齊」的日子還不算久，八戒嫌行李擔太沉，提出讓白龍馬馱一點，孫悟空便向他和沙僧說明白龍馬不是凡馬，是西海玉龍三太子，因為犯罪要將功

〔金〕趙霖／作，《昭陵六駿圖》（局部）

補過，「……退鱗去角，摘了項下珠，才變作這匹馬，願馱師父往西天拜佛。這個都是各人的功果，你莫攀他」。

孫悟空的意思很明確，雖然大家崗位不一樣，卻都是師父的徒弟，不要拿人家當苦力使。而後文白龍馬不多的幾次出場，都是稱呼唐僧「師父」，稱呼悟空三人「師兄」。所以白龍馬雖然在排行順序上不那麼講究，也沒有正式的法號和「諱名」，但他的身分和悟空三人是一樣的。

給唐僧配上這樣一匹龍馬，是為了和他其他的「配置」更相稱。取經故事演化到小說《西遊記》，唐僧已經不是第一男主角，但他仍然非常重要。孫悟空經常說唐僧肉眼凡胎，也正因為是凡人，才必須具備一些「非凡之處」，才好做前齊天大聖、前天蓬元帥等的師父。

先看出身。唐僧前世是如來佛祖的二弟子金蟬子，夠強了。唐僧的人間父母，父親是狀元陳光蕊，母親是宰相家的小姐殷溫嬌，而且還是「拋繡球撞天婚」撞出來的姻緣，真的金童玉女，又是天

作之合。唐僧的出身已經是一等一了，為了讓他更加「非凡」，又加了一段「江流兒復仇」的傳奇。剛出娘胎就體驗野外漂流，而且大難不死，長大剃度為僧後又是尋親、復仇。來歷如此不平凡，才好擔當取經重任。

再看看唐僧隨身的「配置」，觀音菩薩賜給的九環錫杖和錦斕袈裟都是佛家珍物。還有那個最後被換了真經的紫金缽盂，是唐王欽賜。所以真正的「凡品」就只剩下唐王賜的那匹馬，雖然不算差，但騎去西天還是很不足。

這裡要說到「好馬」的標準了。「高頭大馬」是大家對好馬的一般印象，其實失於偏頗。馬的用途雖然通稱為「腳力」，其實分類很細緻。所謂高頭大馬，外表俊美，體格勻稱，皇上出行時走個儀仗等，絕對撐門面。不過，高頭大馬還遠算不頭等。第一等是戰馬，應對沙場上的刀光劍影，血雨腥風，要有足夠的膽量、速度，以及機變反應力。此外，馬的體力要好，冷兵器時代，戰將們身披重甲，手持長槍大刀，都是金屬打造，死沉沉的，上陣廝殺要刀槍

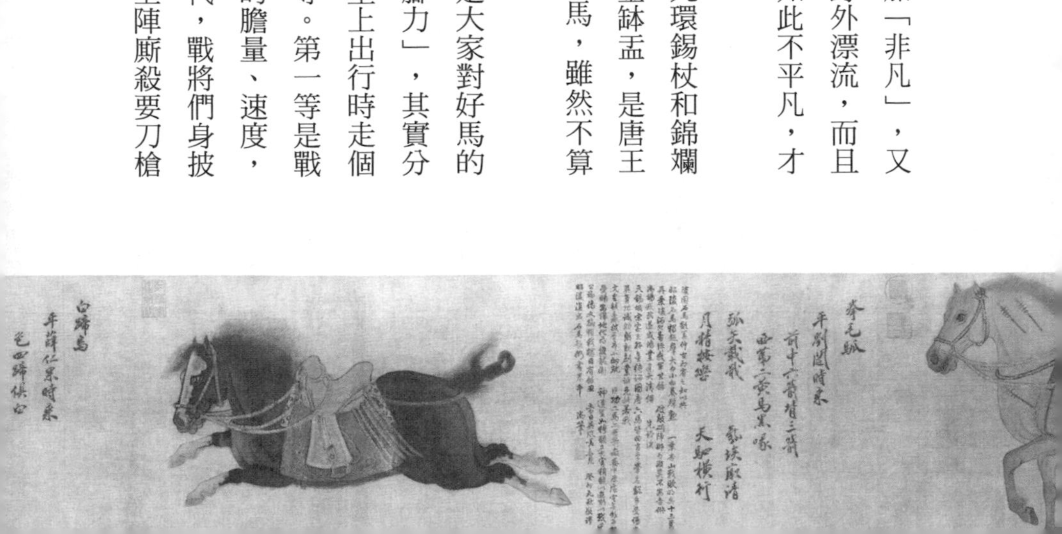

撞擊硬碰硬，偶爾還要來個高難度的「臥馬回身槍」、「拖刀計」等，這馬沒有好體格是禁不住的。

唐太宗是馬上皇帝，懂馬、愛馬，連他的昭陵都要特意豎上六匹駿馬的石雕，即所謂「昭陵六駿」，這六匹馬就是跟隨他打過六場大仗的「戰友」。不過，懂馬的唐太宗對取經之路的「路況」卻預見性不足。能想到的就是路途遙遠（十萬八千里），需要有耐力的馬，至於膽量、反應力等，大概沒有充分考慮。

而實際上，取經的馬比戰馬的要求還高，尤其是——膽量。不要說獅駝嶺青獅、白象那樣的大妖精，只是雙叉嶺「前面有兩隻猛虎咆哮，後面有幾條長蟲盤繞」，這一匹唐王欽賜的馬，就已經被嚇得「腰軟蹄彎，便屎俱下，伏倒在地，打又打不起，牽又牽不動」，若不是獵戶劉伯欽及時趕到，唐僧險些丟了性命。西天路上比這陣仗大多了，身為坐騎，動不動就被嚇癱，唐僧豈不是隨時都有性命之憂？所以觀音菩薩說得對：「你想那東土來的凡馬，怎歷得這萬水千山？怎到得那靈山佛地？須得是這龍馬，方才去得。」而白龍馬本來是龍子，見過大陣仗，不論風吹雨打，不論狼蟲虎豹、魑魅魍魎，我自巋然不動，這才能穩穩地同時也安全地馱著唐僧。

其實好馬還有一條重要的標準，忠誠。白龍馬的忠誠表現在他的全始全終，以及危難之時挺身而出的勇氣。「寶象國」一段，唐僧被黃袍怪變成虎，悟空早被趕回花果山，八戒、沙僧出去降妖未回，危急時刻，白龍馬出手了。「他只捱到二更時分，萬籟無聲，卻才跳將起來道：『我今若不救唐僧，這功果休矣！休矣！』」雖然沒有戰勝黃袍怪，白龍馬卻成功阻止八戒分行李散夥，還力求他去請回大師兄。「小龍聞說，一口咬住他直裰子，哪裡肯放，止不住眼中滴淚道：『師兄啊！你千萬休生懶惰……你趁早兒駕雲回上花果山，請大師兄孫行者來。他還有降妖的大法力，管教救了師父，也與你我報得這敗陣之仇。』」這一番相勸相求，言辭懇切，豬八戒才能遠赴花果山請回孫悟空，挽救了取經功業。

龍與馬

玉龍三太子做了取經人的「腳力」，我們會覺得很好接受，因為龍和馬會相互轉化，這一觀念早已深入人心。有人說龍和馬交合，生下的就是「天地之精」、「馬身而龍鱗」的龍馬，還有人直接將駿馬說成是「龍馬」。

白龍馬很看重自己「龍子」的身分，例如「朱紫國」故事中，悟空給國王配藥要用一點馬尿，派八戒去取，沒有取來，為什麼呢？一是因為八戒態度不好。「那馬斜伏地下睡哩，『呆子』一頓腳踢起，襯在肚下，等了半會，全不見撒尿。」早說過人家是龍子，也是唐僧的徒弟，八戒這麼做就有點不厚道了。待到三人都去找白龍馬，他又說出第二個「不肯」的理由：「師兄，你豈不知？我本是西海飛龍……我若過水撒尿，水中游魚，食了成龍；過山撒尿，山中草頭得味，變作靈芝，仙童採去長壽；我怎肯在此塵俗之處輕拋卻也？」孫行者和八戒不同，求人要東西，當然要好好說話：「兄弟謹言，此間乃西方國王，非塵俗也，亦非輕拋棄也。常言道：『眾毛攢裘』。要與本國之王治病哩。醫得好時，大家光輝。不然，恐懼不得擅離此地也。」既給對方相當的尊重，又希望顧全大局，有這麼一套說辭，白龍馬才會乖乖地給尿。

順便說一下白龍馬和他幾位「師兄」的關係，他雖然大多數時候演「默片」，心中對大家卻自有一套看法。白龍馬尊重大師兄，不只是因為孫行者曾經是管馬的弼馬溫，而是心服口服，聽聽他對孫悟空的讚美就知道了——「有仁有義的美猴王」。沙僧性格沒什麼稜角，白龍馬和他的關係是不好也不壞，和八戒就不同了。

一個情節有點奇怪，孫悟空明明在第二十三回就向八戒、沙僧說明白龍馬是龍子，可是似乎隔那麼一段時間，就得再重複一遍——師父的馬是西海龍子，不是一般的馬……什麼意思呢？作者怕故事太長，讀者忘了？或者，寫作時間跨度太大，他記不得了？這種可能性是有的。可是從人物的角度來說，像誰是什麼來頭這樣重要的資訊（龍族的背景說大不大，說小也不算小），以豬八戒這位前天蓬元帥，難道真的說一遍記不住？

其實，人群達到一定規模，都會出現等級序列，也會出現一個經常被欺負的對象。像豬八戒這樣有缺點的「凡人」，自然而然會有那麼點恃強凌弱，因為白龍馬很少說話和刷存在感，所以八戒認定對他是可以發發威的，你說你是西海龍子，我就偏記不得，當你是匹普通的馬，踢呀趕呀隨我便。而白龍馬呢，自從「寶象國」那回八戒想臨陣脫逃，白龍馬就有些瞧不起他，更何況之後他一碰到困難，還總想把白龍馬賣了，給師父當棺材本……惡性循環，白龍馬本就看不起他，這樣一來，就更加不聽他的話，你讓我快走我偏不，你要取馬尿我就是不給——槓上了。

西海龍子

如果要選一條龍變成馬，西海龍王家的肯定更合適一些，因為取經是往「西」走。而且即使沒有「西天取經」，好馬大多是西邊來的。

有個問題值得引起注意，《西遊記》、《封神榜》及諸多民間故事傳說中，很少有馬修煉成精怪。只記得《聊齋》有一篇〈五通〉，寫的是江浙一帶流行的邪神「五通神」（一般認為是五個），有義士殺死了三個，其中之一是一匹小馬。民間傳說中的「馬妖」很少，相反，受到祭祀供奉的「馬神」卻不少，例如在北京，有人統計過舊時至少有八座馬神廟，如今北京大學西南角就保留一座。馬之所以受到祭祀，主要是因為牠們在戰爭、皇家儀仗和郵傳驛站等方面的作用很重要，而馬和普通的農業生產關係不是很大，不是人人都能親近的動物，所以少有成精為害的機會。

馬是草原動物，需要足夠的草類食物，也需要足夠大、任其馳騁的地盤。牠們的主要產地是北部的蒙古草原，也有西域的廣大地區。這也是為什麼歷朝歷代的草原民族總容易在戰爭中取勝——人家有騎兵，而中原王朝是以步兵為主。很多關於古代戰將的傳奇故事中都會強調其坐騎的難得，這從側面說明，在中原農耕地區得到一匹好馬是多麼不容易。例如著名的赤兔馬，先是被送給呂布，所謂「人中呂布，馬中赤兔」，後來又成為關羽的坐騎，以至於大家都不大記得牠的第一任主人是——董卓。董卓之所以擁有像赤兔這樣的寶馬，是因為地利之便，身為當時的西涼刺史，與西域各部落的交往更為便利，獲得寶馬的機會當然更多。

再上溯到西漢武帝時代，張騫通西域，帶回了烏孫國的烏孫馬（即今之伊犁馬），漢武帝非常喜歡，封之為「天馬」。漢武帝聽說大宛國的寶馬更好，不但神駿無比，還出汗如血，特意派人去索要。沒想到大宛國不肯給，武帝那暴脾氣——立即發兵打仗，大宛屈服後，貢獻了汗血馬。武帝得此寶馬，甚是喜愛，又轉封大宛馬為「天馬」，給烏孫馬改名為「西極馬」。

汗血馬在牠的原產地「大宛」（古代中亞國名）被稱為「阿哈爾捷金馬」，簡稱「阿哈馬」，沒有「出汗如血」的記載。有專家曾推測過「汗血」一說，可能是因為馬得了一種寄生蟲病，從患處流出汗血；也可能是紅色或栗色的阿哈馬，出汗時在血色夕陽的映照下，給人汗血的錯覺。實際上，是不是汗血不重要，重要的是牠的確是一個優良、有著三千多年歷史的馬種。汗血馬的突出特點之一是耐力強，速度比牠快的馬是有的，不過持續幾十天保持一定速度就不容易了，汗血馬恰恰是這樣的「馬拉力賽」優秀選手。

這倒讓人聯想到白龍馬的原型瘦老赤馬，「老」強調牠能「識途」，「瘦」可以理解為不健碩，但可以是馬種本身的特點。例如汗血馬，整匹馬看起來就是「偏瘦」，沒有草原蒙古馬發達厚實的鬃毛，馬毛細、密、短而光滑，緊貼著皮膚，彷彿是個子不大卻身材矯捷的武士。短毛最大的好處是散熱快，穿越大漠流沙，這一點很重要，而汗血馬正是一個比較典

〔清〕周興嗣／撰；孫枝秀／輯，《千字文注》龍馬負圖，神龜

型的沙漠馬種。在此大膽聯想一下，白龍馬的這匹「原型馬」，是否就是與汗血馬類似的「沙漠馬」呢？

第四變

龍族

除了猴子，小說《西遊記》中最早露面的「動物」是什麼？龍。

種群龐大、露面次數特別多的「動物」是什麼？龍。

是的，龍是傳說中的動物，並不真實存在，不過牠們在《西遊記》特殊的「動物世界」中，真的占著不小分量。

龍，人稱「鱗蟲之長」。雖然不真實存在，但龍的長相倒是有一套很細緻的標準，即所謂「九似」：「頭似駝，角似鹿，眼似兔，耳似牛，項似蛇，腹似蜃，鱗似鯉，爪似鷹，掌似虎。」龍背上有八十一片龍鱗，合「九九陽數」。還有一些細節：「口旁有鬚髯，頷下有明珠，喉下有逆鱗，頭上有博山」。龍鬚、龍珠、逆鱗是大家比較熟悉的詞，「博山」是什麼呢？有人研究說是龍頭頂的山形冠冕，也就是龍冠，龍沒有龍冠不能升天飛騰。

龍這種「集成型」的長相，估計形成過程比較漫長和複雜。例如一個以蛇為圖騰的部落，合併一個以鹿為圖騰的部落，為了表示親如一家，當然要把鹿圖騰的特徵加在原來的蛇圖騰上，於是蛇就「長」出了「鹿角」。接著又有「牛圖騰」、「鷹圖騰」、「魚圖騰」的部落先後加入，於是，大部落的圖騰一再修改和添加，最終形成「龍」這一「綜合性新圖騰」。

龍在中國人的精神生活中一直占著非常主要的位置，不過「龍王」的概念卻出現得比較晚。上古的龍是「龍神」，地位崇高，能量強大；隨著佛教的傳入，印度佛教中的「龍王」概念也進入中土，與傳統的「龍神」概念逐漸合併。到了《西遊記》時代，對龍王的崇拜雖然在民間很普遍，但龍王在仙界，甚至在「人界」的地位都不高。例如小說第三回，孫悟空第一次拜訪東海龍王討要兵器，龍王一開始對他畢恭畢敬，稱其為「上仙」，雖有客氣的成分，但也表明在龍王的自我認知裡，自家的地位不算高。

《西遊記》的龍族是個很大的群體，先看看有哪些龍吧。

四海龍王：東海敖廣、西海敖閏、北海敖順、南海敖欽。這四位龍王的背後是四個龍家族，裡面總得有龍婆（也許還分大小老婆），若干的龍子（應該也有龍孫）、龍女。

四海龍王是龍族中勢力範圍最大的，各管一海嘛；小一個級別的管著——江（特指長江）、河（特指黃河）、淮（淮河）、濟（濟水）。這個級別的龍王其實在《西遊記》中沒有出場，我們是藉著烏雞國井龍王，這位「最小龍王」之口知道這個資訊的。

再下一級，管著中、小型河流，例如向唐僧父親陳光蕊報恩的洪江口龍王，當然更典型的是涇河龍王。

最後一級，只能管一口井，烏雞國故事裡的井龍王。雖然只有一口井，但人家的住宅也叫「水晶宮」。

還有一類龍，很顯然是妖不是神。孫悟空在花果山時結交的七兄弟，有一個蛟魔王，自封「覆海大聖」。蛟還沒有成龍，修為還差著等級，和孫悟空、牛魔王同屬「妖仙」。還有亂石山碧波潭的萬聖老龍，道德水準實在不怎麼樣，和牛魔王是朋友，還和女婿九頭蟲一起偷舍利子，類似所謂的地頭蛇。（詳細情況將在「神祕『九頭蟲』」一章敘述）

四海龍王

「大鬧天宮」段落中，與孫悟空最多交集的是東海龍王。敖廣是花果山的鄰居，因為花果山是「東勝神洲傲來國」的一個海外仙島，方位上應該是在東海之中。孫悟空沒有襯手的兵器，他的部下老猴提供一個重要資訊，說我們洞裡橋下的這股水直通東洋大海，大王如果「水裡功夫了得」，可以去龍宮找找，那裡寶貝多。果然，孫悟空從東海龍王那裡得到定海

〔宋〕陳容／繪，《九龍圖》

神針，就是如意金箍棒，還強逼另外三位龍王送他紫金冠、鎖子甲、戰靴，惹得人家上天庭告狀。大鬧天宮，可以說龍宮故事是導火線。

待到取經故事開始，敖廣做為孫悟空的老鄰居，沒有記恨他，而是相當幫忙，第一件大事就是說服孫悟空「歸隊」。孫悟空剛被唐僧救出五行山，碰到一幫劫道的賊，棒子一揮，六賊喪命。接下來，唐僧開始了第一次令人生無可戀的「嘮叨」，孫悟空還沒從「大聖」的身分轉變過來，一氣之下棄了唐僧，要回花果山繼續為妖。眼看取經大事就要擱置，就因為大聖一時口渴，去東海龍宮喝了杯茶，居然有了轉機。此時敖廣這位老友的態度，可以說發揮了關鍵性作用。藉著牆上那幅畫，龍王講了一個張子房拜黃石公「圯橋進履」的故事，很能打動人：「大聖，你若不保唐僧，不盡勤勞，不受教誨，到底是個妖仙，休想得成正果。」金身正果，恰是孫悟空此時最想得到的，因此特別管用。「悟空聞言，沉吟半晌不語。龍王道：『大聖自當裁處，不可圖自在，誤了前程。』悟空道：『莫多話，老孫還去保他便了。』」孫悟空有敖廣這樣一位老朋友真的很幸運，會在劇情需要時輸出「正能量」。

不過，之後的取經故事中，敖廣卻逐漸被淡化了，雖然經常出現，作用基本上

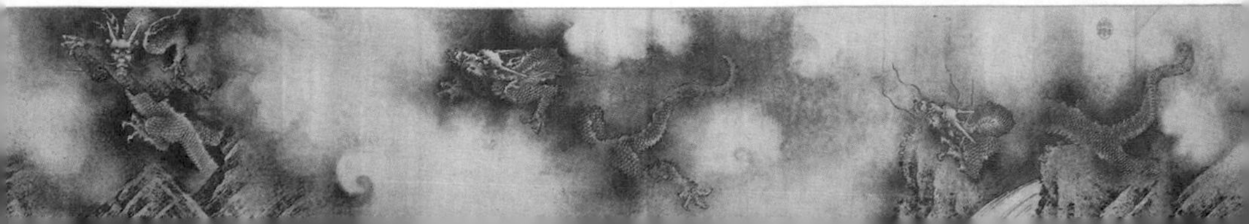

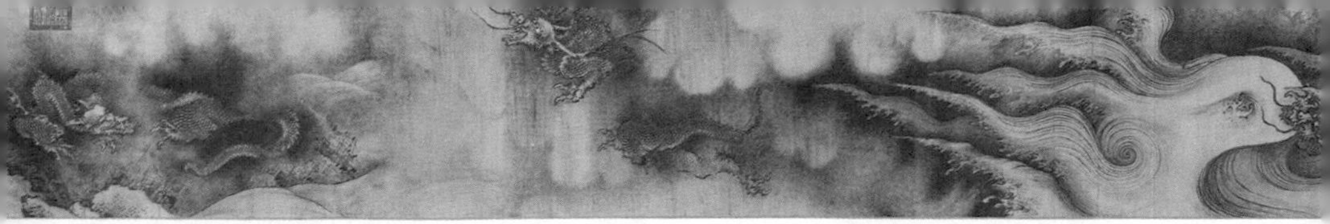

只和「下雨」有關：

「紅孩兒」段落：四海龍王被孫悟空請來滅三昧真火，結果火沒滅成，差點要了孫悟空的命。

「車遲國」段落：四海龍王被虎力大仙的「五雷法」拘來，卻被孫悟空攔截，最終看「金箍棒」的號令下雨。然後，四海龍王和風雨雷電整組人馬在空中「真神秀」一把。

「朱紫國」段落：國王吃藥需要「無根水」，孫悟空請來敖廣，打了幾個噴嚏，下了「三盞」雨，正好當送藥的。

「鳳仙郡」段落：東海龍王被孫悟空請來下雨，卻讓他去找玉帝請下雨的旨意，實際上是指引他去天庭查鳳仙郡「不該下雨」的原因；後來鳳仙郡侯糾正錯誤，披香殿「三事」已破，龍王兄弟按規定下雨，並應孫悟空的要求「真神秀」。

龍王是民間公認的水神加雨神，東海龍王為四海龍王之首，凡有降雨之事，基本上都是他撞響鐵鐘金鼓，招其他「三海」龍王前來，同時還要攜帶足夠強大的「降雨」部隊。這個部隊在「紅孩兒」一段曾經集中展示過一回：

「鯊魚驍勇為前部，鱯痴口大做先鋒。鯉元帥翻波跳浪，鯾提督吐霧噴風。鯖

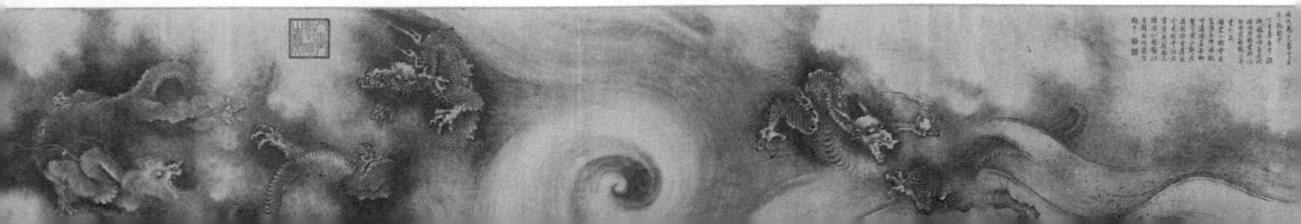

太尉東方打哨，鮊都司西路催征。紅眼馬郎南面舞，黑甲將軍北下衝，鯕把總中軍掌號，五方兵處處英雄。縱橫機巧黿樞密，妙算玄微龜相公。有謀有智鼉丞相，多變多能鱉總戎。橫行蟹士輪長劍，直跳蝦婆扯硬弓。鯰外郎查明文簿，點龍兵出離波中。」

標準的「海底總動員」啊，藉此機會，倒是可以了解在吳承恩時代，人們都知道哪些海洋動物。

除了參與各種降雨，東海龍王在取經路上就不做其他的事，取而代之的是西海龍族，表現很突出。

自從玉龍三太子，就是後來的白龍馬出場，西海龍族就變得重要起來，他的父親西海龍王本人和大哥摩昂太子（當然還應包括表哥小鼉龍，相關人物後文會有專述）都多次出場。西海龍族之所以變得重要，是因為取經是往西走，自然要和「西方」的海打交道。

小說中這樣描述「西海」的位置：孫悟空離開位於東勝神洲傲來國的花果山，先是渡海（應該是敖廣管轄的東海）來到「南贍部洲」，在那裡待了八、九年，尋仙訪道未得，一日來到「西海」邊，又渡過西海，來到「西牛賀洲」，才找到「靈臺方寸山」、「斜月三星洞」，拜在須菩提祖師門下。有趣的是，中國西部有兩片大水面都有「西海」的別號，一個是青海的青海湖，一個是新疆的博斯騰湖。古人的認識有限，把大湖當成海也正常，這兩個

「西海」都位於大唐之「西」，位置大體不錯。曾有網友說西海是地中海，這個想像力有點太豐富了。

西海龍王是個治家比較嚴謹的家長，玉龍三太子縱火燒了龍宮殿上明珠，被父親（西海龍王）告發給玉帝，被判處斬刑——典型的大義滅親啊！不過，當這個逆子被觀音菩薩救下，有了贖罪的機會和光明的前程，西海龍族對取經團隊也是真的肯幫忙：西海龍王派長子摩昂太子捉回黑水河的小鼉龍；到了「四木禽星捉犀牛」的段落，三個犀牛怪跑到「西洋大海」，龍王父子主動派兵，配合悟空、八戒、「四木禽星」捉到了妖精。

再說說北海吧，和西海的情況相似，一定不是北冰洋，有可能是北方的大湖——貝加爾湖。有人認為北海龍王和西海龍王的職務曾經對調過，因為名字對不上號，不過這一點應該理解為吳老先生的筆誤，也就是說，是一個「bug」。北海龍王單獨出場只有兩次，都和寒冷冰封有關：

「車遲國」段落：孫悟空和羊力大仙比下油鍋洗澡，羊力下鍋後，悟空發現油是涼的，就叫來北海龍王，大罵：「我把你這個帶角的蚯蚓，有鱗的泥鰍！你怎麼助道士冷龍護住鍋底，教他顯聖贏我！」唬得龍王趕緊解釋：「這個是他在小茅山學來的『大開剝』。那兩個已是大聖破了他法，現了本相，這一個也是他自己煉的冷龍，只好哄瞞世俗之人耍子，怎瞞得大聖！小龍如今收了他冷龍，管教他骨碎皮焦，顯什麼手段。」然後，龍王收了妖怪的冷龍，羊力大仙瞬間變成一道菜——現炸羊排。

知道這個方法，以後大聖也開始用——在獅駝國，師徒四人都被捉上蒸籠，悟空脫身出來，趕緊拘來北海龍王，請求保護，龍王立刻遵命：「隨即將身變作一陣冷風，吹入鍋下，盤旋圍護，更沒火氣燒鍋。他三人方不損命。」

〔清〕佚名，《彩繪山海經》的應龍

有趣的是，南海龍王從沒有單獨露過面。其實孫悟空曾多次去過南海，但都不是找龍王，而是找菩薩——觀音菩薩。是的，普陀落伽山是觀音菩薩道場，有這麼一位「大神」在那裡，南海龍王只能呈「隱形」狀。

龍王中的最高等級——四海龍王，整體上來說都是聽招呼、懂法度也受人尊重的「長者」，而管著內陸水系的龍王，反而沒那麼消停，最能搗亂的是涇河龍王。

涇河龍王

涇河龍王的手下曾恭維他「八河都總管，司雨大龍神」，聽起來官位似乎大得不得了，可是實際情況呢？

有個著名的成語叫「涇渭分明」，說的是在涇河匯入渭河的地方，一邊是帶黃沙的黃水，一邊是清清的河水，區分得很清楚。這個成語有另一個資訊，涇河其實是渭河的一個支流，而渭河又是黃河的一個支流。至於「八河」，應該是指涇河的八條更小的支流。也就是說，涇河龍王管轄的就是渭河的一個支流——涇河流域內的事情。當然，因為涇河緊挨著唐都長安，涇河龍王的權力可能比其他同級別的龍王大一點，或者說不是權力大一點，而是脾氣大一點。

一天，長安城外的一個樵夫和一個漁夫閒著沒事聊天。他們聊天的方式很特別，不是說話，而是對詩、對詞。好吧，這應該是吳老先生詩興大發，按照樵夫的語氣寫一首，再根據漁夫的生活寫一首……有滋有味地寫了很多首，讓讀者摸不著頭緒，他卻樂此不疲，直到玩累了，才開始說正事——大概是因為一直沒「對」出高下，漁夫和樵夫彼此不服氣，到了分別的時候，二人互祝對方有可能趕上「不可抗」的天災：漁夫請樵夫當心上山遇虎，樵夫請漁夫注意別翻船。結果，漁夫回嘴說他不會翻船，而且必定網網有魚，因為——「這長安城裡，西門街上，有一個賣卦的先生。我每日送他一尾金色鯉，他就與我袖傳一課，依方位，百下百著。」

事實證明，還有比樵夫和漁夫更閒的，就是涇河龍王手下的一個夜叉，偷聽到這話，就當成寶一樣獻給大王——涇河龍王，還附送一番煽風點火的話：「若依此等算準，卻不將水族盡情打了？何以壯觀水府，何以躍浪翻波，輔助大王威力？」

其實，水族中總會有一部分被人捕去吃，屬於正常的食物鏈損耗範圍，得了算命先生指點的漁人就那麼一個，每天就下一網，能損耗到哪裡去？更何況，涇河就在人類的「天子」腳下，少生是非為上！假設聽彙報的是四海龍王中的一個，一定會把夜叉臭罵一頓：沒事找事，退下！是啊，假設是四海龍王，或許根本沒有哪個夜叉有膽子做這種彙報吧？

可是偏遇到的是涇河龍王，沾火就著的脾氣登時就發作了，「急提了劍就要上長安城，誅滅這賣卦的」。幸虧他的手下有一些明白人，委婉地相勸：「大王此去，必有雲從，必有雨助，恐驚了長安黎庶，上天見責。」下屬們的話說得隱晦，翻譯過來就是，您不能連妝也不化就出門。就您這駱駝頭、花鹿角、兔眼、牛耳、蛇項……「九不像」的尊容，現身在全國人口最密集的大唐首都長安城，不會嚇死人了？真出了事，您可是擔待不起。龍王想想也對，於是就變了一個白衣秀士去找袁守誠*，兩人打了一個關於下雨的賭。

原本下雨的賭就是涇河龍王下的一個套路，覺得自己一定會贏。再加上手下人一陣吹捧：「大王是八河都總管，司雨大龍神，有雨無雨，惟大王知之，他怎敢這等胡言？那賣卦的定是輸了！定是輸了！」誰不愛聽好話呢？於是涇河龍王滿心高興，憧憬著贏了之後怎樣去砸卦攤、趕人。沒想到，天庭突然來了下雨指令，居然和算卦先生對下雨的時辰、雨量的預測一模一樣！涇河龍王當時就被嚇暈過去：「唬得那龍王魂飛魄散。少頃甦醒，對眾水族曰：『塵世上有此靈人！真個是能通天地理，卻不輸與他呵！』」

如果涇河龍王這麼一嚇，知道了畏懼，不再去找袁守誠討說法就沒事了，可是他天生就是一副「作死」的脾氣，都被嚇成這樣了，還惦記著輸贏。有這樣的主子，就有來「獻芹」的奴才，於是鰣軍師（應該是個鰣魚精）出了一個送命的主意——可以更改下雨的時辰和點數。結果打賭贏了，卦攤也砸了，但涇河龍王將自己逼上了「問斬」之路。

＊唐代術士，袁天罡的叔叔。

唐太宗李世民是涇河龍王抓住的最後一根稻草，袁守誠指點涇河龍王去哀求「斬龍劊子手」魏徵的主子唐太宗。太宗雖然想辦法將魏徵的軀殼留住——讓他散朝後留著下棋，可是沒想到魏徵做夢也能殺人，涇河龍王最終沒有逃過這一刀。這位得理不讓人的涇河龍王，做了鬼也不停止，到太宗的夢裡去「騷擾」：「唐太宗！還我命來！還我命來……你出來，你出來！我與你到閻君處折辨折辨！」雖有觀音菩薩用楊柳枝暫時驅走涇河龍王，唐太宗卻因此得了重病，饒是秦叔寶、尉遲敬德在前門做門神，魏徵在後門守衛，還是擋不住太宗病情加重，最終不得不到陰司走一遭。

幫人（幫龍）居然幫出了這麼大的不是，這件事上，唐太宗實在是被綁架了。

有人說，涇河龍王是被觀音給「黑」了。觀音奉命尋找取經人，但當她來到大唐地界，發現憑自己和木叉師徒兩個來找取經人非常困難，就想辦法由涇河龍王犯天條引出唐太宗遊地府。太宗到了地府，從十代閻羅的口中得知，涇河龍王的案子其實已經銷了：「自那龍未生之前，南斗星死簿上已注定該遭殺於人曹之手，我等早已知之。但只是他在此折辨，定要陛下來此，三曹對案，是我等將他送入輪藏，轉生去了。」也就是說，涇河龍王的事根本不是太宗到地府來的理由，真正的原因是他的陽壽已經到了。好在魏徵在陰司的朋友崔判官悄悄為太宗增加二十年陽壽，又平安地送回到陽間。

既然已經來了，當然要「隨喜」一下，到此一遊。此遊真正讓太宗心驚的是見到被他害死的父親李淵、兄弟李建成和李元吉，以及在隋末唐初被他掃滅的「六十四處煙塵，七十二處草寇，眾王子、眾頭目的鬼魂」。先前為了上位殺人無算，陰司鬼神報應難道真的不怕嗎？在崔判官的建議下，回陽後的太宗下旨超渡亡魂。委派重臣在全國甄選做法會的大法師——「江流兒」玄奘被選出來了。接著，觀音菩薩終於可以面授取經之事了。

〔清〕周培春／繪，袁天罡

有一點道理。你可以說觀音是故意指使袁守誠惹怒涇河龍王。不過觀音能不能指揮得動袁守誠呢？不一定。因為袁守誠是「當朝欽天監臺正先生袁天罡的叔父」，袁天罡是道家的著名人物，給著名的二十八宿起動物名的就是他，他的叔父袁守誠算卦問卜，也是道家的本事，而觀音菩薩是佛家，道家傳人會不會那麼聽佛家的話呢？

此外，從涇河龍王和袁守誠打賭，到太宗遊地府，再到甄選出玄奘做法事，這「戰線」拉得太長，不可控因素太多。如果涇河龍王聽了夜叉的彙報時不去惹袁守誠，或者在收到天庭的降雨指令後嚴格執行，不更改雨量和時辰，那是怎麼樣也死不了的。如果不是崔判官去接引太宗，改壽的事就沒有了，那麼太宗陽壽已到，怎能再回陽間？如果甄選高僧的官員選的不是玄奘呢……有一個環節出了問題，就引不出玄奘來。所以，觀音是不是「主動出擊」，在情節推動上產生的作用不大。

後文到了「黑水河」一回，我們終於知道涇河龍王為什麼這麼目空一切、好勇鬥狠——因為他是西海龍王的妹夫，又管著長安附近的水域，級別雖不高，身分卻有點特殊。估計遇到袁守誠之前，別人都是很給他面子的，一路順風順水，養成一副不知敬畏、聽不得反對意見的「大爺脾氣」。有這樣脾氣的主子，自然就會有像夜叉、鰣軍師這樣出餿主意的下屬，不作到死不算完。就算是觀音菩薩想黑涇河龍王，也應該是事先了解到他作死的脾氣，才好下手，是吧？

第五變

牛魔王家族

按照和神、仙、佛的關係，《西遊記》中的妖精分兩種，一種是神仙家的坐騎、寵物、童僕，甚至乾舅舅，總之和神或仙或佛有關，大聖舉棒要打，救駕的一定會趕到，和好萊塢類型片一樣準。還有一種是純草根或說純野生動物，不和任何神、仙、佛沾親帶故，可就是豪橫，就是要吃唐僧肉；甚至連唐僧肉都懶得吃，就為賭一口氣。這個，自然非牛魔王及其家族莫屬。

牛魔王第一次出場是在「大鬧天宮」段落中的「七魔王結拜」。孫悟空自稱齊天大聖後，請六位魔王「哥們兒」喝酒，說哥哥們也都自稱大聖吧。第一個回應的就是牛魔王：「賢弟言之有理，我即稱作『平天大聖』。」取經故事中，牛魔王和他的家族時隱時現，出現多次：兒子紅孩兒出現在號山火雲洞，被觀音菩薩收為善財童子；弟弟如意真仙出現在女兒國城外的解陽山，孫悟空為取落胎泉水和他周旋一番；家族大戲是「三調芭蕉扇」，牛魔王本人、他的妻子鐵扇公主、小妾玉面公主都出場了；餘波則是亂石山碧波潭，萬聖老龍和九頭駙馬是牛魔王的朋

〔五代〕敦煌莫高窟第六十一窟中描繪耕種與收穫的壁畫

友（此段在「九頭蟲」部分分析）。《西遊記》中，這樣「彼此聯絡有親」的妖精家族，牛魔王家算是獨占一位。

先來解決一個問題，牛魔王到底是哪一種牛呢？

黃牛？水牛？

牛被馴化成人類的夥伴，大約是在八千多年以前。那之後，這種動物在人類的生存和發展中發揮很大作用，游牧民族享用牛肉、乳製品，農耕民族靠牠耕田、負重，所以在很多國家的神話系統、民間傳說中，都有牛的故事。故事中的牛，有的很神聖，有的很邪惡。

古希臘神話裡有個著名的「歐羅巴」傳說：眾神之王宙斯曾變成一頭公牛，將腓尼基公主歐羅巴拐騙到大海對岸一塊陌生大陸，這塊大陸後來就以歐羅巴的名字命名，即歐洲。另一個克里特島米諾斯怪牛的故事，講的是一張牛頭人身的怪物藏身迷宮之

中，每年要吃七對童男童女，直到英雄忒休斯破解迷宮之謎，殺死了怪牛。

印度教奉牛為神，有不殺牛的習俗，牛在大街上隨便溜達算是街景之一。當然，不是所有牛在印度都被叫做「神牛」，只有長著一個高聳的類似駝峰的肉瘤、大名「瘤牛」的母牛，才被奉為神牛。印度教三大神之一的溼婆神，坐騎是一頭白色公牛——南迪；而溼婆神的妻子難近母則殺死過一頭作惡的怪牛。

西周甚至更早時，中國人已經開始養牛。依照以前在歷史課本中學到的，鐵器和牛耕的

〔明〕文俶／繪，《金石昆蟲草木狀》的水牛

使用，對生產力的提高發揮特別關鍵的作用。牛在耕地之外還負責拉車，古代的馬匹一向都是稀罕物，所以在農耕地區，普通人主要坐牛車（很晚之後，驢、騾開始普遍使用，牛車才逐漸減少）。

好吧，不是要講歷史課，而是要說明在中國的農耕地區，牛主要是「役用」的（游牧民族統治的王朝除外），所以傳統的中國牛都是力量型，這倒是符合牛魔王的整體形象設計——個頭大，力量足，所以叫「大力牛魔王」。

「三調芭蕉扇」中，老牛與孫悟空鬥法，最後現出本相，是一頭大白牛：「頭如峻嶺，眼若閃光。兩隻角，似兩座鐵塔。牙排利刃。連頭至尾，有千餘丈長短；自蹄至背，有八百丈高下。」這副長相顯然有想像的成分，單說這「牙排利刃」，就和普通的牛不同——牛為草食動物，而且是反芻動物，所以牙齒都是「板牙」，以方便磨碎草植，沒有鋒利的犬牙，何來利刃？至於「兩隻角似兩座鐵塔」，的確是很厲害的武器，「你看他東一頭，西一頭，直挺挺、光耀耀的兩隻鐵角，往來抵觸；南一撞，北一撞，毛森森、筋暴暴的一條硬尾，左右敲搖。」我們可以由此猜測牛魔王的「原型牛」。中國的牛就幾大類，基本上是南方水牛、北方黃牛，還有青藏高原的犛牛。單就直直鐵塔一樣的牛角造型來說，牛魔王應該比較接近黃牛。

不管哪一種牛，都有好鬥的天性。南方、北方有很多地方有鬥牛的傳統，牛一旦鬥紅眼睛，不分出個勝負來，絕不甘休，這就是所謂的「固執己見」，一條道走到黑。牛魔王家族的故事中，核心也是這個「牛脾氣」。

「老牛家」的臭脾氣

牛魔王在「大鬧天宮」段落中只露出一個小頭，到了取經「正片」中，「老牛家」第一個正式出場的是紅孩兒，他也是孫悟空和老牛家結仇的起因。

先說說紅孩兒，這個「牛孩兒」真不是一般地「牛」。名字就很厲害——「聖嬰」，不是「聖人的孩子」，而應該是「大聖的孩子」，因為牛魔王自稱「平天大聖」。替孩子取這麼個名字，說明他太拿自封的「大聖」當回事了。

聖嬰是牛孩兒，更是個標準的「熊孩子」。且不說變成被強盜綁架的小孩子騙唐僧上鉤一事，單說唐僧被劫持後，孫悟空情急之下一路棒子「打出一夥窮神來」，窮到什麼程度呢？「披一片，掛一片，裩無襠，褲無口的」，這些窮神居然是號山的當方山神土地，是被「聖嬰大王」折騰成這樣的：「『爺爺呀，只有得一個妖精，把我們頭也摩光了；弄得我們少香沒紙，血食全無，一個個衣不充身，食不充口……常常的把我們山神、土地拿了去，燒火頂門，黑夜與他提鈴喝號。小妖兒又討什麼常例錢。』行者道：『汝等乃是陰鬼之仙，有何錢鈔？』眾神道：『正是沒錢與他，只得捉幾個山獐、野鹿，早晚間打點群精；若是沒物相送，就要來拆廟宇，剝衣裳，攪得我等不得安生！』」依照「妖仙」的標準來看，三百歲的紅孩兒還是個「未成年妖精」，這種蠻橫欺人、變相收「保護費」，還帶有一定的惡作劇成分，而從後面的故事來看，顯然是有樣學樣，和大人學的。

解陽山破兒洞落胎泉，原先是女兒國一處很重要的「公共資源」，自從紅孩兒的叔叔如意真仙來到，就將泉水占為私有，成為勒索別人的「本錢」：「但欲求水者，須要花紅表裡，羊酒果盤，志誠奉獻，只拜求得他一碗兒水哩。」

紅孩兒的母親鐵扇公主，也拿著芭蕉扇做生利的寶貝：「我這裡人家（火焰山周圍的居民），十年拜求一度。四豬四羊，花紅表裡，異香時果，雞鵝美酒，沐浴虔誠，拜到那仙山，請他（鐵扇仙）出洞，至此施為。」施為就是扇上幾扇子，讓火焰山的火暫時熄滅，好讓農家好歹有點收成。

牛魔王的小妾玉面公主，仗著老爸萬歲狐王留下的巨額遺產，也蠻橫得很。孫悟空假稱是鐵扇公主差來找牛魔王，大小姐登時不再裝優雅（「嬌嬌傾國色，緩緩步移蓮」），破

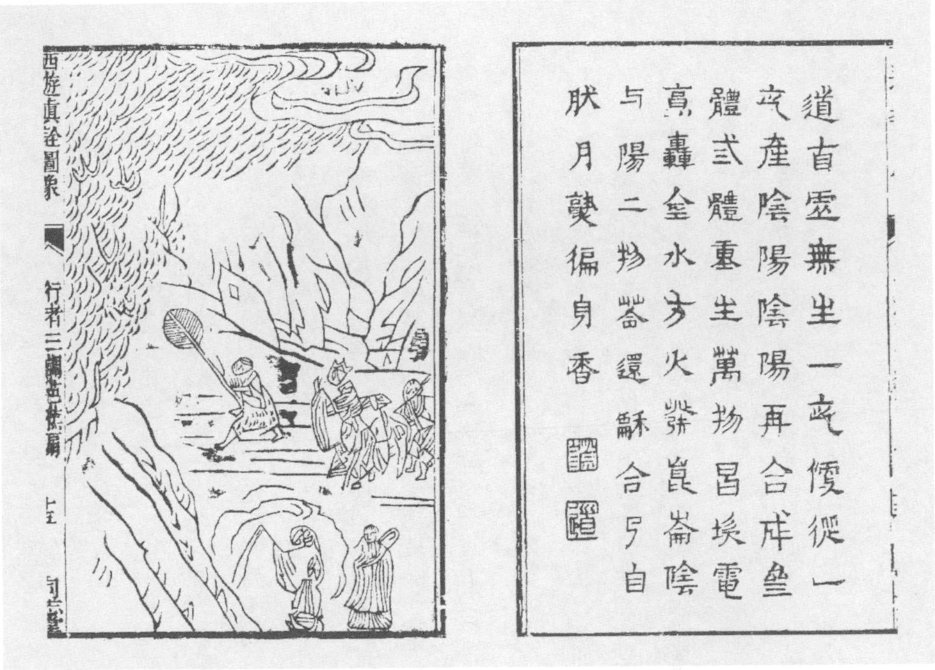

〔清〕陳士斌／詮解，《西遊真詮》的沙和尚

口大罵起來：「這賤婢，著實無知！牛王自到我家，未及二載，也不知送了他多少珠翠金銀，綾羅緞匹；年供柴，月供米，自自在在受用，還不識羞，又來請他怎的！」再怎麼說，鐵扇公主是妻，玉面公主只是妾，卻敢如此撒潑，所以大聖忍不住替鐵扇公主罵了幾句：「你這潑賤，將家私買住牛王，誠然是賠錢嫁漢！你倒不羞，卻敢罵誰！」

牛魔王的家人都是一副刁蠻霸道、仗勢欺人的「地頭蛇」嘴臉，與牛魔王這位「家長」的縱容脫不了干係，正所謂上梁不正下梁歪。

鐵扇公主是牛魔王的原配夫人，從「羅剎女」的稱號來說，樣貌應該也是極美（稍後將會論述），又擁有芭蕉扇這樣一件功能強大、能夠不斷「賺」來供養的寶貝，還生了兒子紅孩兒，這老婆已經算不錯了。可是玉面公主的百萬家私和青春美貌一擺在眼前，老牛立即變心，甘願去做人家的上門女婿，「他這向撇了羅剎，現在積雷山摩雲洞……久不回顧」。牛魔王的家長形象維護得不好，就沒有底氣去管理和約束家人，只能任其蠻橫。這樣橫行霸道慣的一家人，一旦被「冒犯」或自認為被「冒犯」，就是件不得了的事。

紅孩兒被觀音菩薩用「緊箍兒」收了做善財童子，過程雖然吃了苦頭，不過從「妖」變「仙」，用孫悟空的話說，「實受了菩薩正果，不生不滅，不垢不淨，與天地同壽，日月同庚」，也算是歪打正著，得了天大的好處。但他家的人似乎被氣得不輕。

如意真仙說：「這潑猢猻！還弄巧舌！我舍侄還是自在為王好，還是與人為奴好？」

鐵扇公主說：「你這個巧嘴的潑猴！我那兒雖不傷命，再怎生得到我的跟前，幾時能見一面？」

牛魔王說：「那潑猴奪我子，欺我妾，騙我妻，番番無道，我恨不得囫圇吞他下肚，化作大便餵狗……」

話說得真狠。但紅孩兒已經在觀音那裡一段時間了——「號山」和「火焰山」之間隔著黑水河、車遲國、通天河、女兒國等，從事發到唐僧師徒走到火焰山，怎麼說也有幾年了，為什麼不見這些「親人」組團去南海要人呢？而且本來把「未成年」的紅孩兒安排到離家那麼遠的號山去鎮守，就有點不合乎常理——再強調一遍，三百歲在妖界真的不算大啊，黑熊怪的鄰居、凡人金池長老得了些養生法，還活了二百七十歲呢。

話說很多熊孩子剛學會組織語言時，常會在不滿時抱怨一句：「有你們這麼當爸媽的嗎？」所以讓老牛家的臭脾氣「飛」一會兒，這問題倒是先來問問鐵扇公主和牛魔王。

是親生的嗎？

哈，答對了，「我們」的確不會當爸爸、媽媽，因為「你」不是「我們」親生的。不開玩笑。早期取經故事中的紅孩兒，的確不是牛魔王、鐵扇公主夫妻倆「親生的」，而這兩位原本也不是夫妻。有點複雜？先來說說紅孩兒的原型故事「鬼子母揭缽」。最早起源於印度教，後來被佛教所吸取。鬼子母又稱「母夜叉」，原為一惡神，有五百個兒子，每天要去捉人間的小孩來吃。後來佛用一個缽盂將鬼子母最小的一個孩子「賓伽羅」扣住——

北京法海寺壁畫，鬼子母

北京法海寺壁畫，鬼子母（局部）

就像如來用缽盂將假美猴王六耳獼猴扣住那樣，鬼子母向佛哀告，佛於是藉機勸化她說，我扣住妳的一個孩子就急成這樣，妳每天捉別人的孩子來吃，於心何忍？鬼子母聽了教化，從此不再吃人，後來成為佛教的護法天神之一。

宋、元時期，有不少話本小說、戲劇以鬼子母的故事為題材，楊景賢雜劇《西遊記》中，鬼子母的這個孩子名字叫——「愛奴兒」（詞意約同於「親愛的寶貝」）。鬼子母作惡吃小孩，愛奴兒也沒停止，他變成林中小孩向唐僧師徒求救，趁機攝去了唐僧。佛祖正好想降伏鬼子母，於是就用缽盂扣住愛奴兒，鬼子母只好皈依。而鐵扇公主也是雜劇《西遊記》中已有的角色，劇本中芭蕉扇、火焰山都有，只不過鐵扇公主是「單身」，既沒丈夫也沒孩子。

到了小說《西遊記》中，「鬼子母揭缽」的情節整個被拿掉，愛奴兒變成紅孩兒，捉唐僧的故事保留了下來。不過這麼一個「小妖精」得安排父母給他才合理，於是，雜劇《西遊記》中單身的鐵扇公主被選中，做了小說《西遊記》中「小妖精」紅孩兒的母親，這樣既給後面「三調芭蕉扇」埋了一條「導火線」，還可以順便送給紅孩兒一樣新本事——在火焰山煉成的三昧真火。

紅孩兒的這位「新媽媽」，還保留鬼子母一點痕跡，即鐵扇公主的另一個名字——「羅剎女」。「羅剎」是印度傳說中的一種食人惡鬼，男羅剎奇醜無比，女羅剎則美豔如花——所以前面說鐵扇公主的樣貌應該很美。記得嗎？鬼子母還有一個別名是——「母夜叉」。母夜叉和羅剎女在印度佛教中是相互敵對的兩個「物種」。夜叉別名「藥叉」，對人懷有一定善意，而羅剎是純粹的食人族。但這兩個名稱傳到中國後，二者之間的區別就沒那麼大了，大家經常兩詞連用，形容凶神惡煞的女人（一般不是指容貌，而是指行為、態度）。所以說，替紅孩兒的新媽媽鐵扇公主取名羅剎女，就是為了拐彎抹角地紀念他的親媽媽「鬼子母」。

紅孩兒這名字也有來歷，北京法海寺的明代壁畫當中，鬼子母是一個和藹可親的貴婦形象，身旁依偎著一個紅衣小孩，正是那時代最常見的孩童打扮。自從皈依佛門且傳到中土後，鬼子母逐漸演變成類似於「送子觀音」一樣的孩童保護神形象，她的孩子自然也從佛教故事中的賓伽羅、雜劇中的愛奴兒，變成外表普通的孩童形象紅孩兒，而「紅」字又和三昧真火很搭。

其實鬼子母在小說《西遊記》中也出場了，就是孫悟空去落伽山請觀音來幫忙降伏紅孩兒的時候，落伽山這邊迎接他的是「二十四諸天」，而到潮音洞向觀音菩薩通報的就有鬼子母。「諸天」大體上就是「諸位天神」的意思，佛教有「二十諸天」、「二十四諸天」之說，鬼子母皈依後，在「二十諸天」中排名第十五位。小說特意把護教諸天安排在觀音菩薩這裡，又讓觀音菩薩收紅孩兒為善財童子，從某種意義上說，算是特殊形式的「母子」團聚。

從「閻王兄妹」到牛魔王夫婦

鐵扇公主和紅孩兒的母子關係確定了，原本單身的鐵扇公主又是怎麼和牛魔王成為夫妻的呢？她為什麼會被叫做「公主」呢？

這就要說到印度神話中一個叫做「閻魔天」、「焰摩天」或「焰魔天」的人物。看著有點眼生，其實，「閻魔」、「焰摩」或「焰魔」都是音譯，這個人物在佛教中是掌管冥界的神，一般騎著一頭牛，或者長著一個巨大的牛頭。閻魔天還有一個和他同一天出生的妹妹，兄妹兩人住在烈火包圍的「焰魔山」（真正的地獄之火啊），分別管理男鬼和女鬼，可以叫他們「閻王兄妹」。這對閻王兄妹在小說《西遊記》裡變成牛魔王、鐵扇公主夫婦，而他們原先居住的焰魔山，可能是因為「焰」這個字的中文聯想，成為這對夫妻用來「發財生利」的火焰山。

從這個故事來看，鐵扇公主的原型是「閻王」的妹妹，自然應該是公主了（嚴格說，應該叫「長公主」）。閻魔天和他的整組「冥界」班底傳入中國後，派生出牛魔王和鐵扇公主這對妖界夫妻的故事，只算是一個小枝節，更重要的是，這個傳說就和前文摩利支天最終成為道教的斗姥元君一樣，也影響了道教，最終建立起中國式陰曹地府、十代閻羅、牛頭馬面（好像保留了一點「牛魔王」的特徵）等。

從鬼子母、愛奴兒到鐵扇公主、紅孩兒母子，從閻王兄妹到牛魔王夫妻，這一家三口「湊」在一起的過程實在是蜿蜒曲折。紅孩兒一個未成年小妖，為什麼會單獨住在遠離翠雲山的號山、紅孩兒是否為牛魔王夫婦親生等疑問，在此可以得到一定的解釋。其實，這些都是「湊成一家子」過程中留下的「痕跡」。發現和追查這些痕跡很有意思，但關於「親生不親生」的問題，對於主故事「三調芭蕉扇」來說，只能算是一條導火線，故事最要緊的關節還是——「牛脾氣」。

牛脾氣惹奇禍

牛魔王家族不去找觀音算帳，有一種比「紅孩兒不是親生的」更簡單的解釋——不敢。觀音姊姊是誰，地位高、本領大、名門正派，就是打到南海去，也未必能把紅孩兒要回來。所以，乾脆不去了。

這就是恃強凌弱者的心態，逮著比自己弱的就用力欺負，遇到真正比自己高明的連出頭都不敢。至於孫悟空呢，很有趣，牛魔王家族是把他歸入「弱的」，或者說「可以惹」的範圍了。因為昔日老孫和老牛結為兄弟、同為妖仙，論本事和老牛也是半斤八兩，還有「綁架紅孩兒」的「梁子」，更何況他還是主動上門借東西，自然就「倒欠三分」。在火焰山、翠雲山、積雷山，老牛家絕對是主場，不收拾猴子等什麼？

但老牛家不知道的是，五百多年不見，當他們堅持不懈地擺架子、收保護費、鬧家務時，孫悟空卻經過五行山下的苦熬思過，還有已經走了一半多的取經之路（「三調芭蕉扇」是「八十一難」中的第四十六、四十七、四十八難），此時的孫悟空早已不是當年和「老

魔王の正体は黒牛
一同額を集めて考えた末、煉丹のもとじめの太上老君に来てもらうことにします。ところが、この魔王はもと老君の薬をひく黒牛だったので、旧主人におこられて、忽ち正体を現わし『モウモウ悪いことは致しません』と、よつんばいになってあやまりましたので、老君は牛の鼻に、例の金輪をとおしてひき帰りました。

〔日〕水島爾保布／繪，《繪本西遊記》的牛魔王

牛」不相上下的妖仙「老孫」了。硬碰硬地打，二人似乎還是平手，但胸懷方面，老牛就比老孫差得遠了。

在鐵扇公主的翠雲山，孫行者路遇一樵夫，得知鐵扇仙就是牛魔王之妻、紅孩兒之母鐵扇公主，嚇了一跳，沒想到找到仇家門上來，樵夫是這樣安慰他的：「大丈夫鑑貌辨色，只以求扇為名，莫認往時之溲話，管情借得。」《西遊記》裡的樵夫都不是凡人，例如須菩提祖師靈臺方寸山的樵夫，為美猴王指點了仙山洞府；翠雲山的這位樵夫則是一位看問題很有穿透力的智者。他的話很能抓住重點，你的目的是求扇子，不要試圖理論之前的恩怨道理，得

火の山

やがて冬も近づいたのに、不思議や日ましに暑くなってきます。聞けば行手に火焰山があるためで、これを消すには、羅刹女が持つている芭蕉扇に限るという話です。悟空は翠雲洞を訪れて、借りようとしましたが、先年養子の紅孩兒をいじめられた恨があるのでケンもホロロのあいさつです。

讓且讓，自然能成功。孫悟空當即表示感謝，一開始努力地「得讓且讓」。對鐵扇公主的埋怨，他一直賠著笑臉，還特意說可以幫紅孩兒請探親假：「嫂嫂要見令郎，有何難處？妳且把扇子借我，扇熄了火，送我師父過去，我就到南海菩薩處請他來見妳，就送扇子還妳，有何不可！那時節，妳看他可曾損傷一毫？如有些須之傷，妳也怪得有理，如比舊時標緻，還當謝我。」如此低聲下氣，在秉性高傲的孫行者已經是難得的了。可惜鐵扇公主太過執拗，砍上十幾刀，不夠出氣；一扇子把猴子扇出五萬里，還不夠出氣；逼得孫悟空鑽進她的肚子求扇子，這回不是不解氣，而是更氣了，所以拿了把假扇子給他。

扇子是非借不可，而鐵扇公主因為賭氣，將矛盾升級，推到了牛魔王面前。牛魔王一開始比女流之輩還要大方些，至少孫悟空關於紅孩兒的說辭，他還是聽進去了。可是舊恨不提，新恨已成：「你原來是借扇之故，一定先欺我山妻，山妻想是不肯，故來尋我，且又趕我愛妾！常言道：『朋友妻，不可欺；朋友妾，不可滅。』你既欺我妻，又滅我妾，多大無禮？上來吃我一棍！」牛脾氣上來，任什麼也不行。列舉之後的連鎖反應：

牛魔王和孫悟空打到一半，亂石山碧波潭老龍王來請，牛魔王騎著辟水金睛獸赴宴。孫悟空混進龍宮偷了辟水金睛獸、變作牛魔王哄騙鐵扇公主（為此大聖也夠丟人的，似乎全書只有這麼一段近似於出賣色相），騙出芭蕉扇。然後是牛魔王變成豬八戒，騙回芭蕉扇。兩人開打。

豬八戒惱怒加入戰隊。

牛魔王、孫悟空鬥七十二變，逃往芭蕉洞。豬八戒滅掉摩雲洞眾妖，殺死玉面狐狸。

牛魔王遇天兵、天將圍追堵截，最終被哪吒擒拿。鐵扇公主被迫交出扇子，永遠熄滅火焰山的火，從此不再使用。

簡直是多米諾骨牌，只因死活要賭一口氣，本可以好商好量的一件事，最終導致一場大禍，是否值得呢？

不管是誰，拘泥於自己小世界裡那一點小得意，一旦遇到真正的對手，都是容易摔跟頭的。所以，眼界、格局需如孫大聖，放寬放大、能屈能伸才好。

征服者「哪吒」

最後，說一說牛魔王的征服者哪吒。

本文開頭提到印度教傳說中降伏怪牛的女神「難近母」，在佛教中，有一位蓮花部的「大威德明王」，正是「死神」焰魔王的征服者。佛教傳到中國，「蓮花部明王」逐漸演變成「蓮花化身」的李天王三太子哪吒。小說《西遊記》的孫悟空形象出現前，哪吒是神界僅次於二郎神的降魔高手，而且二者還是好朋友。有一部雜劇叫《二郎神醉射鎖魔鏡》，說的是二郎神有一天去看望他的好兄弟哪吒（這裡的哪吒還是成年人），哥倆好久不見，開懷暢飲，二郎神喝得高興，彎弓搭箭這麼一射，結果射穿了一面重要的鏡子——鎖魔鏡，鏡中逃出來兩個妖魔——九首牛魔王和金睛百眼鬼（可以看成是「黃花觀」蜈蚣精的原型，後面有專文論述）。這下子，二郎、哪吒的酒醒了，趕緊抄傢伙降魔吧。最終，哪吒用火燒的辦

〔清〕周培春／繪，哪吒

法，降住牛魔王和百眼鬼，天下太平。後來又有一部明雜劇叫《猛烈哪吒三變化》，說的是哪吒到焰魔山降伏五大鬼王的故事，鬼王之一就是「無邊大力鬼王」，和「大力牛魔王」很接近。

牛頭怪、閻魔王（或焰摩王）、九首牛魔王、難近母、大威德明王、哪吒三太子，哪吒降伏牛魔王的故事就是按照這個軌跡發展過來的。到了小說《西遊記》，牛魔王已經沒有九個頭了，不過那種砍下頭又長出來的本事，估計靈感是從九首牛魔王來的。

砍頭不能把牛魔王怎麼樣，最終，哪吒還是使用老套路火攻，「哪吒取出火輪兒掛在那老牛的角上，便吹真火，焰焰烘烘，把牛王燒得張狂哮吼，搖頭擺尾。」不知哪吒風火輪上帶的是不是三昧真火，不過老牛藉著火焰山生利，最終卻敗在火攻之下，正所謂「報應不爽」。

第六變

「哮天犬」和「諦聽」

大家都知道「哮天犬」的主人是二郎神。「諦聽」呢？「真假美猴王」一段，兩猴子打到地府，讓十代閻羅幫忙辨真假，閻王們辨不出，地藏王菩薩叫他的寵物「諦聽」來聽。諦聽本領非凡，「他若伏在地下，一霎時，將四大部洲山川社稷、洞天福地之間，嬴蟲、鱗蟲、毛蟲、羽蟲、昆蟲，天仙、地仙、神仙、人仙、鬼仙，可以顧鑑善惡，察聽賢愚。」那麼，諦聽有沒有探明假猴王的來歷呢？聽他怎麼和地藏王彙

〔清〕佚名，《十犬圖冊》

報：「怪名雖有，但不可當面說破，又不能助力擒他。」地府裡沒有誰能打敗假猴王，地藏王接著追問該怎麼辦。諦聽含蓄地說：「佛法無邊。」意思是讓他們去找佛祖。

關於諦聽，《西遊記》就這麼點文字，不過真的讓人印象深刻。他到底是什麼動物呢？其實，諦聽是一隻白犬，和哮天犬是同類。

從狼到狗

先來介紹狗這種動物的一些科普知識，人類飼養的哺乳動物中，馴化最早的就是狗。據研究，狗的馴化大約是距今四萬年至一萬五千年前，狗的祖先是狼。關於馴化這個話題，我們通常會說人馴化了雞、狗、豬等家禽、家畜。不過也有學者透過實驗研究提出另一種觀點，認為從狼到狗的過程中，是狼選擇了人，而不是人選擇了狼。

這事初聽起來沒什麼道理，人為「萬物之靈長」，怎麼可能是狼選擇人呢？但自然界的很多真相恰恰就是這樣。舉一個身邊的例子——花與蜜蜂的關係。蜜蜂和其他採集花蜜、花粉的蝴蝶、金龜子、螞蟻等昆蟲，都有個名稱叫做「訪花昆蟲」。表面看來，牠們是「動」物，在花朵間忙忙碌碌，採花釀蜜，似乎一直處於主導地位，而實際上，花朵從昆蟲身上獲利更多。真相是，植物為了把自己的花粉傳播出去，逐漸進化出漂亮耀眼或芳香誘人的花朵來吸引昆蟲採集花蜜，順便把花粉黏在牠們身上的細毛，當昆蟲訪問其他花朵時，自然就把花粉帶過去了。所以說，在花朵和訪花昆蟲之間，不是昆蟲「利用」花朵，而是花朵「馴化」了昆蟲。

狗和其他家養動物與人類的關係，也有類似的情況。狗的祖先狼是很聰明的一種動物（具體內容將在「奎木狼」一節論述），而聰明的最大表現就是善於生存，善於變通，通俗地說就是「識時務者為俊狼」。人類從狩獵逐漸走向農耕的過程中，有了剩餘的食物，一部分狼，特別是幼崽，選擇逐漸靠近人類，以「聽話」為代價換取食物；而人類發現這些「小狼」長大後，忠誠度很不錯，還能幫上很多忙，諸如看家、狩獵、做伴等，於是從狼到狗的馴化就開始了。

現在的狗不但品種多，功能也分得很清楚。例如著名的「德國牧羊犬」特別適合做警犬、搜救犬；「邊境牧羊犬」適合管理羊群；「藏獒」則是高原牧民的好夥伴；「黃金獵犬」、「貴賓犬」、「比熊犬」、「紅貴賓犬」等，是聽話乖巧的寵物。其他還有獵犬、緝毒犬、導盲犬等。那麼，哮天犬和諦聽各是什麼品種呢？

「戰神」的好伴侶

《西遊記》中，哮天犬曾幫助主人二郎神兩次獲勝。

第一次自然是「小聖（指二郎神，人稱『二郎顯聖真君』）施威降大聖」。有一種不大嚴謹的說法，二郎神之所以能擒住孫悟空，是因為孫悟空有七十二變，二郎神則是「七十三變」，多的那一變就是哮天犬。二郎神與孫大聖鬥法之際，天上觀戰的觀音菩薩和太上老君想扔塊「磚頭」下去幫幫忙，觀音菩薩想扔她的玉淨瓶，太上老君卻說瓷瓶子金貴，別摔破了，還是我的「金剛琢」結實。結果，金剛琢打中大聖的頭，大聖「立不穩腳，跌了一跤，爬將起來就跑」，哮天犬立即躥上去補刀——「照腿肚子上一口，又扯了一跌。他睡倒在地，罵道：『這個亡人！你不去妨家長，卻來咬老孫！』急翻身爬不起來，被七聖（二郎神和他的『梅山六兄弟』）一擁按住，即將繩索捆綁，使勾刀穿了琵琶骨，再不能變化。」

這一回孫大聖敗得真慘，以致過了五百年，還不好意思見二郎神。這也是為什麼在亂世山碧波潭，孫大聖看見二郎神路過想請他幫忙，卻不好意思上前，非得派豬八戒去請的原因。孫悟空很少服什麼人，只有二郎神稱之為「顯聖大哥」，分外尊重。當晚還有一番歡聚，聽聽梅山兄弟一番溫暖的話：「孫二哥也是貴客，豬剛鬣又歸了正果，我們營內有隨帶的酒餚。教小的們取火，就此鋪設：一則與二位賀喜，二來也當敘情。」真正的朋友情誼啊。

第二天，二郎神帶著梅山六兄弟幫忙打「九頭蟲」，又是哮天犬躥上去一口咬掉九頭蟲的一個頭，九頭蟲負痛而走，才結束戰鬥。

哮天犬這個名字雖然知名度很高，但《西遊記》沒有這個叫法，二郎神的愛犬叫做「細犬」。到了《封神演義》中，牠才被叫做哮天犬，而細犬是個真實存在的犬品種。

細犬是產於中國山東和陝西的一種獵狗，頭小、腿長、腰細，善奔跑，體形與動物界的捕獵高手——非洲獵豹相似。獵豹的身材是一個強勁有力的弓形，這種身材的好處是，當身體弓起來再彈開時，爆發力特別強。有些資料說獵豹捕獵羚羊時，瞬間速度可以達到每小時一百二十公里，是陸地上的哺乳動物中速度最快的。和牠身材相似的細犬，速度和反應力也相當了得。打獵是古人一項很好的運動和娛樂，獵犬和獵鷹則是打獵時的主要幫手，所謂「左牽黃，右擎蒼」，細犬即是經過長期馴化的優秀獵犬之一，特別善於捕獵野兔。

《封神演義》的哮天犬，威力又增加了，居然和孫悟空的如意金箍棒一樣，不用的時候可以「隱形」，用的時候「祭起」才會出現，「仙犬修成號細腰，形如白象勢如梟。銅頭鐵頸難招架，遭遇凶鋒骨亦消」。這麼一個大傢伙瞬間出現，出其不意地咬上對手一口，殺傷力相當強。《封神演義》中的重量級選手鄧嬋玉、趙公明、碧霄娘娘，都禁不起這突然的一咬，哮天犬的主人楊戩藉此多次反敗為勝。

二郎神與孫悟空

哮天犬的主人二郎神非常有話題，小說《西遊記》中的二郎神是之前多個「二郎神」形象的集合體。小說中，二郎神是玉帝的外甥，姓楊，是玉帝的妹妹思凡下界與楊姓男子所生，還曾有過一段類似「寶蓮燈」中沉香劈山救母的故事。而《封神榜》中的楊戩是玉鼎真人的徒弟、姜子牙的師侄。這兩位二郎神都是「楊二郎」。

孫悟空和二郎神鬥變化，隱身逃到二郎神的「大本營」灌江口，變成二郎神的模樣坐在上面。灌江口這個情節則來自「李二郎」的傳說，灌江口一說就是四川成都的都江堰（一說是江蘇灌南），當地有二郎廟，紀念治水的蜀守李冰的兒子二郎。不管在都江堰還是在灌南，二郎神都是被當作「水神」來祭祀。水神的功能類似龍王，和降雨、治水等有關，就是和農業生產有關。不過在「灌口二郎廟」這段中，孫悟空變化的「二郎爺爺」所處理的「日常事務」，似乎和土地差不多：「他坐在中間，點查香火：見李虎拜還的三牲，張龍許下的保福，趙甲求子的文書，錢丙告病的良願。」這是意料之中的，民間常賦予某個地方性神靈

〔清〕《封神真形圖》的二郎神楊戩

多種職司。

不過，小說《西遊記》的二郎神和《封神榜》的楊戩，在主體故事中更像「獵神」加「戰神」，做為獵犬的哮天犬時時隨侍身邊。亂石山碧波潭那一回，二郎神就是打獵回家時碰巧路過，「領梅山六兄弟，架著鷹犬，挑著狐兔，抬著獐鹿，一個個腰挎彎弓，手持利刃，縱風霧踴躍而來。」二郎神的獵神加戰神特點，據說來自南北朝時的氐族人英雄，另一位「楊二郎」的傳說。這位二郎是戰神，而且二目之間還有一立目，正是如今二郎神形象的一大特點。小說《西遊記》中這「第三隻眼」並未出現，後來的影視作品中倒是總會用上。有人推測這是氐族「黥面」習俗的藝術化——即故意將雙目間的額頭割破，留下疤痕，塗以墨汁。既是戰神加獵神，這位氐族傳說中的二郎，自然會帶著一隻神犬。

而說到「小聖施威降大聖」，就是二郎神打敗孫悟空這件事，故事卻來自一位叫做「趙昱」的二郎。傳說「趙二郎」在隋朝時任嘉州太守，降伏過水中的蛟龍，後來成仙。前文牛

〔明〕佚名，《二郎搜山圖》（局部）

魔王一章提到的元雜劇《二郎神醉射鎖魔鏡》，其中的二郎神就是趙二郎，而元雜劇《二郎神鎖齊天大聖》、元雜劇《西遊記》中的二郎神則是楊二郎，小說《西遊記》沿用後一種說法。

不管姓什麼，反正二郎神和哪吒是孫悟空橫空出世之前的仙界兩大降魔高手。《二郎神醉射鎖魔鏡》中，二人聯手擒拿了「九首牛魔王」和「金睛百眼鬼」；《二郎鎖齊天大聖》中，二郎神擒拿了齊天大聖及其兄弟通天大聖和耍耍三郎；元雜劇《西遊記》中，哪吒擒住「通天大聖」孫行者，而二郎神和細犬降伏了豬妖「豬八戒」。吳承恩曾為一幅畫題詩〈二郎搜山圖歌〉，寫的就是二郎神降伏妖魔鬼怪後搜山的事。而在小說《西遊記》中，二郎神的英雄氣概，很多被「移植」到孫悟空身上，並且發揚光大，不過二郎神仍然光彩奪目，還是孫悟空敬服的「顯聖大哥」。

諦聽和地藏菩薩

現在去九華山，有地藏菩薩像的地方基本都能看到諦聽，只不過他的外貌已經被神化，長得角似鹿，頭似駝，嘴似驢，眼似龜，耳似牛，鱗似魚，鬚似蝦，腹似蛇，足似鷹，比傳說中的「四不像」更怪，人稱「九不像」。諦聽的原型卻是一隻狗，而且是我們日常見到最普通的白犬。

這就要追溯地藏菩薩的故事，地藏菩薩是佛教在中土的四大菩薩之一，他「主管」的工作是在地獄中「度」那些為惡的靈魂，所以小說《西遊記》中，地藏菩薩會和十代閻羅住在一起。

有個著名的「金地藏」傳說，那時，九華山來了一位新羅國的僧人金喬覺，隨身帶著一隻叫諦聽的白犬（有些文獻稱為「善聽」、「地聽」）。這位僧人在九華山修行一生，多為善事，坐化之後面目如生，經久不朽，據說面目酷似地藏菩薩，人們就認為金喬覺是地藏菩薩轉世，遂尊之為「金地藏」。與金喬覺形影不離的白犬諦聽，也被尊為神獸，一起供奉。

至於諦聽這條狗到底是什麼時候、以什麼機緣開始追隨金地藏，就沒有確切的記載了。有一種說法是諦聽是金喬覺在路上收養的一條流浪狗。聽起來有些可笑，但仔細想想，不是沒有道理。因為金喬覺是從新羅國一路來到中國安徽的九華山，路遠迢迢，堪比真實版玄奘西天取經。古代的行腳僧人遇到寺院可以「掛單」休息，更多時候遇不到寺院，也沒有人家的時候，只好風餐露宿，其境遇說得難聽些，和乞丐不相上下。這種情況下，估計會經常遇到流浪狗。武俠小說中，丐幫幫主有一套傳世武功叫「打狗棒法」，就是用來對付看家狗和流浪狗。武林高手遇狗則打，而像金喬覺這樣的有道高僧，估計會心存悲憫，把化來的食物分給狗，而狗是講情義的動物，受此恩惠追隨報恩，這也講得通。

有人研究九華山興起前，各地零星供奉的地藏菩薩雕像、畫像，發現另一件有趣的事——諦聽的前身應該是一隻金毛獅子！

其實，金地藏的故事本身就能說明一些問題。彷佛說唐僧的前世是如來佛的二徒弟金蟬子，這個金蟬子遠遠地在靈山、在雲端，而金蟬長老化身的唐三藏卻近在眼前，他有優點也有缺點，還有七情六欲，是一個活生生的凡人。金地藏也是如此，他是真實存在過的人，有國籍，還有故事，多親切啊！所以與他相伴的動物，由傳說中罕見的、威風凜凜的獅子，變成一隻普通人家都有的馴順白犬，那也是很搭的！

諦聽最終被定型為一隻狗，既有忠誠不二的品格，又具備超凡的聽力和洞察力。諦聽一詞出於《長阿含經》等佛經，本意是從心中明白地聽聞佛法，以諦聽為名的神犬，能辨別世間萬物的聲音，所以在《西遊記》中，能幫助地藏菩薩辨別出「真假美猴王」。

第七變

黑熊怪是「熊」？是「羆」？

黑熊怪是唐僧遇到第一個正經的妖怪，收服悟空和白馬之前，唐僧在雙叉嶺遇到的「寅將軍」、「熊山君」、「特處士」，只知道見人肉就吃，連唐僧肉都不知道，等級太低，黑熊怪則不同。

如來給了觀音三個緊箍兒，本是讓她在路上找三個神通廣大的妖魔收服，用緊箍、咒語約束好，做取經人的徒弟。後來，只有孫悟空戴上緊箍兒，而豬八戒、沙和尚比孫悟空本領低得多，也好管得多，另外兩個緊箍兒，觀音就留為己用，一個套住紅孩兒，一個就套住黑熊怪。紅孩兒是借助三昧真火才幾次贏了大聖，而黑熊怪純粹是硬碰硬，兩次和大聖打了平手，武功也算一流。黑熊怪在其他方面也很另類，對唐僧肉沒興趣，喜歡修道，周圍的朋友灰狼凌虛子、白衣秀士白花蛇怪，雖都是妖精，湊到一起談的卻是「立鼎安爐，摶砂煉汞」，總之是和修道有關的事。連觀音菩薩也喜歡他的黑風山，才看中他做「守山大神」。

儘管黑熊怪是這麼一個「不俗」的妖精，卻也有不能免俗之處，那就是「貪」。

都是「貪」字惹的禍

提起貪念，故事開篇的觀音院金池長老更有代表性。

金池長老的修煉水準不算低，近旁住著黑熊怪這樣的鄰居，還是很得實惠的，「那黑大王修成人道，常來寺裡與我師父講經，他傳了我師父些養神服氣之術」，所以老和尚活到二百七十歲。可惜，活了那麼多年，「侍奉」觀音菩薩這麼多年，「貪」字卻沒有戒除。

唐僧師徒來到這荒山野嶺孤寺借宿，發現這裡的和尚們生活真是有品味：喝茶的器具是「一個羊脂玉的盤兒，有三個法藍鑲金的茶鍾，又一童，提一把白銅壺兒，斟了三杯香茶。真個是色欺榴蕊豔，味勝桂花香」。

招待遠方來客，備上美食美器、喝點好茶算是盡地主之誼，就算是炫耀也還有限。單說這位老和尚，出家二百五、六十年居然攢了七、八百件袈裟，一件一件從櫃子裡拿出來掛在衣架上，真的「滿堂綺繡，四壁綾羅」。夠氣派，但也很可笑。人，尤其是男人，和尚又不是衣服架子，要這許多袈裟做什麼呢？

話說袈裟這件事，本是和佛教一起從印度傳過來。印度的和尚之所以要披袈裟，是因為印度地處熱帶，一般人都以白衣為主，出家人為了在身分上區別於俗人，才披上這種「雜色」的袈裟。早期的袈裟以樸素為主，而且必須是多塊碎布拼接而成。中土佛教中的袈裟類似於一種禮服，一般在重要場合穿著，材質上自然會講究一些。只是出家人本該以修行自律為主，反觀擁有十二大櫃子和七、八百件錦繡絲羅袈裟的金池長老，哪裡還是修行的和尚，明明是喜歡炫富的土財主、守財奴。

孫行者看不慣金池長老的矌張樣，一定要展示自家的錦襴袈裟，唐僧則不同意：「莫要與人鬥富。」小說中的唐長老和真實版的玄奘已經很不一樣，是個有不少缺點的「凡人」，不過他在觀音院說的這一番話卻很有水準，洞察人心極其透澈：「古人有云：『珍奇玩好之物，不可使見貪婪奸偽之人。』倘若一經人目，必動其心；既動其心，必生其計。如是個畏禍的，索之而必應其求，可也；不然，則殞身滅命，皆起於此，事不小矣。」

看著有點眼熟吧？孫悟空的「授業恩師」——須菩提祖師說過類似的話。想當年在靈臺方寸山、斜月三星洞，孫悟空剛學會七十二變，禁不得師兄弟們慫恿，當場變成一棵樹給大家看，結果被須菩提祖師一陣教訓：「我問你弄什麼精神，變什麼松樹？這個功夫可好在人前賣弄？假如你見別人有，不要求他？別人見你有，必然求你。你若畏禍，卻要傳他；若不傳他，必然加害：你之性命又不可保。」這件事的後果可不僅是徒弟被師父臭罵一頓，還被趕下山！

不得不說猴子是真不長記性啊，上一次是七十二變，這一次是錦襴袈裟，起因都是猴子的「賣弄」之心。而前後兩位「師父」教訓的都是同一個道理——高調、賣弄容易招禍。其實孫行者這種凡事要爭個高下的脾氣，是另一種「貪」，貪圖的是「贏」，以及贏帶來的名聲和心理滿足。

唐僧的直覺是準確的，果然一見袈裟，金池長老就起了歹心，想要不顧一切占為己有。一九八六年的電視劇《西遊記》中，表演藝術家程之先生將金池長老的貪演繹得淋漓盡致，很多人都熟悉這個段落。老和尚先是藉口燈光昏暗，要借袈裟一個晚上回去細看。唐僧不願意又不好意思說，孫悟空要顯示大方，還是借給他。然後，老和尚回到禪房對著袈裟直哭到二更。眾僧詢問再三，他才說袈裟光看不過癮，要是能穿上一天，「死也閉眼——也是我來陽世間為僧一場！」可惜眾多徒子徒孫都沒聽明白「師公」的弦外之音，還出主意說可以多留唐僧幾天，就能多穿幾天了。其實師公心裡想的壓根是另一回事：「縱然留他住了半載，也只穿得半載，到底也不得氣長。他要去時，只得與他去，怎生留得長遠？」

接下來師公和徒孫的對話，基本上是策畫犯罪：

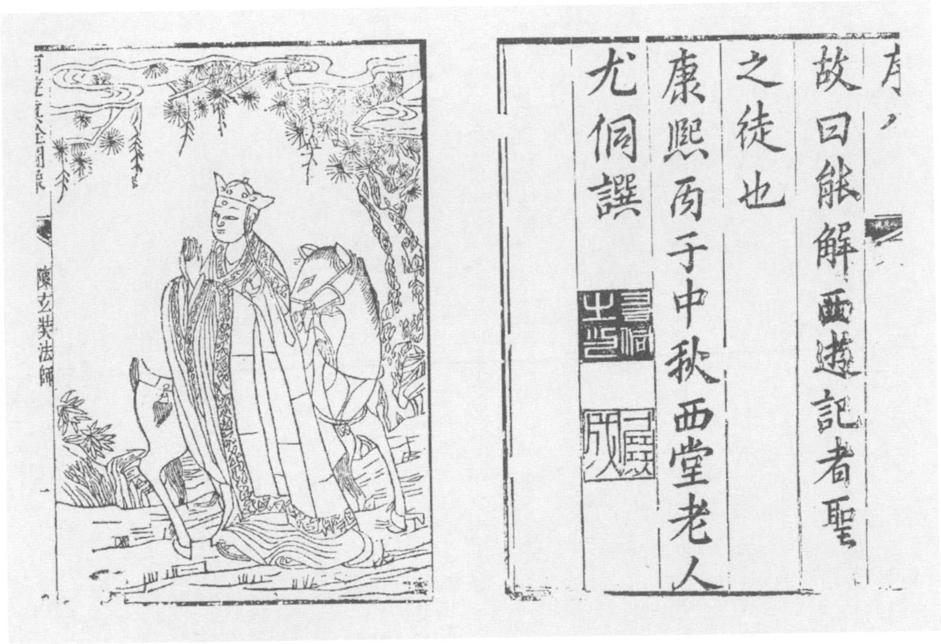

〔清〕陳士斌／詮解，《西遊真詮》的唐三藏

小和尚「廣智」出主意殺了唐僧師徒滅口，可是雖然不了解孫行者到底有多大本事，大家卻都已經看出那「毛臉雷公嘴」不好惹，未必殺得成；另一個小和尚「廣謀」提出第二方案——火燒比刀砍強。於是，全寺和尚半夜起床，一起搬柴火準備火燒唐僧。

果然如唐僧所說，「既動其心，必生其計」，貪念一起，觀音院瞬間變成強盜窩。不過老和尚和小和尚都沒想到，他們遇到的是不惹事就會死的孫行者。發現和尚們要放火，猴子就上天去向廣目天王借來「避火罩兒」，罩住唐僧住的禪房，又在房檐上助了點風，整個觀音院被燒。火光又招來黑熊怪，順手牽羊帶走了袈裟。經營二百多年的「家當」沒了，挖空心思想占有的袈裟也沒了，對視財如命的金池長老來說，「命」已經沒了，再加上害怕孫行者來索要，只有一頭碰死。

是「熊」？是「羆」？

金池的貪財有了終結，孫行者的貪名卻引來下一個「貪」——本意是來救火的黑熊怪，看見袈裟也起了貪念，不但「拿」回家，還要大開「佛衣會」。黑熊怪的貪與金池不同，帶著點「不拿白不拿」、「賊吃賊，愈吃愈肥」的味道。說實話，老和尚金池長老把袈裟當收藏品，倒還有些道理，黑熊怪一個修習道家的妖精，要佛家的袈裟有什麼用呢？

黑熊怪的貪性倒是符合古人對熊這種動物的認知，熊體大而貪吃，古書中早就將牠與「貪殘」聯繫在一起。先解決一個知識性問題，黑熊怪到底是哪種熊呢？

看起來沒什麼疑義，作者一直在強調他的黑，「碗子鐵盔火漆光，烏金鎧甲亮輝煌。皂羅袍罩風兜袖，黑綠絲縧嚲穗長。手執黑纓槍一杆，足踏烏皮靴一雙。眼幌金睛如掣電，正是山中黑風王。」搞得行者都笑了：「這廝真個如燒窯的一般，築煤的無二！想必是在此處刷炭為生，怎麼這等一身烏黑？」這麼黑當然應該是黑熊。可是回目標題上又出現了「熊羆怪」，這就有點歧義了。羆，指的是——棕熊。

棕熊以北美的棕熊最為有名，美國人以牠們為原型創造了不少可愛的卡通形象。其實棕熊不僅分布在北美，亞洲、歐洲都廣泛分布。真正的棕熊相當凶悍，又叫「人熊」或「馬熊」，是熊科動物裡體型最大的，戰鬥力也最強。

「熊」、「羆」二字在中國的古書中出現得很早，而且常放在一起用。《尚書．牧誓》中有：「如虎如貔，如熊如羆。」司馬遷《史記．五帝本紀》中記載軒轅氏，就是黃帝，「教熊羆貔貅貙虎，以與炎帝戰於阪泉之野」。「貔貅」是傳說中的一種猛獸，據說是龍的兒子之一。「貙虎」是指一種長得像狐狸，但體型比狐狸大的猛獸。從字面意思來看，黃帝似乎是一位馴獸高手，會驅動熊羆、貔貅、貙虎等猛獸做戰士，與炎帝打仗，後世也常用「熊羆」來比喻雄師勁旅，與「虎狼之師」是相同意思。

還有一些和熊有關的神話傳說，比較著名的是關於大禹。傳說大禹的妻子塗山氏在大禹治水時去「探班」，沒想到看見大禹變成一頭大熊，正在推山，塗山氏當場就被嚇得變成石頭。治水需要「移山倒海」，所以大禹變成力大無比的熊，可見古人對熊的體力認知和崇拜。吳老先生稱黑熊精為「熊羆怪」，應該是沿用這種自古就有的習慣用法，為了強調這個妖怪的戰鬥力之強。

〔清〕五品武職官服上的補子，熊羆圖

〔明〕文俶／繪，《金石昆蟲草木狀》的熊

「黑大王」慢生活

「黑大王」的確有著「熊羆」的勇猛，論武藝，他能夠和孫悟空打個平手，可是他又不是好勇鬥狠一路。二人一天之中兩次交手，都是黑大王喊停，第一次的理由是中午該吃飯了；第二次打到日頭偏西，人家又說天晚不好打了，明天再打。真是個懂得養生的妖精，他的邏輯是任何事都不能耽誤吃飯、睡覺。不但懂得養生，心還挺大，趁著「中場休息」，把「佛衣會」請客的事也安排好了——安排的不只是事務性工作，怎麼布置會場、準備酒席等，還寫了很多封給各洞妖王的請柬。

從後文孫悟空截獲給「金池老友」的一封請柬來看，真稱得起文采生動、花團錦簇：「侍生熊羆頓首拜，啟上大闡金池老上人丹房：屢承佳惠，感激淵深。夜觀回祿之難，有失救護，諒仙機必無他害。生偶得佛衣一件，欲作雅會，謹具花酌，奉扳清賞。至期，千乞仙駕過臨一敘。是荷。先二日具。」這一封以佛衣會為主題的請柬，顯然不是批量抄寫的那種，而是量身打造、單獨寫給金池長老的。明明是趁火打劫「順」來的袈裟，卻寫成一封大大方方的邀請函，文字功力也是不差。

這裡插幾句關於佛衣會的來歷，其實這個「會」最早是孫悟空辦的。

故事是在楊景賢雜劇《西遊記》中，孫悟空原型之一的「通天大聖」，不但從王母娘娘那裡偷了仙桃百顆，還偷了「仙衣一套」、「銀絲長春帽一頂」，與搶來的老婆金鼎國公主擺酒取樂，名之為「仙衣會」。小說《西遊記》中的孫悟空經過重塑，好色的毛病已經全部轉移出去，仙衣會則化身「佛衣會」，出現在黑熊怪這裡，正好讓唐僧的「寶貝袈裟」有露面的機會。而「黑風山黑風洞」在雜劇《西遊記》中原是豬八戒的住所——對，豬八戒本應是一頭黑色的野豬，不過在小說裡，這個住處轉移給「黑大王」黑熊怪倒是更搭。

繼續說黑熊怪。和人打架，還能不耽誤吃飯、睡覺，還能靜下心來寫信，急性子的孫悟空碰到這種對手也是醉了。跳著腳罵確實很過癮：「你這個孽畜，教做漢子？好漢子，半日兒就要吃飯？似老孫在山根下，整壓了五百餘年，也未曾嘗些湯水，哪裡便餓哩？莫推故！休走！還我袈裟來，方讓你去吃飯！」——可是，人家就是閉門不出，你罵夠了自然得先回去，有什麼辦法？

其實黑熊怪這種以靜制動的策略，倒是和熊的慢性子有些相關。熊雖然威猛，但因為個頭大，行動算不上敏捷迅速，大多數時候都慢吞吞。居住在北方地區的熊，到了冬天還有冬眠習慣，連飯都免了，一睡幾個月。「慢生活」的基本要素就是好好吃飯、好好睡覺，閒下來養養心性，思考思考哲學，這些正和黑熊精的修煉成果相吻合。連孫悟空都不得不對他的這種修道模式按個讚：「行者進了前門，但見那天井中，松篁交翠，桃李爭妍，叢叢花發，簇簇蘭香，卻也是個洞天之處。又見那二門上有一聯對子，寫著：『靜隱深山無俗慮，幽居仙洞樂天真。』行者暗道：『這廝也是個脫垢離塵、知命的怪物。』」這些也是觀音菩薩能看上黑熊怪的原因──別看他長得烏漆墨黑，可是既有和齊天大聖打成平手的本事，又有慢慢修道的耐心，審美、文字都不差，「菩薩看了，心中暗喜道：『這孽畜占了這座山洞，卻是也有些道分。』因此心中已此有個慈悲」。

為了將這樣一個「人才」帶回落伽山加以培養，觀音菩薩真是下了重本，居然不惜變成灰狼靈虛子的樣子，攜帶孫悟空變的「仙丹」混進黑風洞，騙黑熊精吃下，接下來的事就交給「仙丹」吧。西天路上，孫悟空多次鑽進妖精的肚子，這一招必殺技從不失手，在「黑風山」是第一回試驗。

「收悟空」、「收龍馬」、「收黑熊怪」這三個連續的故事裡，觀音菩薩一直都在參與。「收悟空」時給唐僧送緊箍兒、傳授「緊箍咒」；「收龍馬」時不但親自出面將「龍」變成「馬」，又派落伽山山神送來一副鞍轡轡頭。此外還許了孫大聖許多好處，「我許你叫天天應，叫地地靈。十分再到那難脫之際，我也親來救你」。更重要的是還送了三根救命毫毛，到了「獅駝嶺」一段，孫悟空鑽透大鵬怪的「陰陽二氣瓶」，靠的就是它們。而黑熊怪故事的「第一現場」居然是——觀音院，正像孫悟空和觀音耍無賴時所說的：「我師父路遇你的禪院，你受了人間香火，容一個黑熊精在那裡鄰住，著他偷了我師父袈裟，屢次取討不與，今特來問你要的。」事情發生在自家的道場裡，的確夠諷刺，做為「家主」，這事更是必須管。

之所以有「觀音三章」，或許因為觀音菩薩是保證取經順利進行的主要負責人，而此時「取經團隊」剛開始組建，尤其孫悟空又是一隻不好管的猴子，所以菩薩必須多管，「扶上馬再送一程」。

第八變

貂·鼠·鼬

「黃風嶺黃風洞」的黃風怪和「陷空山無底洞」的老鼠精有點像，都是偷吃佛祖家的東西——一個偷了琉璃盞裡的清油（燈油的一種），一個偷了香花寶燭，都因此被追殺；被捉到後又沒被處死，而是被「看管起來」——靈吉菩薩看住黃風怪，李天王父子看住老鼠精（拜天王為父、哪吒為兄，也是一種「變相看管」，因為一旦出問題，可以找他們「要人」）。這兩妖精還有另一點聯繫，很多人誤以為他們是同類——老鼠。

科普帖：貂、鼠辨析

在古代，人們對於「貂」和「鼠」沒有區分得那麼清楚，常把貂也叫「鼠」。比《西遊記》晚一百多年的《紅樓夢》裡，多次提到各種用「鼠皮」製成的高級服裝，而書中的鼠皮其實是「貂皮」。例如鳳姐家常穿的「銀鼠皮裙」，「銀鼠」是指銀貂，也有的說是東北林區的一種小型鼬科動物——伶鼬；「灰鼠披風」的「灰鼠」是指灰貂。

小說《西遊記》中，貂鼠和鼠也是混在一起說。黃風怪被靈吉菩薩的飛龍杖制住，「現了本相，卻是一個黃毛貂鼠」，孫悟空想打死他，靈吉菩薩馬上說：「他本是靈山腳下的得道老鼠。」而實際上，「老鼠」和「貂鼠」大不相同。

貂鼠，就是——貂。

貂，食肉目鼬科，和黃鼠狼是親戚，與老鼠卻不相干。老鼠，屬於嚙齒目，所謂「齧齒」，就是「磨牙」的意思。

老鼠有一個重要特徵，牙齒會終身生長，所以牠們需要一直磨牙，否則牙齒就會持續長到撐開口腔，吃不了東西。這個特點，鼬科動物沒有。

鼬科動物的主要特點是：第一，既然是「食肉目」，當然以肉食為主，都有尖利的牙齒，而且大多數鼬科動物都是捕鼠能手。第二，鼬科動物大多有臭腺，會放臭氣，例如黃鼠狼。筆者早年拍過一種寵物貂（安格魯貂），雖然屋裡只有一隻貂，味道可是真夠熏人的。大概因此，人們沒有把這些「捕鼠能手」馴化成像貓一樣的「幫手」，而是主要「利用」牠們的毛皮——牠們在古代和狐狸、貉子一樣，是毛皮服裝的主要來源。俗語云：「一品玄狐，二品貂，三品穿狐貉。」是品級、尊貴的象徵。鼬科的其他動物毛皮也被用作服飾，例如黃狼皮（黃鼠狼的皮）、水獺皮等。

吳承恩先生沒有把放臭氣這個特徵寫在黃風怪身上，而是給他一個等級很高的稱號「黃風大聖」。小說《西遊記》中，除了孫悟空、牛魔王等七魔王自稱「大聖」，也就只有黃風怪自稱「大聖」了。當然，這個自稱是為了突顯他「三昧神風」的神通。孫悟空與黃風怪交手，用了分身法，「把毫毛揪下一把，用口嚼得粉碎，望上一噴，叫聲『變！』變有百十個行者，都是一樣打扮，各執一根鐵棒，把那怪圍在空中」。而黃風怪的破解之法則是——吹黃風：「冷冷颼颼天地變，無影無形黃沙旋。穿林折嶺倒松梅，播土揚塵崩嶺坫……」這陣黃風將那些毫毛變的「小行者」吹得滿天飛，根本沒法掄棒子，更厲害的是，風居然迷了孫悟空的眼：「又被那怪劈臉噴了一口黃風，把兩隻火眼金睛，颳得緊緊閉合，莫能睜開；因此難使鐵棒，遂敗下陣來。」如果不是護教伽藍變成老者，及時送來「三花九子膏」，悟空的眼病估計不會好得那麼快。

這一陣可怕的黃風，看著有點像沙塵暴。一九八六年的電視劇《西遊記》中的靈吉菩薩，收服黃風怪時又說他是「黃鼠」，所以有很長一段時間，筆者都認為他的原型是——草原黃鼠（老鼠的一種）。這傢伙藏身地下，專門啃食草根，破壞草場很是厲害，因此可算是沙塵暴的元凶之一。

至於為什麼要造出「黃風嶺」一難，我們可以推測一下：「黃風嶺」的下面一難就是「流沙河」。流沙河已經從《大慈恩寺三藏法師傳》中的大沙漠莫賀延磧變成一條真正的大河，不過大沙漠、沙塵暴的「素材」不好浪費，所以就用在「黃風怪」的故事中。

靈吉菩薩猜想

從上面的討論來看，黃風怪貌似一隻具有老鼠一些特徵的「貂」，而他的「剋星」靈吉菩薩，身分也是撲朔迷離。

靈吉菩薩在小說《西遊記》中出場兩次，都發揮關鍵性作用。第一次是用飛龍杖降伏黃風怪；第二次則是在「三調芭蕉扇」中，孫悟空被鐵扇公主的芭蕉扇一扇搧到靈吉菩薩的小須彌山，靈吉菩薩將「定風丹」送給孫悟空，孫悟空就再也不怕芭蕉扇了。這兩段和「風」有關的故事，估計都給大家留下比較深刻的印象，可是「靈吉」這個名字，在佛教「諸神」中卻找不到。

《西遊記》中的大多數菩薩、佛爺都是「實名」的，中土四大菩薩，觀音、普賢、文殊、地藏，還有如來佛、彌勒佛、燃燈上古佛，佛祖身邊的羅漢尊者也都有名有姓。但「靈吉」的名字卻不在其中，這位神祕的菩薩到底是誰，或者說和佛教中的哪一個「人物」比較像呢？

關於這一點，歷來有多種說法。一種說法認為，靈吉菩薩就是大名鼎鼎的「大勢至菩薩」，因為這位菩薩的漢譯名之一是「吉遍」，和「靈吉」很接近。第二種說法，根據小須彌山的線索，推測他可能是藏傳佛教中的「勝樂金剛」。第三種說法，靈吉菩薩的兩個故事都和風有關，有人認為他就是中國神話中的「風神」或「風伯」。而從「動物世界」的角度，可以從黃風怪這隻「貂」的身上來找找另一種可能性。

黃風怪對待「唐僧肉」的態度和其他的妖精有點不一樣，在「沙和尚·白龍馬」一章中提到，唐僧所謂「十世修行」的概念是到流沙河一段才出現——他的前九世都是取經人，但都被沙和尚吃掉，就是沙和尚掛在項下的那九個骷髏頭。而唐僧肉的「功能性」，首提的是白虎嶺的白骨精：「幾年家人都講東土的唐和尚取『大乘』，他本是金蟬子化身，十世修行的原體。有人吃他一塊肉，長壽長生。」白骨精之前出場的妖精，雖然有的也捉來唐僧要吃肉，卻不知道這個「難逢的好運」，黃風怪就是如此。

黃風怪一難出現在流沙河之前，更在「白虎嶺」之前，所以黃風怪不知道「十世修行」、「長生不老」之類的資訊，他對於虎先鋒捉來唐僧的反應，絕對會被白骨精笑掉大牙：「我教你去巡山，只該拿些山牛、野彘、肥鹿、胡羊，怎麼拿那唐僧來！卻惹他那徒弟來此鬧吵，怎生區處？」接下來對於虎先鋒的主動請戰，黃風怪非但不提醒他對那隻猴子不能大意，反而急著撇清：「我這裡除了大小頭目，還有五、七百名小校，憑你選擇，領多少去。只要拿住那行者，我們才自自在在吃那和尚一塊肉，情願與你拜為兄弟；但恐拿他不得，反傷了你，那時休得埋怨我也。」

黃風怪這種膽小怕事、喜歡推卸責任的性格，後面靈吉菩薩解釋了——原來他有「案底」，曾因偷過佛祖的燈油，而被靈吉菩薩追捕：「當時被我拿住，饒了他的性命，放他去隱性歸山，不許傷生造孽。」

一個有案底還有菩薩看管的妖精，當然還是謹小慎微不惹事的好。不過，黃風怪這種膽小的個性其實有一點像文殊菩薩的坐騎青獅怪，還有嫦娥姊姊的寵物玉兔精。也就是說，是常待在大人物身邊、見過一些大場面、知道敬畏和收斂的「寵物性格」。那麼，可不可以這樣認為，這隻貂鼠和靈吉菩薩並非普通的「看管」關係，而有可能本來就是菩薩的「寵物」呢？有人提出一個陌生名字——「白財神」。這位白財神是藏傳佛教中的一個形象，看看有關他的唐卡會發現，這種說法是有些道理的——這位「菩薩」騎著一條龍，手裡拿著一隻類似老鼠的動物。白財神又名「白寶藏王」，乃是觀世音菩薩的眼淚所化。之所以被呼為「財神」，通俗地講，就是他可以幫助貧苦人「致富」。白財神的各種「配置」都和財富有關，例如他的「坐騎」是龍，因為龍宮裡總有世間罕有的寶貝——想想孫悟空到東海龍宮尋寶的故事——所以龍是財富的象徵。至於那隻貌似老鼠的動物，則是著名的「吐寶鼠鼬」。

鼠鼬，顧名思義，是一種以老鼠為食的鼬，貂的同科動物。據說，中東一帶的人在古代喜歡用鼠鼬皮做成錢包或珠寶袋，這風俗傳到印度，鼠鼬就變成和財富有關了。鼠鼬有一個特點，只吃不拉，而且吃的一定是閃閃發光的金銀財寶；而鼠鼬的主人只要用手擠壓鼠鼬的身體，就會從嘴裡吐出取之不盡、用之不竭的珍寶——呵呵，有點像《怪獸與牠們的產地》中的「嗅嗅」（原型是長著一張管狀嘴的澳洲針鼴），相當於「活錢袋」。如果把白財神手裡的這隻「吐寶鼠鼬」看成是黃風怪的原型，白財神的坐騎龍就約等於降伏黃風怪的「飛龍杖」。在印度，龍的原型就是蛇，而蛇是鼠、貂、獴等小動物的天敵，自然可以對付「鼠鼬」。

「天王」的「活錢袋」

黃風怪的原型動物「吐寶鼠鼬」，其實在很多寺廟裡都能見到，只不過拿著他的不是白財神，而是「四大天王」之一的多聞天王。

現在一般寺廟裡，第一重殿是天王殿，中間供著彌勒佛，兩邊分列四大天王，其中綠臉的那一位右手拿著一把華麗大傘，左手攥著一隻銀色類似老鼠或貂的動物，這位天王就是「北方多聞天王」，就是前文「沙和尚．白龍馬」中提到深沙神的上司——毗沙門天王，他拿的動物就是吐寶鼠鼬。

原來吐寶鼠鼬這隻「活錢袋」，不是白財神的專屬寵物，他的「同事們」——「五方財神」的其他四位——「紅財神」、「黃財神」、「綠財神」、「黑財神」都各有一隻。而毗沙門天王在印度一般也是被當作「財神」來供奉，所以他也有一隻吐寶鼠鼬。

看過動畫片《大鬧天宮》的人，可能對孫悟空被毗沙門天王手裡的那把「傘」收進去，然後弄破了傘「越獄成功」那段情節印象深刻，而實際上，這把傘成為這位天王標配的時間不算太長。

「毗沙門天王」信仰剛傳到中國的隋、唐時代，這位天王的相關形象一般會有幾件法器，一隻手拿著一桿類似「方天畫戟」的兵器，或者一把寶劍，一隻手拿著一隻吐寶鼠鼬（有時由他身邊的侍從抱著），或者托著一個小小的單層寶塔（類似小亭子），那麼後來方天畫戟、寶劍和寶塔都去哪裡了呢？這把傘又是怎麼來的？

其實那座塔很容易找到——哪吒的父親李天王李靖不是托著一座塔嗎？正是毗沙門天王的塔。

毗沙門天王的塔怎麼到了李天王手裡呢？這件事還得從吐寶鼠鼬說起。如前所述，貂或說鼬，長相上和鼠有相似之處，當毗沙門天王傳到西域時，大家就把這隻鼠鼬誤認為一隻「大老鼠」，且很快就有了一些關於「天王遣鼠兵」的傳說。

玄奘法師在《大唐西域記》記載這麼一段故事：西域有個瞿薩旦那國（今新疆和田一帶），都城之外有一沙丘名叫「鼠壤墳」，民間相傳裡面住著一隻大如刺蝟、長著金銀兩色毛的老鼠，是當地的「鼠王」，每次出遊，老鼠們都成群結隊地跟從。有一年，匈奴十萬大軍進犯都城，屯兵在「鼠壤墳」旁邊。國王兵少，病急亂投醫，想起「鼠王」，於是焚香祈禱希望得到鼠王的幫助。當晚，一隻大鼠出現在國王的夢中說：我願意幫助你，明天一早趕緊進攻吧，一定會取勝。國王驚醒，天不亮就調兵遣將發動猛攻。匈奴人從睡夢中驚醒，趕緊起來穿衣、上馬、拿兵器，怪事發生了——一夜之間，馬鞍、衣服、弓弦、鎧甲的繫帶，總之凡是有帶子的地方全部是斷的——老鼠咬斷的！不用說，一片混亂，瞿薩旦那國一戰成功。

這個「老鼠助戰」的故事，在唐玄宗時期，吐蕃軍隊進攻西部另一座城池時也出現了，而這一次驅動「鼠兵」的是毗沙門天王。他放出很多「金鼠」咬斷吐蕃軍的弓弦，又派五百穿金甲的神兵殺敵，戰鼓震天，一舉擊敗了敵軍。

唐、宋時期，毗沙門天王在西域的信眾很多，例如第一個故事裡的瞿薩旦那國就是「于闐國」，國王自稱是毗沙門天王的後裔，而天王本來就有一隻類似老鼠的寵物，因此像鼠兵這樣靈異的故事，很容易記在毗沙門天王的名下。而因為鼠兵的功勞，這位天王從此成為士兵眼中的戰神、軍隊的保護神。

不過唐代還有一位真實版「戰神」，就是唐太宗的大將李靖，正是「紅拂女夜奔李靖」的那個李靖。李靖是唐太宗打江山的重要將領之一，唐朝建立後，他又在對東突厥、吐谷渾等戰爭中立下赫赫戰功，堪稱「常勝將軍」。到唐末時，李靖在軍隊中逐漸被神化，且吸收毗沙門天王的很多特徵，成為「李天王」，受到後世軍人的供奉——記得嗎？《水滸傳》中林沖發配到滄州牢城營，因為「柴大官人面皮」，得到的第一份工作就是看守天王堂，這座天王堂裡邊供奉的應該就是「李天王」。

至於李天王從毗沙門天王那裡吸取的元素，真是滿多的，方天畫戟、寶劍，經常被李天王攜帶為兵器。而最主要的一件法器是寶塔，毗沙門天王手中的單層寶塔，到了李天王手裡變成多層，而且還附會出一個父子關係的傳說。

〔清〕佚名，《封神真形圖》的四大天王，由左至右分別為：持國天王、多聞天王、廣目天王、增長天王

大家可能已經猜到了，就是哪吒的故事。小說《西遊記》在「無底洞」一段特別講了這個故事，而且和眾所周知的情節有一點不同：哪吒因在龍宮闖禍，「割肉還母，剔骨還父」，是如來佛而不是他的師父太乙真人幫忙，「將碧藕為骨，荷葉為衣，念動起死回生真言，哪吒遂得了性命」。起死回生的哪吒想殺父親李天王，如來想出的和解之法是，賜給李天王「一座玲瓏剔透舍利子如意黃金寶塔——那塔上層層有佛，豔豔光明。喚哪吒以佛為父，解釋了冤仇」。於是，李天王從此就被叫做「托塔李天王」。（「太乙真人版」是我們更熟悉的故事版本，出自許仲琳《封神演義》，比《西遊記》成書稍

晚。）

不過，這個傳說的深層含義是——李天王把毗沙門天王的孩子們也「吸取」過來。傳說毗沙門天王有五個兒子，第三位太子就是哪吒。而小說《西遊記》中，李天王自述有「三子一女」，還有一個「義女」——金鼻子白毛老鼠精，正好湊足五個。李天王認老鼠精為義女，應該也是由毗沙門天王趨鼠兵的故事引發的一點聯想——連老鼠為金銀兩色的細節都有！

至於毗沙門天王也就是多聞天王，以及他的同事廣目天王（「黑熊怪」故事借給孫悟空避火罩的那一位）、增長天王、持國天王則逐漸降級為李天王的部屬。小說《西遊記》中十萬天兵捉拿孫悟空時，李天王是「總指揮」，「四大天王」則是主力大將。

方天畫戟、寶劍和寶塔都歸了李天王，後人又為多聞天王另造一件法器，就是那把巨大而華麗的傘。當然，更早的時候，它應該是一把「經幢」。唯一留給多聞天王的就是他的寵物「活錢袋」、「吐寶鼠鼬」，估計是不想讓李天王顯得太愛財。所以至今這隻鼠鼬還和多聞天王在一起，只不過根據中原地區的習慣，被塑造得更像一隻普通而靈敏的貂，沒多少人知道牠曾是一隻「活錢袋」了。

第九變

黃袍怪：一隻來自天上的狼

「流沙河收沙僧」、「四聖試禪心」、「五莊觀人參果」、「三打白骨精」這四個很著名的故事中，基本上沒有「動物」（白骨精是白骨成「精」，不是動物成精），因此，黃風怪之後，唐僧師徒四人湊齊遇到的第一個動物妖精是——碗子山波月洞的黃袍怪，而他出現的情境又很特別。

「三打白骨精」中，因為唐僧的糊塗和豬八戒一再挑撥，孫悟空被趕回花果山。大英雄身受大委屈，令人扼腕。為了讓孫悟空光榮回歸，黃袍怪——奎木狼，這隻來自天上的「狼」出場了。

奎木狼是《西遊記》著名的「群眾演員」——「二十八宿」之一。古人將周天的恆星，按照東方青龍、西方白虎、南方朱雀、北方玄武的方位，分成四大群，每群又按照木、金、土、日、月、火、水分為七個小群，共二十八群，稱為「二十八宿」。唐人袁天罡（小說《西遊記》中和涇河龍王有糾葛的算命先生袁守誠的叔父）用二十八種真實或傳說中的動物給二十

〔明〕文俶／繪，《金石昆蟲草木狀》的狼

八宿命名，其中，「西方白虎」的首宿「奎宿」，被命名為「奎木狼」。

這隻來自天上的狼給取經團隊造成的危機，可謂前所未有。沙僧被擒，唐僧被變成老虎，白龍馬受傷，豬八戒要散夥，眼看就要「GAME OVER」，孫悟空必須「歸隊」才能挽救敗局。既然造成這個大麻煩的黃袍怪——奎木狼以狼為名，我們不妨先來討論他的「狼性」。

「狼性」奎木狼

提到狼，我們總會聯想到凶惡狠毒、在動物園裡見到的狼，眼神透著一股陰森之氣。不過，自然界中真實的狼因為體形等原因，並非獸中之王獅子、老虎那樣的頂級捕獵者，所以牠們捕獵一定要靠「智取」。

蒲松齡先生《聊齋志異》的〈狼三則〉中，描寫過幾頭狼如何前後夾攻、企圖吃人的「智慧」。近年流行幾本以狼為題的小說，《狼圖騰》（姜戎）、《重返狼群》（李微漪），這些作品中，可以了解到狼這種動物的一些特性。例如《狼圖騰》的老牧人說：一隻狼如果盯上一頭黃羊，會一整晚守在牠休息的地方，就是不出手。直等到天亮了，黃羊憋了一夜的尿、跑不快時，狼才會發出致命一擊，一擊必中。

奎木狼的「妖精身分」黃袍怪，也是一隻有智慧的狼。其實，碗子山波月洞不在西去的必經之路上，黃袍怪幻化出那座金光閃閃的寶塔，是為了引路過的人上鉤，替自己家弄點「補給」。這是他日常捕獵生活的智慧，典型的守株待兔，既省力氣，又有收穫。

因為意外地釣到唐僧，百花羞的事被洩漏了，黃袍怪於是變成英俊文雅、能言善辯的「駙馬」來到寶象國，編出一段公主遭老虎綁架、自己出面相救結為姻緣的美妙故事，騙得國王信以為真；然後一口水噴出，用「黑眼定身法」將唐僧變成老虎，坐實了「虎精」的罪名。這一計可謂一舉多得，既成功地懲罰唐僧，「封了口」，又幫公主找回面子，終止「公主嫁給妖精」的流言，夠聰明。

奎木狼做這一切都是為了百花羞，這點與狼族重視情義、重視家庭的特點暗合。小說《重返狼群》第一部中，講述發生在川西若爾蓋草原上的一隻母狼殉夫的故事。一隻公狼為了替家中母狼和新生的小狼找食物，冒險去偷牧民的羊，被牧民打死。母狼為了報復，每天都去牧民家咬死幾隻羊，夜晚則哀號不止。牧民不堪其擾，最終獵人投了放毒藥的肉，毒死母狼。據說，母狼不是聞不出毒藥的味道，而是一心向死——公狼死了，「她」也不想活了。雖然是狼，如此情義也令人感動。

黃袍怪對百花羞非常有情義，天庭雖好，卻容不下男女「私情」，奎木狼這位大天神，為了和披香殿玉女（百花羞的仙界身分）長相廝守，私自下界做了妖精，用「搶親」的方式把愛人搶到身邊，做了十三年夫妻。這十三年的日子是怎麼過的呢？後文他在一次暴怒中說：「我當初帶妳到此，更無半點兒說話。妳穿的錦，戴的金，缺少東西我去尋。四時受用，每日情深。」也就是說，黃袍怪在這些年裡，對百花羞物質、情感方面的需求可以說是有求必應，這等夫婿也算難得。

黃袍怪是妖精，對公主曾有過「家暴」行為——「不容分說，掄開一隻簸箕大小的藍靛手，抓住那金枝玉葉的髮萬根，把公主揪上前，摔在地下」，夠狠！

不過，俗語「清官難斷家務事」。記得早年間電影《我愛西施（二）》中有個情節，茜茜在路上見一個吉普賽男人猛揍自己的女人，看不下去了，命侍從去懲罰那個男人，沒想到剛才挨打的女人馬上潑了茜茜一身水，怨她多管閒事。雖是搞笑，但夫妻間的事，外人真的很難說清楚，所謂「床頭吵，床尾和」是也。而上面這一段家暴也是事出有因，唐僧攪了百花羞的「求救書信」到寶象國，國王求八戒、沙僧到碗子山波月洞救公主。這正是黃袍怪最忌諱之事，不但怨公主暴露行蹤，更氣她不講夫妻之情，所以才會如此怒不可遏，且看這兩夫妻的「常態」。

唐僧被黃袍怪幻化的「黃金寶塔」騙進洞，八戒、沙僧找上門來，和黃袍怪正打得熱鬧，誰知公主卻在後門私放唐僧，然後跑到前門去，一聲「黃袍郎」，就讓黃袍怪和八戒、沙僧休戰，趕回去「攙著公主道：『渾家，有什話說？』」十三年的老夫老妻了，還能這麼情切切意綿綿地說話，難得。公主編出「金甲神人來討誓願」的一套說辭，編得並不高明，可是黃袍怪居然信了，而且答應馬上放唐僧，還努力地安慰：「渾家，妳卻多心吶！什麼打緊之事。我要吃人，哪裡不撈幾個吃吃。這個把和尚，到得那裡，放他去吧。」

豬八戒請回了孫悟空，孫悟空將百花羞藏起，自己變成她的模樣，對黃袍怪謊稱因為孩子被搶走受了驚嚇，心口疼得厲害，黃袍怪居然吐出自己煉的內丹舍利子來給「她」治病。機智凶狠的他在百花羞面前，或者說在愛情面前是不設防的，而悲劇正在於他就是被愛人出賣。

「糾結」百花羞

百花羞是被這樣一個妖精愛著，她到底和黃袍怪有沒有真感情呢？如果有，為什麼要私放唐僧，託他到寶象國帶信尋求解救呢？

小說《西遊記》強調的理由是這段「孽緣」即將到期，隱喻的卻是公主心理上的尷尬與糾結。之前的取經故事中，關於「被搶」女子的矛盾心理，多少會有所描述，例如雜劇《西遊記》中，被通天大聖（孫悟空原型之一）搶去的「金鼎國公主」，被「野豬精」（豬八戒原型）搶去的「裴海棠」裴小姐，一方面強顏歡笑，得過且過，一方面思念家人、父母，盼望回家。通天大聖向金鼎國公主展示偷來的王母仙衣、銀絲帽，她還很有興致地和他做仙衣會，可是待到李天王帶天兵來捉妖，立即向天王求救，求他送自己回國，立即對大聖恩斷義絕；裴海棠的情況也類似。這些都是簡單的「妖怪搶親」故事，人、妖界限比較分明，是、非也比較分明。而百花羞這個角色比她們複雜得多。

百花羞和黃袍郎一起生活十三年，而且如前所述，她的「妖洞生活日常」不是「強顏歡笑」，對於黃袍郎，她是有感情的，甚至還帶著點對男性的崇拜感。孫悟空搶走她的兩個孩子，看她怎麼說的：「和尚莫無禮。我那黃袍郎比眾不同。你若唬了我的孩兒，與他柳柳驚

（壓壓驚）是。」一翻譯過來就是，我們孩兒他爹可厲害了，不好惹……可是人心總有不足，百花羞一直不能面對這段「好姻緣」的缺憾——畢竟嫁的是妖精，這份好姻緣是用她「公主」身分所代表的全部好生活來交換的。

百花羞，聽名字就知道其人極美，又貴為公主，前十幾年錦衣玉食、無上尊貴不說，還有嫁得貴婿、榮華富貴的前程——公主總是嫁給別國的王子吧，次一等的也得是國內大臣家的子弟，而最終美女公主卻嫁了「野獸妖精」，好說不好聽，這份「慚愧」無法用語言形容。

即使不是人、妖之隔，不相稱的婚姻總會給人帶來很多實際生活中的煩惱，而且必然會影響到當事人的心理狀態。英國女作家珍．奧斯汀（Jane Austen）的《愛瑪》（*Emma*）描寫過一個冒冒失失嫁給低階軍官的貴族小姐，衝動結婚後就生出對現狀的不滿，「他們現在沒計較收入多少大手大腳過日子，但比起她以前在恩斯庫姆的生活，仍然是天差地別。她依舊愛她丈夫，可是又希望最好既能做韋斯頓上校的太太，又能做恩斯庫姆的邱吉爾小姐」。百花羞估計也差不多，哪怕黃袍郎給她弄來了「四時享用」，「穿的錦、戴的金」，估計也和寶象國王宮的排場無法相比。

就算百花羞不是豌豆公主，不在意物質上的種種不習慣，可是和心愛的人孤獨地生活在人跡罕至的深山妖洞，日久天長，真的可以嗎？《倚天屠龍記》中，分別來自正派和邪教、因特殊機緣結為夫妻的張翠山和殷素素，為什麼會帶著兒子張無忌從冰火島返回中原？因為想到「無忌孩兒」長大以後，需要找姑娘結婚啊！其實還有一個沒說出口、但一定會有的想法——如果正、邪兩派都接受他們的「無忌孩兒」，就等於認可他們的結合。因此，他們才不惜冒險也要「回家」。

這應該就是百花羞發現被黃袍怪抓來的唐僧時的心情——總算有一個可以回家報信的人了。放了唐僧，託他報信，但接下來怎麼辦呢？就憑寶象國那些凡人能不能戰勝黃袍郎、接她回去？如果黃袍郎發現她的背叛，又會怎麼樣？如果僥倖有人戰勝黃袍郎，自己是徹底離開他和孩子，另外開始新生活，還是懇請父母接納「妖精女婿」？這些估計百花羞在託唐僧帶信時，全都沒有考慮過。或者，她的理想就是兩全其美——她還是能做黃袍郎的愛妻，同時也想和其他公主（她是三公主）一樣，有個能夠隨時帶回家見爸媽的女婿。

奎木狼希望相守到天長地久，百花羞希望兩全其美，可惜他們的故事出現在《西遊記》中，出現在《西遊記》的時代，注定只能是悲劇。其實孫悟空要終結他們的這場姻緣，倒不是認為人、妖結合「傷風敗俗」，而是因為黃袍怪妨礙到取經大業——為了隱瞞自己的妖精身分，黃袍怪把唐僧變成虎，所以孫悟空必須把他「解決掉」。

孫悟空的解決方案是——先勸百花羞對黃袍怪斷了恩情，這樣才好將真公主藏起，自己變假公主騙黃袍怪。孫悟空是用「孝心」道德勸說：「妳正是個不孝之人。蓋『父兮生我，母兮鞠我。哀哀父母，生我劬勞！』故孝者，百行之原，萬善之本，卻怎麼將身陪伴妖精，更不思念父母？非得不孝之罪，如何？」與其說孫悟空用孝道這頂大帽子壓人，倒不如說他在幫助搖擺不定的百花羞做決斷，強化她本來就很熟悉的「道德約束」，逼著她必須二選一。當此時也，百花羞別無選擇，只能放棄黃袍郎。

如果以上的辦法還是能讓人接受，方案的另一半就有些殘忍——孫悟空綁架黃袍怪與百花羞所生的兩個孩子，叫八戒、沙僧帶到寶象國，在白玉階前摔下，摔得粉身碎骨，如此殘忍，其目的不過是要激怒黃袍怪，引他回山與孫悟空交手。不被父母承認的男女之愛是私情，所生的孩子也是「妖孽」，黃袍郎和孩子都必須捨棄，才能「回朝見駕，別尋個佳偶，侍奉雙親到老。」百花羞的「糾結」，最終是這樣被決絕地斬斷了。補充一點，二〇一一年的電視劇《新西遊記》中，對以上情節進行比較溫情的改動：豬八戒、沙和尚拿去激怒黃袍怪的兩個孩子，實際上是孫悟空的兩根毫毛變的，「真孩子」毫髮無損，跟隨百花羞公主一起回到「外公家」。

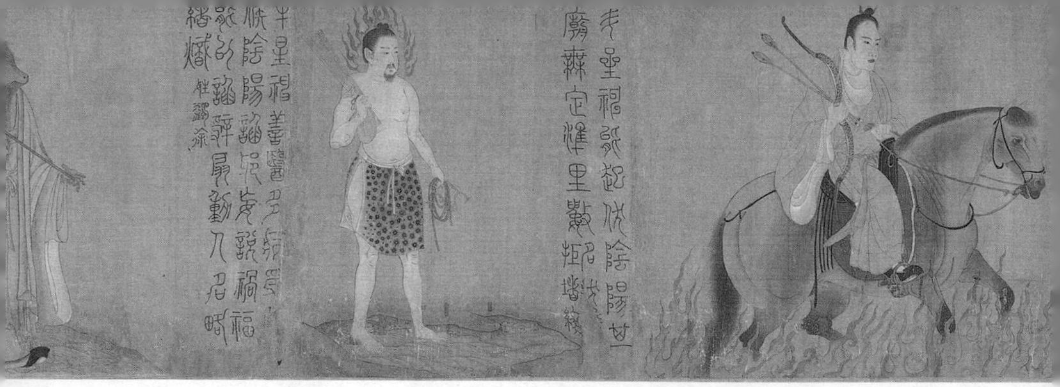

〔唐〕梁令瓚／繪，《五星二十八宿神形圖》上卷（局部）

「二十八宿」小貼士

「二十八宿」在小說《西遊記》中第一次集體亮相，其實是在「大鬧天宮」段落，他們都是歸李天王調遣的天兵、天將。取經路上，黃袍怪——奎木狼則是二十八宿中第一位單獨出場的。因為這一場過錯，他被罰去太上老君處燒火。看來這個懲罰不算很重，到了「小西天」段落，孫悟空被困在「黃眉老佛」的金鈸裡，請二十八宿來幫忙，奎木狼就已經回到「原工作崗位」，和其他二十七位一起出場。後來在「金平府」段落，奎木狼和他的三位同事——「角木蛟」、「斗木獬」、「井木犴」（合稱「四木禽星」），還幫助孫悟空降伏三個偷香油的犀牛精。

二十八宿中單獨露面的還有：在「毒敵山」段落，昴日星官制服蠍子精，且當場現出本相——一隻大公雞，因為他的「動物名」就是「昴日雞」。而在「小西天」段落中，二十八宿的「亢金龍」（想起「降龍十八掌」中的「亢龍有悔」）功勞最大，把他的角伸進金鈸裡，孫悟空在角上鑽了一個洞，自己變個芥菜籽，借助亢金龍的角，才算是逃出金鈸。

為了看得清楚，還是把這些「動物星宿」單獨列出來吧：

東方青龍：角木蛟、亢金龍、氐土貉、房日兔、心月狐、尾火虎、箕水豹；

南方朱雀：井木犴、鬼金羊、柳土獐、星日馬、張月鹿、翼火蛇、軫水蚓；

西方白虎：奎木狼、婁金狗、胃土雉、昴

日雞、畢月烏、觜火猴、參水猿；

北方玄武：斗木獬、牛金牛、女土蝠、虛日鼠、危月燕、室火豬、壁水貐。

二十八宿不僅在小說《西遊記》中，其他地方也時不時露一下頭。例如清人吳偉業寫順治五臺山出家的詩，提到「房星」，指的是「房日兔」；清人錢彩的小說《說岳全傳》，秦檜的老婆王氏前世是「女土蝠」；電視劇《甄嬛傳》中，欽天監用星象做文章，提過「危月燕」、「鬼金羊」。

最後，說一說很容易和奎木狼搞混的「天狼星」。「會挽雕弓如滿月，西北望，射天狼」，天狼星的名氣很大，是周天最亮的一顆星，主戰事。不過比起奎木狼，他的級別卻低得多。奎木狼就是「奎宿」，是一個星群，而天狼星是「井宿」（也就是「井木犴」）這個小星群中的一顆星。

如果從西方星座的排布來看，天狼星屬於「大犬星座」。所以《哈利波特》（*Harry Potter*）中，哈利的教父小天狼星·布萊克能夠變身成一隻大黑狗。話說英國的魔法就是這點讓人看著著急——把變形搞得一本正經，特意取名叫「化獸師」，能變成一種動物已經是法力高超的魔法師了。天哪，想想大聖的七十二變吧……

第十變

金角・銀角・狐狸精

狐狸幾乎是狡猾的同義語，照理說應該是《西遊記》動物世界裡的重要角色，可是其中的狐狸看起來似乎很不夠力。

平頂山蓮花洞「金角大王」、「銀角大王」的故事裡，他們的母親是住在壓龍山壓龍洞的九尾狐，出場不久就被孫行者打死。九尾狐的弟弟狐阿七大王，糾結一眾狐妖來報仇，也很快被打殺。接下來是兩隻「美女狐」，牛魔王的小妾、積雷山摩雲洞的「玉面公主」，還有比丘國迷惑國王的「美后」，都很迷人，但功力很差，結局都是被打殺。不過有一個問題值得討論，金角大王和銀角大王是不是狐狸精呢？

疑似狐狸精

故事結束時，太上老君說金角是幫他看守金爐的童子，銀角是看守銀爐的童子。至於他們為什麼叫金角、銀角，很好解釋，他們是童子嘛，古代未成年小朋友，不論男女，都是在頭兩邊梳

〔宋〕蘇漢臣／繪，《灌佛戲嬰圖》

兩個「抓髻」，約等於「角」。

因為老君的揭祕，我們會自然而然地把金角、銀角看成是九尾狐的乾兒子，可是細讀原文，他們極大可能是親母子。金角和銀角第一次提到九尾狐，是在「紅葫蘆」、「玉淨瓶」兩件寶貝被孫行者騙走之後。他們盤點另外三件寶貝，「芭蕉扇」和「七星劍」在自己手裡，而另一件寶貝「幌金繩」，「在壓龍山壓龍洞老母親那裡收著哩」。

話說唐僧師徒進入平頂山前，日值功曹特意變成樵夫提醒他們，山裡的妖精不好惹，原因之一就是他們「隨身有五件寶貝神通極大極廣」。可是這些隨身寶貝居然有一件寄存在別處，如果不是有血緣關係的母親，怎能放心呢？我們甚至可以推測一下，九尾狐年紀很大，沒什麼戰鬥力，幌金繩或許就是金角、銀角送給她防身用的。再看九尾狐，聽說兒子們請吃唐僧肉，趕緊打點著起身，口口聲聲「我往自家兒子去處」，也說得非常自然。

有人覺得這些證據可以理解為，太上老君將金角和銀角「派」到九尾狐的地盤，為了和「地頭狐」搞好關係，兩妖才認她做乾娘，為了顯得親熱，才把寶貝幌金繩寄存在「乾娘」那裡，相當於抵押品；九尾狐覺得兩個乾兒子是真孝順，所以去他們家才不把自己當外人。不過，九尾狐死後的情況，用這個觀點卻解釋不通。

得知九尾狐被孫行者打死，金角、銀角立即撲上來和他玩命，說什麼「快還我寶貝與我母親來」。更有意思的是，後文銀角大王被孫行者收進玉淨瓶，蓮花洞也被「孫行者兄弟」打破後，金角大王逃到壓龍洞，九尾狐的弟弟，「老舅爺」狐阿七隨後趕到：「因聞得哨山的妖兵報導，他姊姊被孫行者打死……他卻帥本洞妖兵二百餘名，特來助陣；故此先攏姊家問信。才進門，見老魔掛了孝服，二人大哭。哭久，老魔拜下，備言前事。那阿七大怒，即命老魔換了孝服，提了寶劍，盡點女妖，合同一處，縱風雲，徑投東北而來。」

俗語有云「娘親舅大」，如果九尾狐不是親娘，金角大王和狐阿七的關係就不可能這麼親近。而當狐阿七被豬八戒打死，「那老魔見傷了他老舅，丟了行者，提寶劍，就劈八戒」，可見與老舅也是有真感情的。

由以上這些情節來看，金角、銀角很可能就是九尾狐的親兒子，狐阿七的親外甥原形也是狐狸，這個身分與他們為太上老君看守丹爐的童子身分並不矛盾。這兩隻狐狸精有可能像孫行者當年拜須菩提祖師為師一樣，因為某種機緣而成為老君的童子。後來，南海觀音想給唐僧師徒添個「難」，就反覆去求老君給她幾個「人」裝妖怪，而老君想起金、銀童子的老家壓龍山和平頂山正好在西去的路上，所以就選定他們兩個。

「畫影圖形」猜想

做為老君家的童子，金角、銀角捉唐僧的方式與眾不同，居然和官府拿犯人一樣——畫影圖形。

且說銀角要出門巡山，金角叮囑他：「我記得他（唐僧師徒四人）的模樣，曾將他師徒畫了一個影，圖了一個形，你可拿去。但遇著和尚，以此照驗照驗。」銀角帶著圖出門，遇到豬八戒就拿出圖驗看起來：「這騎白馬的是唐僧。這毛臉的是孫行者。」「這黑長的是沙和尚，這長嘴大耳的是豬八戒。」這圖畫得還真準確啊！

發揮一下想像力吧。

話說金、銀童子離開壓龍山老家到兜率宮來看守丹爐，已經有些年頭了，打坐等基本功一直在練，可是距離修成真仙還差得好遠，日久天長，難免生急。孫行者當年在靈臺方寸山可以不厭其煩地問須菩提祖師，某某技術「可得長生麼」，那是因為祖師對他這徒弟是另眼相看的，金、銀童子卻沒膽量去問老君。忽一日，南海觀音菩薩來訪（最近菩薩經常來），特拿出一張畫來請老君代為保存。據菩薩說，畫上四人是去西天取經的唐僧師徒。西天路上的妖精們，紛紛傳說唐僧是十世修行的好人，吃他一塊肉可以長生不老，所以千萬不能讓妖精們知道唐僧師徒的模樣，才可保他們平安。菩薩覺得她的南海都不保險，特意把圖寄放在老君這裡——因為老君是道家，妖精們一般不會想到佛家弟子唐僧的畫像會在他這裡……

這一番話，特別是唐僧肉的功效，恰恰被金角聽到了。

真是無法抵擋的誘惑！正如後文銀角說的：「若是吃了他肉就可以延壽長生，我們打什麼坐，立什麼功，煉什麼龍與虎，配什麼雌與雄？只該吃他去了。」於是金角叫上兄弟銀角，偷了畫像和老君的五樣寶貝，勝利逃亡「回家」……

不得不說，觀音和老君這場戲「演」得真是高明。

「黃風怪」一章已經提到，西天路上第一個說吃唐僧肉可以長生不老的妖精是白骨精，不過直到她被孫悟空打死，也沒見什麼神佛來救援，看來是個純草根妖精；這個資訊的來源沒有交代，估計真的就是道聽塗說。金角、銀角的故事則不同，唐僧肉是「遊戲設計」中最重要的元素。

其一，當然是不可抵擋的唐僧肉誘惑，菩薩的「有心散布」和白骨精的道聽塗說、碰上了就吃的效果當然不同，偷聽到資訊的金角從此「想」上了唐僧肉，並為此鍥而不捨。

其二，道具「畫影圖形」留得好，妖精們拿著它，十天半月就要巡一次山，生怕把唐僧空放過去，就保證這「一難」絕不會空設。故事的確是按照觀音和老君設計的方向發展，而且金角的保密工作做得真好，直到小說中寫到的這一次巡山，他才把唐僧肉的功效和畫影圖形交代給銀角。

其三，菩薩、老君沒有明確交代「任務」，而是讓金角、銀角主動偷跑出來，這樣也給自己留了後路——「縱妖歸山」、算計取經人的事，怎麼說都不太厚道，如果說妖精是自己跑出來，身為主人頂多就是「管束不嚴」，總好聽一些。

好的，想像力結束，回到「畫影圖形」。

銀角帶著一眾小妖巡山遇到豬八戒，拿出圖來驗看。這一番鄭重其事的架勢，把本來在巡山找妖怪的豬八戒嚇住了，瞬間認同自己是犯罪分子，趕緊低聲許願希望圖上沒有自己：「城隍，沒我便也罷了，豬頭三牲，清醮二十四分……」——居然要獻「豬頭三牲」，連自己也是「豬頭」都忘了；發現有自己的畫像，慌得趕緊把個長嘴往懷裡藏。雖然「呆子」很快清醒過來，舉釘鈀開打，但不得不說，「畫影圖形」、「驗明正身」給對方的心理暗示真的很是強大。

「擺架子」的狐狸精

金角、銀角下界為妖，抓人倒是滿「官派」，接下來，山神、土地又向孫行者「傾訴」妖精們的日常：「念動真言咒語，拘喚我等在他洞裡，一日一個輪流當值哩！」「當值」二字把孫行者氣得仰天大叫：「蒼天！蒼天！自那混沌初分，天開地闢，花果山生了我，我也曾遍訪明師，傳授長生祕訣。想我那隨風變化，伏虎降龍，大鬧天宮，名稱大聖。更不曾把山神、土地欺心使喚。今日這個妖魔無狀，怎敢把山神、土地喚為奴僕，替他輪流當值？天啊！既生老孫，怎麼又生此輩？」

難怪孫大聖如此不淡定，腦補一下魯提轄提著醋缽大小的拳頭狠揍鄭屠時說的話，洒家跟隨老種經略相公，一直做到關西五路廉訪使，也不枉叫做「鎮關西」，如今你一殺豬賣肉的、狗一般的人，居然也妄稱「鎮關西」！

很相似嗎？孫大聖大鬧天宮時，王母的蟠桃御酒敢偷，玉帝的凌霄寶殿敢砸，老君的仙丹當炒豆吃，如來的手指上撒過尿……饒是淘氣得無邊無際，為什麼還覺得他可愛得不得了呢？這事到了平頂山這一回終於有了答案，因為孫大聖從不做「欺心」之事，也就是說，從不恃強凌弱。鬧天宮靠的是真本事，對抗的是占據高位的神與佛；西天路上也是如此，孫大聖對於土地、山神之輩，生氣了、逼急了（一般發生在不小心讓妖精把師父弄了去後，既丟人、又著急之時），頂多說一句：「都伸過孤拐來，每人先打兩下，與老孫散散悶！」棒子卻從未真的落下。

孫大聖光明磊落，卻想不到這西天路上總能遇到做「欺心之事」的奇葩。後文的紅孩兒，一個小屁孩，也把六百里號山的多位山神、土地當家奴使喚。只是按照「八十一難」的順序來說，金角、銀角是「四眾」聚齊後，出場比較早的妖精，此前只有「四聖試禪心」——設局的是幾位菩薩，沒有山神、土地什麼事，「人參果」、「白骨精」——沒聽說欺負山神、土地的劣跡，倒是山神、土地幫忙按住白骨精，孫行者才真的將她打死，「寶象國」

——奎木狼和百花羞的愛情故事，和欺心沒什麼關係。其中，只有萬壽山五莊觀的鎮元子派頭比較大。他家的徒弟清風、明月說：「三清是家師的朋友，四帝是家師的故人；九曜是家師的晚輩，元辰是家師的下賓。」「天」還值得供養，「地」還受不起，哇啦哇啦，讓孫行者嗤之以鼻。不過，鎮元子畢竟是「地仙之祖」，觀音菩薩、福祿壽三星都很給面子地為人參果樹忙活過，這「牛」算是吹得有點道理；而平頂山的兩個非著名妖精，居然讓山神、土地到他家「值班」，怪不得給大聖氣得不輕！

金角、銀角的母親九尾狐排場也不小，一說要出門，先是叫抬出轎來，搞得行者頗為驚訝：「我的兒啊！妖精也抬轎！」老妖坐上轎，後面還有一群「丫頭」跟著，「幾個小女怪捧著減妝，端著鏡架，提著手巾，托著香盒，跟隨左右。」簡直是皇后出遊啊。孫行者在路上打殺九尾狐，自己變成她的模樣，到了蓮花洞，「兒子們」接待的規格也相當高。「又只見大小群妖，都來跪接，鼓樂簫韶，一派響亮；博山爐裡，靄靄香煙。他到正廳中，南面坐下。兩個魔頭雙膝跪倒，朝上叩頭，叫道：『母親，孩兒拜揖。』」

太上老君的兩個看爐童子，下了界居然擺這麼大的架子，也是醉了。這倒是符合「狐狸」這種動物的基本特點，虛張聲勢，狐假虎威。

狐狸雖然也能咬個雞，偷個葡萄，逮個田鼠，可是比起老虎、獅子、狼等真正的猛獸，

〔日〕佚名，《怪奇鳥獸圖卷》的九尾狐

威力還差得遠，弄不好還會成為後者的口中食。狐狸特別懂得「借勢」，「狐假虎威」這個成語就是這麼來的。金角、銀角當然不敢大聲嚷嚷自己的背景是太上老君；不過，畢竟在兜率宮待得久，大場面見得多了，所以他們的借勢具體表現為「模仿」，就是在平頂山、壓龍山「山寨」出一種官家的氣派、仙界的場面，享受一下衣錦還鄉的良好感覺。不過，這種虛張聲勢遇到孫行者，基本上就沒戲了。

闖關連連看

金角大王、銀角大王的故事往往令人印象比較深刻，因為那裡邊的寶貝多，尤其是葫蘆，換來換去特別好玩。一會兒是小妖精被孫行者變的老道士一通糊弄，將兩個真寶貝「紅葫蘆」、「玉淨瓶」換了一個假的「裝天大葫蘆」（孫行者毫毛變的）；一會兒是孫行者謊稱是孫行者的弟弟者行孫，卻又被紅葫蘆裝了進去；一會兒是孫行者用毫毛變一個假葫蘆和真葫蘆掉包，自稱「行者孫」，非要和銀角比葫蘆……

真是快樂的鬧鬨遊戲。說到底，畢竟金角、銀角倚仗的就是那幾件寶貝，架子擺得太大，自家本事太小。

銀角大王變成被虎咬傷的老道士在路上求救，挪來三座大山壓住孫行者，自己把唐僧和沙僧抓回洞。一次小勝就膨脹了：「哥呵，你也忒會抬舉人。若依你誇獎他（孫行者），天上少有，地下全無，自我觀之，也只如此，沒什手段。」因為驕傲自滿，用紅葫蘆、玉淨瓶去「裝」孫行者這麼大的事都沒自己去，而是派兩個小妖「精細鬼」、「伶俐蟲」去裝。

實在是妖精們自己的過錯，這隻猴子豈可小看？「葫蘆能裝天」這麼大的謊居然也有人幫他圓——哪吒特意向真武（豬八戒提過的「九天蕩魔祖師」）借來皂雕旗，擋住南天門，於是天地一片漆黑。就是不小心被裝進紅葫蘆，猴子也有辦法逃脫——用一根毫毛做了一個自己下半身融化的假象，開始嚷嚷：「天呀！孤拐都化了！」「娘啊！連腰截骨都化了！」（真是張嘴就來，猴子不是石頭縫裡蹦出來的嗎？哪來的娘？）妖精果然沉不住氣，急著打開葫蘆來看——真是「好奇害死狐」，但凡有一點縫隙，猴子哪有不跑的？

銀角大王卻沒有孫行者的本事，「那怪雖也能騰雲駕霧，不過是些法術，大端是凡胎未脫」，一旦被裝進葫蘆，不久就化了。猴子把個葫蘆搖得稀里嘩啦響，就是不揭蓋子：「我兒子啊……不等到七、八日，化成稀汁，我也不揭蓋來看——忙怎的？有什要緊？想著我出來得容易，就該千年不看才好！」還把葫蘆當成卜卦筒來搖：「周易文王、孔子聖人、桃花女先生、鬼谷子先生。」

促狹得緊，這正是「多年老石猴」與小童子們的差距。

猴子雖然一開始吃了幾次虧，一旦知道寶貝們的規律，自然會有很多手段來「消遣爾等」。閃轉騰挪之間，不但將金角、銀角分別裝瓶、裝葫蘆，其他三件寶貝也繳獲在手——當然，沒有懸念，在遊戲終點，童子和寶貝的主人老君及時趕到，宣布GAME OVER。

金角、銀角的故事，主角雖是狐狸，影射的卻是人。歷朝歷代，退休回鄉的官員，乃至他們的家奴、親戚，常有這種在鄉間「擺架子」的噁心行徑，吳承恩先生大概沒少見到，所以在「平頂山」故事中，特意讓孫行者好好收拾一下金角、銀角，娛樂大家，也快樂自己。

第十一變

從青獅怪說起

當妖精也會上癮——例如青獅怪，一共出現兩次，一次是烏雞國，把國王推下井，自己當了三年國王；一次是獅駝嶺，位列三大王之首。不過自從《西遊記》問世以來，有一個問題一直在爭論——這是同一隻獅子嗎？

一位菩薩，兩頭坐騎？

似乎是，因為牠們的主人都是文殊菩薩。為了強調烏雞國妖精的身分，特意取名「獅猁王」，因為文殊菩薩的梵文漢語音譯就是「文殊師利」，而且收服這兩頭獅子，都是文殊菩薩親自出馬，從這個角度看，牠倆應該是同一頭獅子——從沒聽說過菩薩、神佛的坐騎分A、B班。

但又的確不像同一頭獅子，因為實力、性格等都相差太大。烏雞國的獅猁王，最大的本事就是會變化，會變國王，也會變唐僧。這一招的威力在於「四兩撥千斤」，變國王，騙了人家江山，一騙就是三年；變唐僧，拉住真唐僧轉個圈弄成「雙胞胎」，逼得孫悟空只能祭起自殺式招數——請「師父」念「緊箍咒」來辨真假。不過「會變化」這一招可算是《西遊記》妖精的基本技能，大到牛魔王、黃袍怪這樣的大妖精，小到隱霧山花豹精手下不知名的小妖精，還有老鼠精、玉兔精這些女妖精，紅孩兒這樣的未成年妖精等，會變化的妖精不知有多少，這個本事實在拿不出手。至於「呼風喚雨」雖然算一樣本事，但小說中會這一招不只他一個；糊弄國王的「點石成金」，只能算是變戲法。這位「魔術師」動真格的是不行，和孫悟空過不到幾招就只能逃跑。

而獅駝嶺的「老魔」青獅怪就厲害多了，手下四萬八千小妖，山洞內外門戶森嚴、管理有序，論自家的本領，曾經和孫悟空一樣大鬧過天宮——能吞十萬天兵，正經地和孫悟空交手，也能打到二十多回合。

這兩頭獅子論本領不在一個等級上，此外，性格也不一樣。獅俐王或許是裝國王裝得久了，脾氣火爆且目中無人。

第三十九回，唐僧師徒見了「假國王」立而不跪，行者還故意說：「我東土古立天朝，久稱上國，汝等乃下土邊邦。自古道：『上邦皇帝，為父為君；下邦皇帝，為臣為子。』你倒未曾接我，且敢爭我不拜？」假國王暴脾氣一點就著，果然上當了：「你東土便怎麼！我不在你朝進貢，不與你國相通，你怎麼見吾抗禮，不行參拜！」接下來就吩咐：「拿下這野和尚去！」見官員被悟空用定身法定住，馬上要自己出手，「急縱身，跳下龍床，就要來拿」。正所謂當朝現原形，見過哪個真龍天子這麼沒涵養？

獅駝嶺青獅怪恰恰相反，雖然本事不小，膽子卻出人意料地很小。孫悟空變成「小鑽風」混進洞，混說什麼撞見孫行者正在磨他的「杠子」（指金箍棒），老魔的反應極大：「渾身是汗，唬得戰呵呵地道：『兄弟，我說莫惹唐僧。他徒弟神通廣大，預先做了準備，磨棍打我們，卻怎生是好？』教：『小的們把洞外大小俱叫進來，關倒門，讓他過去罷。』那頭目中有知道的報：『大王，門外小妖，已都散了。』老魔道：『怎麼都散了？想是聞得風聲不好也。快早關門！快早關門！』」這就是傳說中的「聞風喪膽」。這份小心謹慎倒是符合菩薩坐騎的身分——因為總跟在菩薩身邊，孫悟空有多厲害，自然是灌滿耳朵，對付這麼一個愛鬧事的「主兒」，最好還是關起門來由他過去，最省氣力。還有，畢竟自己是偷跑出來，還是隱藏起來、低調一點好。獅俐王性如烈火，青獅怪謹小慎微，看性格真不像是同一頭獅子。還有一條，他們在下界出現的時間對不上。孫悟空求如來去收服獅駝嶺三怪，如來就問青獅、白象的主人——文殊、普賢兩位菩薩，「你們的坐騎下界多久了？」二位回答：七天了。佛說：山中方七日，地上幾千年。如果按這個演算法，唐僧師徒到達獅駝嶺前，青獅怪就已經在那裡「落戶」幾千年了，比獅俐王下界到烏雞國「完成任務」的時間要早得多，既然早就已經跑出來、藏起來了，就不大可能再接受菩薩的任務了。

我倒是認同一位網友的看法，青獅怪的兩次出現，其實是吳老先生的筆誤。就「烏雞國」故事來說，換成別個神佛的寵物或部下，完全沒問題。而孫悟空與獅駝嶺青獅怪鬥法，獅子那張大嘴是關節之點，替換不得。

獅子大張口

前面提到的青獅版「大鬧天宮」，說青獅怪一口能吞下十萬天兵——其實是神仙們關了南天門，躲起來啦！這張大嘴，戰力夠強。

不過，同樣鬧過天宮的孫悟空，卻不怕他大張口，應該說孫大聖對「大張口」的妖精還有些「偏愛」。不是嗎？青獅怪張大嘴想吞豬八戒，「呆子」鑽草叢躲了，結果一回頭把孫悟空吞下去。如果他知道這麼做的後果，腸子都會悔青。用三魔大鵬怪的話說：「大哥呵，我就不曾吩咐你。孫行者不中吃！」

以下就是孫行者的人體（獅體？不大好聽）旅行必殺技，孫行者曾多次鑽進別人的肚子，例如黑熊怪、羅刹女、老鼠精等，不過在獅子肚子裡搗亂得最充分。先是一段「肚皮內外」的對話。三魔（大鵬）說孫行者不中吃，孫行者立即答道：「忒中吃！又堅饑，再不得餓！」意在提醒老魔，我被你吃了，可是沒死。老魔立即採取措施，先喝了半盆鹽白湯。鹽白湯不知為何物，應該是類似酸菜湯那樣催吐的東西，老魔是想把孫悟空嘔出來煎了下酒。這招當然不管用：「那大聖在肚裡生了根，動也不動；卻又攔著喉嚨，往外又吐，吐得頭暈眼花，黃膽都破了，行者愈發不動。」孫悟空非但不動，還打算在裡邊過冬：「我自做和尚，十分淡薄：如今秋涼，我還穿個單直裰。這肚裡倒暖，又不透風，等我住過冬才好出來。」

老魔又想出第二招，餓——「他要過冬，我就打起禪來，使個搬運法，一冬不吃飯，就餓殺那弼馬溫！」大聖的應對法是就地取材，打算開煮獅子雜碎，「將你這裡邊的肝、腸、肚、肺，細細兒受用，還夠盤纏到清明哩！」而且還特別聲明，炊具都已經備好了，「我兒子，你不知事！老孫保唐僧取經，從廣裡過，帶了個摺疊鍋兒，進來煮雜碎吃」。「廣裡」就是廣州，不明白西天取經的隊伍怎麼走到那裡去了？或許，廣州在那時代真的出產「摺疊鍋」這樣的可攜式旅行用品，所以吳老先生就隨口說上了……

有趣的是，大聖這一段「獅子雜碎暢想」，居然得到「肚皮」外面魔頭們的回應。二魔還只是驚訝：「哥呵，這猴子他幹得出來！」三魔則問了更具體的——在哪裡支鍋？行者回答：

「三叉骨上好支鍋。」三魔又說，在獅子肚子裡點火，煙排不出去會打噴嚏。行者也有解決辦法：「沒事！等老孫把金箍棒往頂門裡一搠，搠個窟窿：一則當天窗，二來當煙洞。」真的懷疑二魔、三魔也是孫行者的「馴獅助手」，看熱鬧不怕事大。

接下來要動真格了，老魔喝下藥酒，打算毒死弼馬溫。他不知道的是，孫猴子酒量不行，藥酒不但沒讓他中毒，反而促進他胡鬧。搗亂到後來，孫悟空終於答應出來了，三魔卻悄悄出主意讓老魔趁機咬死孫猴子，結果更吃虧——似乎沒有比金箍棒更硬的東西了，孫猴子出獅肚前，先拿它探路，老魔被結結實實磕掉了顆門牙。孫猴子還喜歡「留根兒」，在獅心上栓了一根繩，出來以後拽著繩子遠距離「放風箏」，直到老魔徹底求饒，答應用香藤轎抬唐僧過山。

這一段「大聖馴獅」，曲曲折折，好生熱鬧。假設青獅怪吞下的不是孫行者而是其他任何東西，他的大嘴本是最大的優勢，可惜被一隻猴子破解得啥也不剩。

輩分最高的「獅爺爺」

《西遊記》中最有王者風範的獅子，不是獅駝嶺青獅怪，而是玉華州的「九靈元聖」。

九靈元聖是九頭獅子，趁著獅奴醉酒跑下界來，不但降服竹節山九曲盤桓洞的六頭獅子，還認了一門遠親——偷了悟空三人兵器的豹頭山虎口洞黃獅精。有人說九靈元聖是《西遊記》中輩分最高的妖精，沒錯，七頭獅子都管他叫「爺爺」呀！在七獅看來，這位新來的獅子著實了得，拜乾爹都不足以表達敬意，必須直接拜「爺爺」。

九靈元聖的本領，第一體現在「九個頭」。人家不和你硬打，九個頭，有六個分別咬住唐僧、八戒、玉華州王子和他的三個兒子，輕輕鬆鬆就把「獵物」帶回洞，還有三個頭閒著沒用！第二次，連孫悟空帶沙僧也被叼進洞。這個，連大聖也沒招。

九靈元聖的第二個本領是通靈，黃獅精做為土生土長的獅子，其實不認識悟空兄弟，他跑到竹節山來搬救兵，稍稍描述一下事情經過，九靈元聖「默想片刻」就知道悟空兄弟的身分。如果這一次他是透過黃獅精的描述，結合自己以往掌握的資訊進行分析得出的結論，那麼下一次是真的通靈了。黃獅精和其他四頭獅子被悟空兄弟捉去，悟空和八戒又來竹節山討戰，「老妖聽說，低頭不語。半晌，忽的掉下淚來，叫聲：『苦啊！我黃獅孫死了！猱獅孫等又盡被和尚捉進城去矣！此恨怎生報得！』」一低頭就可知事情原委，這個本領《西遊記》中的其他妖精的確沒有，連孫悟空也沒有，否則他為什麼要一而再、再而三地變成小蟲子去竊聽打探呢！

做為大仙人的坐騎，「九靈元聖」本領高強，而且做事也像青獅怪一樣有分寸，按照太乙救苦天尊的話說：「我那元聖兒也是一個久修得道的真靈：他喊一聲，上通三聖，下徹九泉，等閒也便不傷生。」事實的確如此，九靈元聖下界來不過是想轉一轉、休閒一下，讓黃獅精們叫幾天「爺爺」過過癮，其他的壞事都沒做，對唐僧肉更是一點興趣也沒有。這位「獅爺爺」還很講情義，和唐僧師徒作對，完全是因為他的「黃獅孫」被欺負了，替他出頭而已。雖是妖精，做事風格卻有些像鎮元子，拿了唐僧師徒來，並不惦記吃肉，而是綁起來打，替他的「孫子」出氣。

玉華州這一回的題目很有意思，「師獅授受同歸一，盜道纏禪靜九靈」，把「師」和「獅」並稱，廣目天王也打趣道：「那廂因你欲為人師，所以惹出這一窩獅子來也。」行者也認同，笑道：「正為此！正為此！」有句俗話叫「人患在好為人師」，其實出自《孟子・離婁上》：「人之忌，在好為人師。」就故事情節來說，悟空三兄弟有了三個小王子做徒弟，多少是有點飄飄然了，所以才會放鬆警惕，讓自家的兵器離了手。黃獅精盜了兵器，九靈元聖又顯了顯神威，總算讓大家都清醒一下。

這一難的另一個看點是出現了很多頭獅子。除了盜釘鈀的黃獅精，其他六頭雜毛獅子，猱獅、雪獅、狻猊獅、白澤獅、伏狸獅、搏象獅，一起居住在「九曲盤桓洞」，人稱「六獅之窩」。這裡還真有個小科普——其實獅子是大型貓科動物裡唯一群居的動物。類似的非洲草原景觀看得多了，就像《獅子王》那樣，一頭成年雄獅和一群母獅及其幼崽住在一起。其實還有很多「單身漢俱樂部」，牠們是被那些「大家庭」趕出來的剛成年或年老體衰的雄獅，暫時組合在一起，集體狩獵，以便生存。

外來的獅子

獅子在《西遊記》多次出場，有人覺得是因為牠們的形象很常見，特別是在古建築上。不管是紫禁城、頤和園，還是老北京普通四合院的大門口，一對獅子是少不了的，而且還有公、母之分。腳底下踩繡球的一隻是公獅，另一隻肚皮底下吊著一、兩隻或更多小獅子，那是母獅。再想想盧溝橋，簡直是獅子開會啊。怕老婆這事，最著名的那句話叫「河東獅吼」。還有中國，據說曾被拿破崙稱為「睡獅」。

但真相是：獅子其實不是中國原產。

現在一提起獅子，大家都會想到非洲大草原，其實以前亞洲也有獅子，主要分布在南亞的印度和西亞一帶，叫「亞洲獅」。因為人類的捕殺，現在亞洲獅已經瀕臨滅絕，只在印度

〔明〕文俶／繪，《金石昆蟲草木狀》的獅子

的吉爾國家公園能見到。雖然古代中國有那麼多獅子的形象，活獅子其實都是外來種，而且數量有限。

西元八七年，西域安息國向當時的東漢章帝進貢一頭獅子，第二年，月氏國又進貢一頭。這兩頭獅子的老家，極大可能就在西亞一帶。

因為是外來的「稀有動物」，而且基本上是皇宮內院的「圈養動物」，大家平時很難見到，不會像老虎那樣到處亂跑傷人（那時老虎還很多，《水滸傳》的打虎英雄那麼多，就是一個明證），所以獅子就成為類似於圖騰的民間文化形象，威武、可愛，還有驅邪作用。比較典型的是舞獅，不管是金毛紅髮、圓滾滾帶著喜氣的「北獅」，還是大眼睛、長睫毛、面目猙獰又不乏可愛的「南獅」（其實南獅和「麒麟」的形象更相似），都是藝術化的獅子形象，很討喜。

至於門前的大石獅子比舞獅寫實一些，可是和真實版獅子還是有區別，這裡也有故事。原來在安息國、月氏國向漢章帝進貢活獅子之前，就是東漢初年，佛教傳入中國，自然包括佛教著名的菩薩——文殊菩薩。山西五臺山，就是《水滸傳》中花和尚魯智深醉打山門的地方，一向被認為是文殊菩薩的道場。文殊菩薩諸多形象當中，騎獅子的形象比較常見，估計就在那個時候，石雕或其他材質的藝術化獅子就已經在中國出現了。有此文化襯底，《西遊記》中的獅子精都不是凡品，就好理解了。

青獅怪是文殊菩薩的坐騎，九頭獅子是太乙天尊的坐騎，這兩位主人分別在佛教和道教中都位居高位，好大來頭！有趣的是，這一僧一道所騎獅子的寓意都差不多——借助於獅吼來震醒人們的向善之心。

第十二變

龍生九子

涇河龍王一家真是不安分，龍王自己「作」得身首異處，他家的「小九兒」鼉龍也不是個省油的燈，在黑水河替唐僧製造了一難。

面對一河「潑了靛缸」一般的黑水，唐僧師徒正在發愁怎麼過去，小鼉龍變身艄公，划一條小船出現，還拿腔作調地說不載客。沙僧的懇請不小心漏了底——「我等是東土欽差取經的佛子，你可方便方便，渡我們過去，謝你」——等的就是你這十世修行的好人。結果沒有懸念地中流翻船，唐僧和八戒被擒入水府。後來，黑水河原來的水神現身，告知悟空和沙僧，妖怪是西海龍王的外甥。接下來，孫悟空拿著妖怪請「舅舅」吃唐僧肉的信找西海龍王算帳，龍王被嚇壞了，趕緊承認妖怪是涇河龍王的兒子、他的外甥。悟空隨口問道：「你令妹共有幾個賢郎？都在哪裡作怪？」於是，龍王就有了一番「龍生九子」的解說。

九子不同

西海龍王的原話是：「舍妹有九個兒子。那八個都是好的。第一個小黃龍，見居淮瀆（淮河）；第二個小驪龍，見住濟瀆（古濟水）；第三個青背龍，占了江瀆（長江）；第四個赤髯龍，鎮守河瀆（黃河）；第五個徒勞龍，與佛祖司鐘；第六個穩獸龍，與神宮鎮脊；第七個敬仲龍，與玉帝守擎天華表；第八個蜃龍，在大家兄（東海龍王）處，砥據太岳。」而在黑水河興妖作怪的是涇河龍王的第九個兒子鼉龍，名字叫「鼉潔」。

夠複雜的，於是孫悟空調侃一句：令妹有幾個妹夫？西海龍王趕緊解釋說就一個。悟空追問：「一夫一妻，如何生這幾個雜種？」敖閏*道：「此正謂『龍生九種，九種各別。』」其實還有一種說法叫「龍生九子，九子皆不成龍」，也就是說，龍的「九子」都不是真正的龍，只是具備龍的一些特徵。西海龍王的九個「外甥」湊成的九子，不是標準的龍之九子。龍生九子目前比較流行的說法是：

老大——囚牛，專好音律。一些貴重的胡琴，頭部至今仍刻有龍頭的形象，稱為「龍頭胡琴」。

胡琴上的囚牛

劍柄上的睚眥

老二——睚眥，好鬥喜殺，一般出現在刀劍刃身與手柄接合的吞口處，俗稱「吞口獸」，成語有「睚眥必報」。

老三——嘲風。古時宮殿、寺廟的房脊上，一般會蹲坐一排小獸，小獸後面是一個大獸頭，就是「嘲風」，除了鎮邪，還發揮避雷的作用。

順便說說屋脊上的這排小獸，按照等級規制，不同屋脊上的小獸，個數有所不同。最多的是十個，全中國只有一處，就是紫禁城的太和殿，十個小獸分別是：龍、鳳、獅子、天馬、海馬、狻猊、押魚、獬豸、斗牛、行什。有幾個名字比較陌生：「狻猊」，龍生九子中的老五；「押魚」，又名狎魚，傳說中的一種海獸，可以滅火防災；「獬豸」，傳說中的獨

＊敖閏，也本做「敖順」，此文中當指西海龍王敖閏，據意改。

角神羊，代表司法公正；「斗牛」是一種有角的小龍，或者沒角的幼龍，學名「虯」；「行什」，一種帶翅膀的猴臉人身怪獸，一般認為他是「雷公」的形象，安放在屋脊上可以避雷。從實際用途來說，不管是「嘲風」還是這些小獸，其實都是建築上的「外掛程式」，是用來固定屋脊上的瓦片。至於「鎮宅」、「防災」等文化含義，都是後來發展出來的。

北京土話裡有一個詞叫「五脊六獸」，就是閒得發慌，怎麼待著都不舒服的意思。不過五脊六獸本來的意思和這些小獸有關：五脊——傳統的中國住宅一般有五條屋脊，橫著的一條大脊，斜著向下的四條「垂脊」。按照規制，尋常百姓家的屋脊上不能安裝這些小獸。如果是州、縣一級的衙署，一條垂脊上只能安裝三個或五個，不能再多了。所以古人平常能見到的「鎮脊獸」，就是一座房子前面兩條垂脊上的六隻小獸，一條脊上三隻，通常是天馬、海馬和獅子。如果細看這些小走獸的表情，都是那麼醜陋、猙獰、不友好，感覺有一種說不出的難受，所以就有「五脊六獸」這個成語，也稱「屋脊六獸」。

好，接著說龍生九子——

老四——蒲牢，好鳴、好吼，即前面提到的「徒勞龍」，是洪鐘上的龍形獸鈕。

老五——狻猊，長相和獅子很像，喜靜不喜動，好坐，喜歡煙火。狻猊的形象在三個地方最常見。一是寺廟中佛座上的圖案，還有就是香爐。李清照詞有「香冷金猊」，「金猊」

就是做成狻猊形狀或有狻猊圖案的香爐；二是大石獅子或銅獅子頸下項圈中間的龍形裝飾物；狻猊的第三個處所，如前所述，和他的「三哥」嘲風離得很近，是屋脊上的小獸之一。

老六——贔屭，又名霸下，好負重，力大無窮，就是很多石碑碑座下的那個像龜的傢伙。仔細觀察一下，這個「龜」雖有殼，頭臉卻有些龍的特徵，其實並非真的烏龜，而是龍子贔屭。

老七——狴犴，好訟，有威力，監獄的門上常有虎頭形的裝飾，就是他。

老八——負屭，身似龍，頭似獅，好文，和他的「六哥」贔屭在一起，是石碑頂部的龍紋。

老九——螭吻，就是西海龍王提到的「吻獸龍」，龍頭魚身。螭吻有很多特點，喜歡大口吞東西（包括吞火），喜歡登高、東張西望，所以大多被安

屋脊獸

放在房屋正脊的兩頭，做大口吞屋脊狀。螭吻背上還會有一把寶劍來固定，這把寶劍據說是道教著名仙人「許真君」許遜的劍，把它插在螭吻背上，為了防止螭吻逃跑，也是為了震懾邪鬼。實際上，這把寶劍和嘲風、屋脊小獸一樣，都是發揮固定和連接作用的「外掛程式」。

西夏綠釉鴟吻

「九」在古代是一個虛數，即「很多」的意思。龍還有其他一些兒子，其中包括：

饕餮，特別貪吃，很多青銅器有饕餮紋。

椒圖，特點是特別「宅」，反感別人進他的家，大門上的銜環獸、擋門的石鼓上的獸形，都是他。

蚣蝮，性喜水，被雕成橋柱、建築上滴水的獸形。北京什剎海萬寧橋，也就是大運河的起點，橋的四面就有四隻石雕「蚣蝮」，身軀扭動，半探向水中，形象栩栩如生。

貔貅，自古有貔貅招財的說法，所以有很多做成貔貅形狀的金玉等寶貝。不過，也有人考證說貔貅的原型是——熊貓。

官衙大堂兩側肅靜牌子上的狴犴

還有一個很有名氣的龍子——犼。犼又叫「蹬龍」、「望天犼」，主要職責是守衛華表，即西海龍王提到的「敬仲龍」。《西遊記》也有一隻「犼」，就是「朱紫國」一回的賽太歲，他是觀音菩薩的坐騎——金毛犼。

至於西海龍王提到的小鼉龍的「八哥」蜃龍，在「青牛怪」的故事中曾被孫悟空提道：

「你知道『龍生九種』，內有一種名『蜃』，蜃氣放出，就如樓閣淺池。若遇大江昏迷，蜃現此勢。倘有烏鵲飛騰，定來歇翅。哪怕你上萬論千，盡被他一氣吞之。此意害人最重。」

所謂「蜃氣放出，就如樓閣淺池」，即我們常說的「海市蜃樓」。

以上兩組龍子都具備一些龍的特徵，不過大多數都是想像中的動物。倒是「黑水河」的主角小鼉龍，原型是真實存在的。

小鼉龍

小鼉龍將唐僧、八戒捉入水府，沙僧上門討戰，此時妖怪已不再扮艄公，恢復了日常打扮：

「方面圜睛霞彩亮，卷脣巨口血盆紅。
幾根鐵線稀髯擺，兩鬢朱砂亂髮蓬。
形似顯靈真太歲，貌如發怒狠雷公。
身披鐵甲團花燦，頭戴金盔嵌寶濃。
竹節鋼鞭提手內，行時滾滾拽狂風。
生來本是波中物，脫去原流變化凶。
要問妖邪真姓字，前身喚做小鼉龍。」

其中最值得注意的是他的武器——竹節鋼鞭。其實小鼉龍的原型動物揚子鱷，就有這麼一條「鋼鞭」——那條堅硬有力的尾巴。

六千五百萬年以前，強大一時的爬行動物家族的大部分成員都滅絕了——主要是恐龍、翼龍之類的「龍」。目前這個家族只剩下四大類動物：蜥蜴、龜鱉、蛇、鱷魚。蜥蜴在熱帶有一些大型品種，不過有一種卻很常見——壁虎。《西遊記》提到的有：龜鱉類，南海中為觀音菩薩看守淨瓶的老龜，通天河的老黿；蛇類，黑熊怪的朋友白花蛇精，稀柿衕的大蟒精；鱷魚類，黑水河的小鼉龍，原型就是揚子鱷。這幾大類爬行動物的外形上有不少差異，但也有共同點：第一，行動方式都是爬行；第二，都是冷血動物，也叫變溫動物，因為體溫受外界氣溫的影響大，到了比較寒冷的時候，牠們大多會冬眠。

揚子鱷是中國特有的一種小型鱷魚，體長一般在一公尺到兩公尺之間。熱帶地區的馬來鱷，還有非洲草原的鱷魚，都是動不動三公尺到四公尺的體長，力氣大到足夠把牛羚拖下水。揚子鱷是鱷魚當中性格最溫順的，平常的食物就是一些小型的魚、蛙，牠們膽子小，善於打洞，一遇到危險就趕緊往洞裡躲。

揚子鱷在古代被叫做「鼉」、「鼉龍」、「豬婆龍」，古人早就對牠們有所認識。例如《說文解字》就說「水蟲，似蜥蜴」，這裡的「蜥蜴」應該是蜥蜴的某一種，還有的古書說揚子鱷形似「守宮」，守宮是壁虎的一種，大類別上也屬於蜥蜴。如果忽略體形的大小，這兩種動物和鱷魚長得有一點像，可見古人對鱷魚的形態描述，已經比較準確了。

或許是因為個子小、殺傷力有限，揚子鱷比較容易被捕捉。《禮記》有一句「季秋七月，伐蛟取鼉」，是說農曆七月是捕捉蛟和取鼉皮的好時間。古人捉鼉是有實際用途的，

洪鐘頂上的蒲牢

石碑頂部的負屭

《詩經》有一句「鼉鼓逢逢」，「逢逢」在這裡應讀為「蓬蓬」，描述的是鱷魚皮做的鼓「砰砰」作響，是祭祀中必備的器物。

不過，揚子鱷的膽小只是相對於其他大鱷魚而言，對沒怎麼見過大鱷魚的人，已經夠凶猛了。北魏酈道元《水經注》裡，牠被稱為「水虎」，生活在今湖北宜城一帶的「沔水」中，每年七、八月分，牠們會將頭露出水面，四肢和身子藏在水底，如果有小孩子伸手逗牠玩，就會躍出水面殺人。

這一段敘述雖然有些誇張，可是鱷魚捕食時守株待兔的樣子，卻描寫得很生動，讓我們想到小鼉龍在黑水河「捕獵」的方式。假扮艄公划著一條「一段木頭刻的」船，「中間只有一個

屋頂上的嘲風

艙口，只好坐下兩個人」——是的，紀錄片看得多了，鱷魚只露出嘴和眼睛，或者像一段枯木一樣漂浮在水上，很能迷惑人。再有就是著名外國童話「猴子與鱷魚」的故事，鱷魚騙猴子說要帶牠去一個島上吃香蕉，馱到水中央，鱷魚卻突然身子往下沉想淹死猴子，並說：「我媽媽要吃你的心。」雖然猴子馬上回答說：我的心落在剛才的岸上，騙鱷魚把牠馱回岸邊，不過鱷魚這種把自己當船，假意幫人擺渡的捕獵方式，卻和小鼉龍的做法差不多。

做為涇河龍王的兒子，小鼉龍遺傳父親的無知虛妄，再加上是家中的「老小」，自幼喪父，母親難免溺愛，所以做出的事情實在不成體統。首先，仗勢欺人占了衡陽峪黑水河神府。根據黑水河河神的敘述，一年前，小鼉龍用武力奪了水府，傷了人家很多水族，水神去申訴，可是根本不管用：「我卻沒奈何，徑往海內告他。原來西海龍王是他的母舅，不准我的狀子，教我讓與他住。我欲啟奏上天，奈何神微職小，不能得見玉帝。」

而事情到了西海龍王嘴裡就變成這樣：「因（鼉龍）年幼無甚執事，自舊年才著他居黑水河養性，待成名，別遷調用。」西海龍王說話的重點，全在給小鼉龍找住處、找工作：小鼉龍的八個哥哥都已經找到工作，就是「執事」，而且都是不錯的工作，四個居住在內陸四大河即江、河、淮、濟，四個在佛祖、天庭或龍宮裡當差，只有小鼉龍年紀還小，而他的母親前年病亡，所以讓他在黑水河暫住，等待工作機會。就是說，小鼉龍趕走黑水河神一事，西海龍王不但知情，而且是縱容他這麼幹的。因為有舅父撐腰，小鼉龍覺得住著搶來的府邸理所當然。這麼一種思維方式，自然會認為唐僧經過我門前，吃塊肉也是應當的。

其實，西海龍王對自己的孩子來說是一位「嚴父」。玉龍三太子，就是白龍馬，因為燒了龍宮殿上明珠，他就出首上報，搞得兒子差點被斬——我們可以說他有原則吧，至少不包庇。白龍馬在取經路上，從始至終沒出過差池，和嚴格的家教是分不開的。再看看龍王長子，也就是太子摩昂，雖然出場時間不長，看得出教養非常好，思路非常清楚。摩昂遵父命帶領水族人馬到黑水河捉鼉龍，臨下水前對孫悟空有一番交代：「大聖寬心，小龍子將他拿上來先見了大聖，懲治了他罪名，把師父送上來，才敢帶回海內，見我家父。」捉鼉龍，見大聖，救師父，然後回西海，一件件事情交代得明明白白，禮數甚是周到。捉到鼉龍，唐僧、八戒也成功獲救，摩昂在回家之前還有一套讓孫悟空放心的說辭：「大聖，小龍子不敢久停。既然救得你師父，我帶這廝去見家父；雖大聖饒了他死罪，家父決不饒他活罪，定有發落處置，仍回覆大聖謝罪。」就是說，帶鼉龍回龍宮一定會有處置，到時候還會給您送個信知會一聲。雖是客套話，說得卻很誠懇。

自家的孩子教育得雖好，可是外甥畢竟是別人家的孩子，而且小鼉龍那頑劣的性格實在管不了，西海龍王才犧牲黑水河河神的利益，讓他別居另住，為的是眼不見、心不煩。沒想到，一眼沒看到，這傢伙就闖了大禍，不但要吃唐僧，還特意寫帖子請自己去吃，被孫悟空中途截獲拿來興師問罪——實在太丟人了。不過龍王的補救措施還是到位，立即派摩昂太子點兵去捉鼉龍，一邊還客客氣氣地要請孫悟空吃飯。這態度搞得孫悟空無法再發脾氣：「我才心中煩惱，欲將簡帖為證，上奏天庭，問你個通同作怪，搶奪人口之罪；據你所言，是那廝不遵教誨，我且饒你這次：一則是看你昆玉分上；二來只該怪那廝年幼無知，你也不甚知情。你快差人擒來，救我師父，再做區處。」能讓「出名的潑皮」孫悟空熄火，老龍王的情商真不是一般的高。

下一難「車遲國」中，四海龍王被請來下雨，孫悟空還當面致謝敖閏：「前日虧令郎縛怪，搭救師父。」龍王趕緊說：「那廝還鎖在海中，未敢擅便，正欲請大聖發落。」孫悟空的回答是：「憑你怎麼處治了罷。」一番寒暄，實際上就徹底免了小鼉龍的罪。如果沒有前面龍王父子處理問題得當，哪能得此好結果。

乾隆己巳夏寫得三星拱璧圖

沈銓

清沈銓三星拱璧圖着色絹本 竪四尺三寸 橫一尺三寸七分

沈銓字衡齋號南蘋湖州人工花鳥設色妍麗我享保中應徵到長崎留三年賞賚甚夥及歸所得之金帛悉散給友朋槖仍蕭然

右三星拱璧圖沈南蘋得意筆世論南蘋畫為過於纖穠嫵媚而無高古蒼勁之氣此圖工妍雖致衆妙畢臻焉又無纖穠嫵媚之可指摘要非亦近世畫手所能及者矣

〔清〕沈銓／繪，《風雲際會圖》，龍虎相會於澗谷之間，欲俱戰，風雲彌漫，草木窸窣

第十三變

不出彩的老虎

老虎，東方獸中之王，看著威風凜凜，可是在《西遊記》的動物世界裡，老虎實在不怎麼出色。

相逢七隻虎

師徒四人的故事還沒正式開始，有四隻虎就已經出過場，可能很多人都不記得了。

第一隻在大唐邊界的雙叉嶺。唐僧和他的兩個隨從落入妖精事先挖好的坑——對，唐僧出長安的時候不是一個人，是帶著隨從的。這個妖精就是「寅將軍」：「雄威身凜凜，猛氣貌堂堂。電目飛光豔，雷聲振四方。鋸牙舒口外，鑿齒露腮旁。錦繡圍身體，文斑裹脊梁。鋼鬚稀見肉，鉤爪利如霜。東海黃公懼，南山白額王。」

不用說了，一隻標準的老虎。之後，寅將軍的兩個朋友「熊山君」（熊精）和「特處士」（野牛精）來拜訪，擺酒吃人肉。

看來這三個妖精不知道唐僧肉的奇特功效，只吃了兩個侍從而留著唐僧，和後面出場的妖精相比，等級實在不高。

這一難的可怕之處在於唐僧眼睜睜地看著兩個侍從被吃掉，寅將軍吩咐手下「將（兩侍從的）首級與心肝奉獻二客，將四肢自食，其餘骨肉，分給各妖。只聽嘓啅之聲，真似虎啖羊羔。霎時食盡」。唐僧是凡人，第一次親眼看見妖精吃人的全過程，「幾乎唬死」，所以說：「這才是初出長安第一場苦難。」好在有驚無險，天亮時分，唐僧就被太白金星所救。寅將軍一夥的出現，似乎就是為了告訴唐僧，西天路險，膽量要時時操練；西天路險，普通的侍從根本保護不了他。

唐僧被金星救下，繼續上路，很快遇到第二、第三隻攔路虎。這兩隻是虛寫，文中交代得簡單，上得嶺來（雙叉嶺），「前面有兩隻猛虎咆哮」。這兩隻虛寫的老虎不是沒作用，牠們的叫聲嚇壞唐僧騎的凡馬，連路都走不了了。這是為了告訴他，唐王送的這匹凡馬去不了西天。

危難之際，獵戶劉伯欽及時出場，接下來就是一段「伯欽打虎」。死虎被劉伯欽帶回家，當晚就做成大餐。是為第四隻虎。

在劉伯欽家稍作休息，幫他念了一天經超渡其故世的父親，第三天獵戶送唐僧到兩界山，提醒他前面就出了大唐地界，於是引出壓在兩界山（即五行山）下的孫悟空。唐僧揭掉山頂佛祖的壓帖，悟空出山，掣出五百年不用的金箍棒，第一個打的又是一隻虎，虎皮剝下來，做了兩條虎皮裙——還是可以替換的。

下一隻虎的等級稍微高一點，高老莊收了豬八戒後，唐僧師徒在黃風嶺遇到黃風怪手下的虎先鋒。虎先鋒雖是個「打工仔」，卻也有些本事，重點是會替自己「扒皮」：「那隻虎直挺挺站將起來，把那前左爪掄起，摳住自家的胸膛，往下一抓，滑剌的一聲，把個皮剝將下來，站立道旁。你看他怎生惡相！咦，那模樣：血津津的赤剝身軀，紅媸媸的彎環腿足。火焰焰的兩鬢蓬鬆，硬搠搠的雙眉直豎。白森森的四個鋼牙，光耀耀的一雙金眼。氣昂昂的努力大哮，雄糾糾的厲聲高喊。」

這一段看著讓人想起《聊齋》的那一齣〈畫皮〉，陰森恐怖。虎先鋒的「扒皮術」不僅是用來嚇人，接下來還有用處——「那怪見他趕得至近，卻又摳著胸膛，剝下皮來，苫蓋在那臥虎石上，脫真身，化一陣狂風，徑回路口。路口上那師父正念《多心經》，被他一把拿住，駕長風攝將去了。」

推測起來，看似恐怖的「扒皮術」，應該是妖精仍然處在修煉階段、未臻大成的標誌，因為後文中多少大妖精都沒有用這一招。可笑的是，靠這點小伎倆捉住唐僧，虎先鋒立即膨

〔清〕可翁／繪，《猛虎圖》

脹了：「大王放心穩便，高枕勿憂。小將不才，願帶領五十個小妖校出去，把那什麼孫行者拿來湊吃。」一出洞見了悟空、八戒，繼續口出狂言：「你師父是我拿了，要與我大王做頓下飯。你識起倒，回去罷！不然，拿住你，一齊湊吃，卻不是『買一個又饒一個』？」找死的節奏。且看吳老先生如何評價：「那怪是個真鵝卵，悟空是個鵝卵石。赤銅刀架美猴王，渾如壘卵來擊石。烏鵲怎與鳳凰爭？鵓鴿敢和鷹鷂敵？」沒幾分鐘，虎先鋒就被豬八戒打死了，算是「呆子」加入取經團隊的第一功。

再下一隻虎，其實是唐僧。黃袍怪（奎木狼下界）變成英俊的「駙馬」來到寶象國，為了證明自己是從猛虎的口中救出百花羞公主，當場施展「黑眼定身法」噴了一口水，把唐僧變成一隻斑斕猛虎，並立即把虎關進籠子。直到豬八戒去花果山請回孫悟空，解決黃袍怪的一干是非，才讓唐僧脫去虎形，再次為人。

這七隻虎啊，到底是虎，還是貓啊……

虎力大仙

還好有車遲國的虎力大仙替虎族挽回一些顏面，這位大仙是一隻黃毛老虎修煉成人形，而且法力不低。列舉一下他的本事：

第一，呼風喚雨。烏雞國的獅俐王也會呼風喚雨，和虎力、鹿力、羊力三仙一樣，靠著呼風喚雨取得國王的信任。不過獅俐王求雨，目的是完成替文殊菩薩報仇的任務——讓國王在井水裡泡三年，虎、鹿、羊三仙求雨，就是為了顯一顯自己的本事，「貨與帝王家」，當國師囂張一下，順手欺負、欺負和尚。待到「車遲國鬥法」一節，虎力再次顯了顯這個本事。

「那裡有一座高臺，約有三丈多高。臺左右插著二十八宿旗號，頂上放一張桌子，桌上有一個香爐，爐中香煙靄靄。兩邊有兩只燭臺，臺上風燭煌煌。爐邊靠著一個金牌，牌上鐫的是雷神名號。底下有五個大缸，都注著滿缸清水，水上浮著楊柳枝。楊柳枝上，托著一面鐵牌，牌上書的是雷霆都司的符字。左右有五個大樁，樁上寫著五方蠻雷使者的名錄。每一樁邊，立兩個道士，各執鐵錘，伺候著打樁。臺後面有許多道士，在那裡寫作文書。正中間設一架紙爐，又有幾個像生的人物，都是那執符使者，土地贊教之神。那大仙走進去，更不謙遜，直上高臺立定。旁邊有個小道士，捧了幾張黃紙書就的符字，一口寶劍，遞與大仙。大仙執著寶劍，念聲咒語，將一道符在燭上燒了。那底下兩、三個道士，拿過一個執符的像生，一道文書，亦點火焚之。」

這一段描寫有點像《三國演義》「借東風」的段落，都是祈求天氣的事。據諸葛亮說懂得「看雲識天氣」，早預測到十一月甲子日前後幾天會颳東南風，不過借風臺的設置卻是為了唬住周瑜，方便自己逃走。虎力大仙所顯示的求雨法，比借東風鄭重其事得多，吳承恩先生應該是正經直擊過道士求雨的場面，或者至少是理論（書本）與實際（直擊）相結合，仔細研究過，否則怎能寫得這樣規則齊全且富有儀式感呢？

小說《西遊記》中，這麼大規模的求雨不是擺擺樣子，而是真管用。「那上面乒的一聲權杖響，只見那半空裡，悠悠的風色飄來。豬八戒口裡作念道：『不好了！不好了！這道士果然有本事！權杖響了一下，果然就颳風！』」事實上，虎力的神符叫來了全套的風雨雷電班底——風婆婆、巽二郎、推雲童子、布霧郎君、鄧天君（傳說中的雷神主帥）、雷公、電母、四海龍王，厲害！鄧天君說得明白：「那道士五雷法是個真的。他發了文書，燒了文檄，驚動玉帝，玉帝擲下旨意，徑至『九天應元雷聲普化天尊』府下。我等奉旨前來，助雷電下雨。」所謂「五雷法」就是與雷神溝通的方法，傳說雷神有五位，所以叫五雷法。

話說這雷雨之事，對古人的農業生產大計發揮決定性作用，所謂「靠天吃飯」是也，哪怕是神界、仙界，等閒也輕慢不得。涇河龍王就因為和人賭氣，擅自更改下雨的時辰點數等，被玉帝下令斬首；四海龍王看似威風凜凜，下雨也必須聽玉帝指令——記得「朱紫國」那一回嗎？孫悟空說他做好的丸藥需要「無根水」來送服，為了節省時間，他特意請東海龍王幫忙下點雨，龍王說什麼——降雨必須有玉帝的指令，不能也不敢隨便下（是啊，現放著他的親戚涇河龍王的例子呢）。好在所需雨水不多，龍王變通一下，打了幾個噴嚏，下了三盞「無根水」，算是不違規地幫了這個忙。而虎力大仙一個「妖」，燒個符紙就能驚動玉帝、命令風雨雷電諸神，有此功力，確實不一般。

有人質疑虎力的五雷法是和誰學的，從前面「三清觀」回來看，他們手下多的是小道

〔明〕佚名，《新編目連救母勸善戲文》的雷公、電母

士，對道教在車遲國的普及功不可沒；他們驅使和尚們大興土木供奉三清，誤以為悟空兄弟三人變成的三清是「三清爺爺下界」，由此鬧出「喝聖水」的一場大笑話。這些表現說明，他們應該就是在三清門下學的本事，不過不是直接和三清學，而是和不知傳了多少輩的三清弟子學。不過論人氣、論本事，虎力和孫悟空還是有很大的差距。雷神、龍王等雖然被虎力的神符招來，卻怎麼也不敢得罪孫悟空，不敢打雷、下雨。

〔清〕佚名，《封神真形圖》的九天應元雷聲普化天尊

第二，雲梯顯聖，即高臺坐禪，「要一百張桌子，五十張做一禪臺，一張一張疊將起去，不許手攀而上，亦不用梯凳而登，各駕一朵雲頭，上臺坐下，約定幾個時辰不動。」會坐禪的唐僧是靠孫悟空幫助，才坐上五十張桌的高臺，而虎力大仙是既會飛騰又會坐禪。可是他的好兄弟鹿力大仙，非得往唐僧的頭上放蝨子，惹惱孫悟空，用一條蜈蚣干擾得虎力大仙直接摔下臺。如果不是這場意外，這禪還不知坐到什麼時候，虎力大仙的坐禪功力，還是可以的。

第三，隔板猜物。這一段彷彿重大賽事報導中的舒緩段落，比了三次，一次比一次歡樂（從唐僧師徒的角度說）。虎、鹿、羊一起上陣，卻抵不過孫悟空的小戲法，先變小蟲子飛進櫃子，然後就是「山河社稷襖，乾坤地理裙」變「破爛流丟一口鐘」，鮮桃變桃核（這個簡單，孫悟空是「吃桃的積年」），小道士變小和尚（直接剃度）。不過在唐僧師徒是歡樂無限，虎、鹿、羊卻被氣炸了，輸急了便要玩命。

第四，割了頭能重新長上。虎力大仙本來對自己很有信心，可是他的好兄弟鹿力大仙再次搗亂——居然讓土地按住孫悟空砍下的頭不讓動！不過這招沒什麼用，孫悟空的頭是可以再長出一個來的。反之，虎力的頭長不出來，他砍下頭後，孫悟空用毫毛變了條狗，直接叼虎力的頭扔到了河裡，剩下「腔子」虎力只有死路一條。

正如虎、鹿、羊這三種動物在自然界的地位一樣，虎力大仙做為百獸之王，在三者中順理成章地處於主導地位。從實際「戰況」來看，虎力的確也是實力最強。甚至可以推測，鹿力和羊力是被虎力「收服」才做了兄弟的。虎力一死，鹿力和羊力只能拚死一戰，最終都丟了性命。

虎力大仙以一個無名的草根妖精和孫悟空鬥法能鬥那麼久，也算是給《西遊記》裡的「虎族」挽回一點面子。這一回，可討論的東西很多，我們只關注兩點——

其一，為什麼老虎的待遇普遍偏差呢？其實不只是《西遊記》，《水滸傳》也是如此。殺虎英雄太多了，最著名的是「景陽崗武松打虎」、「李逵沂嶺殺四虎」；其實顧大嫂、孫立、孫新在登州造反，起因也是一隻虎——顧大嫂的姑舅兄弟、獵戶解珍、解寶因為殺虎和人發生糾紛而惹禍上身；還有一位好漢綽號「打虎將」——李忠，史進的啟蒙師傅，在「魯提轄拳打鎮關西」一回出現，書裡沒交代，不過他是街頭賣藝、賣膏藥的，拿「打虎將」這個名頭吹吹牛也可以理解。總之，這從側面說明，那年月，老虎還是很多，人們不太把牠們當回事。具體到《西遊記》，因為老虎常見，不那麼神祕，就不像獅子那麼受待見。

當然，再多的老虎也禁不起這樣打，到今天，世界上現存的老虎一共只有八種，全都是瀕危動物。和獅子不同，老虎是獨居動物，需要很大的領地，如今，牠們的活動範圍逐漸縮小，而且都在很偏遠的地方。

其二，來說說道士的事。很多人可能不知道，《西遊記》在明代是一本禁書。為什麼呢？因為書裡有多處罵國王、偏信道士。前面「烏雞國」算一處，道士居然假冒國王，「車遲國」也算一處。照理說虎力三兄弟是靠呼風喚雨的本事獲得國王的信任，沒做什麼大壞事，為什麼孫悟空一定要和他們鬥法呢？因為國王責怪和尚們求不來雨，把和尚們交給道士做奴才。受難的和尚們得到神人們的指點，認定孫悟空是他們的救星。事情發展到後來，是虎力三人輸急了才「玩」了自己的命。歸根結柢，還是國王不好，一切來「現」的，太實用主義。事情結束後，孫悟空不是和他說了嘛，應該對儒、釋、道一視同仁。《西遊記》中罵國王好道的故事還不只這兩個，後文「比丘國」罵得更狠，而原因是明朝正好有一位特別好道的皇帝——嘉靖，各種修道差點讓大明朝提前幾十年滅亡。

〔周〕虎形青銅器

第十四變

菩薩籃子的那條魚

通天河靈感大王很有兩把刷子，他會「感應一方興廟宇，威靈千里祐黎民。年年莊上施甘露，歲歲村中落慶雲」。保佑地方風調雨順本是好事，靈感大王卻有條件，每年要吃童男、童女，而且還必須是本家親生的，「那大王甚是靈感，常來我們人家行走……他把我們這人家，匙大碗小之事，他都知道，老幼生時年月，他都記得。只要親生兒女，他方受用」。真是夠「靈感」的，村民家的親生兒女才受用，什麼情況？是為了顯示他的靈感，也是一種威懾力？

靈感大王還會冰封通天河，冰封與呼風喚雨一樣，是控制天氣的技能，按說是應該由玉帝發指令，可是靈感大王說冰封就冰封，連象徵性地打個「報告」都沒有，厲害！論武功，水中打仗一對二，和八戒、沙僧兩人打個平手。他還有那麼一點領導才能，至少說話算話——斑衣鱖婆出主意捉住唐僧，他立即兌現諾言與她結為兄妹。所有這些超出一般草根妖精的本事，故事最後有了答案。原來他是觀音菩薩家的金魚：「他本是我蓮花池裡養大的金魚。每日浮頭聽經，修成手段。那一柄九瓣銅錘，乃是一枝未開的菡萏，被他運煉成兵。不知是那一日，海潮泛漲，走到此間。」

「金魚」乎？

按照觀音菩薩字面上的說法，「靈感大王」就是北京舊時買賣吆喝裡「大小——小金魚欸——」的金魚，就是日常養在魚缸裡的，有水泡眼、大尾巴，身體肥肥的那種漂亮金魚。其實金魚和貓、狗一樣，是人類定向培養的寵物，以觀賞鱗片、姿態等為主，所以牠長得和普通的魚不大一樣。能猜出牠的祖先是誰嗎？

鯽魚，就是熬湯的那種。

據說，宋朝人發現一些鯽魚長著金色的鱗片，煞是好看，於是就不做鯽魚湯，養在池子裡看著玩，還派專人進行培育，宋人的文化眼光確實獨到。

實際上，金鯽魚就是野生鯽魚中出現的帶金鱗的變異品種，大約在晉朝被發現。據說泥鰍也有「金魚」，不過人們發現金鯽魚最適合養殖，好看是一；鯽魚性情比較溫和，好馴化是二，從宋朝開始，寵物金鯽魚逐漸開始被養殖和定向培育，名稱也簡化成「金魚」。到如今，金魚的品種數都數不過來，名種如「黑龍睛蝶尾」、「獅子頭」、「紅帽子」、「望天龍」、「水泡」等。話說在北京通州，至今還有專門養金魚的村子，一路進村，都是小金魚池，看著挺過癮的。

不過靈感大王真的是我們養在魚缸裡的金魚嗎？如果是，似乎寫成漂亮的女妖精更合適一些；而且，養尊處優、沒見過大風浪的金魚，怎能趁著海潮逆流而上，在通天河定居呢？如果不是金魚，會是什麼魚呢？還是來看看文本：

「頭戴金盔晃且輝，身披金甲掣虹霓。
腰圍寶帶團珠翠，足踏煙黃靴樣奇。
鼻準高隆如嶠聳，天庭廣闊若龍儀。
眼光閃灼圓還暴，牙齒鋼鋒尖又齊。
短髮蓬鬆飄火焰，長鬚瀟灑挺金錐。
口咬一枝青嫩藻，手拿九瓣赤銅鎚。
一聲咿啞門開處，響似三春驚蟄雷。
這等形容人世少，敢稱靈顯大王威。」

發現問題了嗎？「長鬚瀟灑挺金錐」，有「鬍子」的！金魚可沒有鬍子！觀音菩薩口中

〔清〕句曲山農／撰；尚兆山／繪，《金魚圖譜》的金魚

的金魚，更像中國傳統的「文化之魚」——鯉魚。

鯉魚適應性非常強，是中國數量巨大、最為常見的一種魚。因為常見，中國人早早就「開發」出鯉魚的多種用途，食用之外，還有藥用。做為文化形象的鯉魚也隨處可見，例如孔夫子的長子出生時，別人送給他幾條鯉魚，他覺得很吉利，就給兒子取名「孔鯉」，字「伯魚」。古詩中，如無特指，魚指的都是鯉魚。例如「客從遠方來，遺我雙鯉魚」、「江南可採蓮，蓮葉何田田，魚戲蓮葉間」。至於傳統的吉祥話、吉祥物、剪紙，如「連年有餘（魚）」、「吉慶有餘（魚）」、「娃娃抱魚」、

「富貴有餘（魚）」等，更是不勝枚舉。

金色鯉魚單是在小說《西遊記》就出現多次，唐僧的父親陳光蕊陳狀元，曾經在市場上買一條金色鯉魚，本來想替老母補身子，但看到魚在眨眼睛，覺得是靈物，於是放生了。果然，這條金鯉魚其實是洪江口龍王變的。後來陳狀元被強人所害，是龍王救了他的元神，讓他暫做龍宮的都領，並把他的屍身保存好，直等到他的兒子玄奘長大報仇，陳狀元才得以復活。

還有涇河龍王的手下夜叉，偷聽到樵夫和漁夫的對話，得知漁夫每日給算卦先生袁守誠一尾金色鯉魚，袁守誠就會告訴他到哪裡去下網可以網網不空，由此引出「魏徵夢斬涇河龍」。

如果「靈感大王」是鯉魚精，很多道理就講得通了。鬍子自然不必說，鯉魚本來就有鬍子，嘴的兩邊各有兩根。所謂「金色鯉魚」可以理解為全身都金光閃閃，你可能會說現在的鯉魚體色都是灰的，哪裡是金色。其實魚類的體色和日常的飲食與生活的水環境很有關係。古代的野生鯉魚，生長的水環境一般汙染少，比較乾淨，所以鱗片常常是淡淡的金色，看上去非常討喜。從這個角度來說，算命先生袁守誠讓漁夫每天都能捕到一條金色鯉魚，其實可以理解為每天都能捕到一條鯉魚。

鯉魚還有一個習性，這就要說到著名的「鯉魚躍龍門」。黃河途經河南孟津附近有龍門山，相傳如果鯉魚能跳起來飛越「龍門」，就會變成龍。因此，總有鯉魚成群結隊地逆流而上游到這裡，試圖「躍龍門」。這個故事後來用於催人上進，尤其是針對那些參加科舉考試、期望得中的考生，不過緣起卻是鯉魚善於跳躍的習性。

鯉魚當然跳不過一座山，但能從水面躍起一尺左右。其實魚類跳躍，最根本的原因是——缺氧。魚類主要用鰓呼吸，當水中的氧氣不夠時，牠們會躍出水面來「吸氧」。鯉魚對氧氣的需求量比較高，如果水中缺氧，牠們更容易跳躍。至於「逆流而上」，道理也一樣，因為水流激烈，或者有漩渦的地方，氧氣較為充足，食物——浮游動物和植物也比較充足，所以這樣的地方常有魚群出沒。靈感大王九年前趕著海潮從南海落伽山的金魚池來到通天河，道理就是如此。至於吃童男、童女，自然是妖精想要長生不老、有朝一日修煉成龍的一種「手段」，而遇到比童男、童女「功效」更好的唐僧，自然會下手來捉。

提魚籃的菩薩

靈感大王是鯉魚精的又一個證據，和他的主人觀音菩薩相關，就是「魚籃觀音」的傳說。故事是這樣的：觀音菩薩到東海邊的一個村莊裡傳經，變成一個美豔的賣魚女子，手中的魚籃子裡有兩條活魚。村裡的男子們貪戀女子的美貌，紛紛向她求婚。女子說：我教你們一部經，三天內誰能背下來，我就嫁給誰。三天後，有十幾個男子都會背經了。女子又說：我一個人怎麼能嫁給這麼多人？我再教一部經，誰能背下來，我就嫁給他。第二部經只有三、四個人能背下來。女子還是不肯嫁，又傳了第三部經。最後，能夠背下經文的只剩下一個姓馬的男子。女子於是答應嫁給「馬郎」。但結婚當天，女子突然死亡，而且屍身很快腐爛，馬郎只得匆匆將她埋葬。後來有位老僧來點化馬郎，說提魚籃的女子是觀音菩薩，不信你打開棺材看看。馬郎開棺，發現裡面是一副黃金鎖子骨，就是骨頭呈金黃色，環環相扣，是得道的表象。馬郎相信老者的話，就塑了魚籃觀音像來供奉。一般的「魚籃觀音」塑像或畫像中，籃子裡的魚就是——金色鯉魚。

魚籃觀音是「三十三觀音」中的一種，觀音菩薩可以說是在中國擁有「信眾」最多的菩薩，關於她的故事最多。所謂「三十三觀音」，就是觀音菩薩有三十三種主要的造型，當然這些造型的背後都關聯著觀音菩薩的一些故事。其中，魚籃觀音和另一個「馬郎婦觀音」，故事基本上就是上述的內容，具體細節上有一些差異。小說《西遊記》為觀音姊姊魚籃子中的鯉魚編了「通天河」的故事，也是很有趣味，連他的兵器「九瓣赤銅錘」都是就地取材，

〔清〕《魚籃觀音圖》

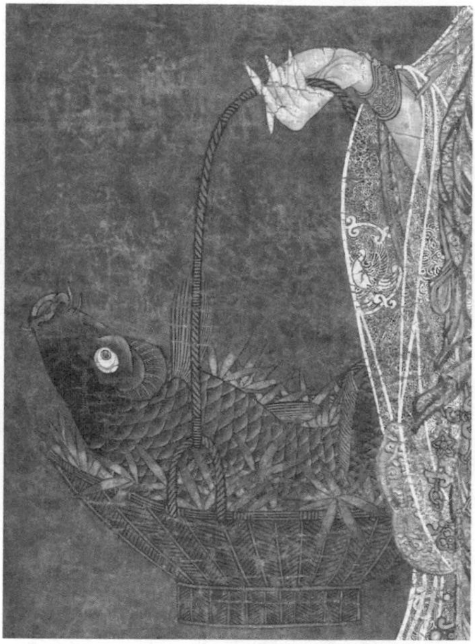

〔清〕《魚籃觀音圖》（局部）

由金魚池子中一枝「菡萏」，就是荷花骨朵煉成的（聯想一下「菡萏香銷翠葉殘」吧，同樣是荷花，待遇如此不一樣）。

孫悟空不知道靈感大王的出身，只是因為他閉門不出，僅得到南海找觀音菩薩求救，沒想到闖進紫竹林，卻見到一個與平常不一樣的菩薩：

「遠觀救苦尊，盤坐襯殘箬。
懶散怕梳妝，容顏多綽約。
散挽一窩絲，未曾戴瓔珞。
不掛素藍袍，貼身小襖縛。
漫腰束錦裙，赤了一雙腳。
披肩繡帶無，精光兩臂膊。
玉手執鋼刀，正把竹皮削。」

等到削好竹篾，編好魚籃，菩薩連衣服都沒換，就這一身「休閒」的打扮，帶著孫悟空奔通天河來了，把八戒與沙僧也嚇了一跳：「師兄性急，不知在南海怎麼亂嚷亂叫，把一個未梳妝的菩薩逼將來也。」

觀音菩薩之所以顧不上梳妝就趕來，自然是因為出了「家賊」，丟人現眼，所以得趕緊收回去。不過這個故事中，休閒打扮的觀音大士，倒是顯出幾分鄰家女子的可愛可親，正與魚籃觀音的民間女子打扮相合。觀音下一次出場是在女兒國毒敵山指引孫悟空去請昴日星官對付蠍子精，也是魚籃觀音的打扮。看來，菩薩也滿喜歡這種休閒形象。

第十五變

是「龜」？是「鱉」？

通天河一段說完了靈感大王，自然得說說老黿。老黿到底什麼動物？出現在一九八六年版電視劇《西遊記》的是一隻超級大龜。可是仔細探究起來，老黿應該是——鱉，就是俗稱的「甲魚」、「王八」、「水魚」……沒有龜那麼好聽，但原著裡就是這麼寫的：

「方頭神物非凡品，九助靈機號水仙。
曳尾能延千紀壽，潛身靜隱百川淵。
翻波跳浪沖江岸，向日朝風臥海邊。
養氣含靈真有道，多年粉蓋癩頭黿。」

那麼，龜、鱉、黿有什麼區別呢？

龜鱉黿鼉各不同

龜鱉是一大類，同屬於爬行綱龜鱉目，又細分為龜科和鱉科，牠們之間的區別還是很明顯。可以舉《西遊記》中為觀音菩薩馱淨瓶的那隻老龜做例子：

「藏身一縮無頭尾，展足能行快似飛。
文王畫卦曾元卜，常納庭臺伴伏羲。
雲龍透出千般俏，號水推波把浪吹。
條條金線穿成甲，點點裝成彩玳瑁。
九宮八卦袍披定，散碎鋪遮綠燦衣。
生前好勇龍王幸，死後還馱佛祖碑。
要知此物名和姓，興風作浪惡烏龜。」

簡單說，龜上下都有殼，而且連接在一起，上面的殼還帶著比較漂亮的花紋，即所謂「九宮八卦袍披定，散碎鋪遮綠燦衣」。很多龜因為殼的精美和獨特，成為不錯的觀賞品種。在南方各地，名種觀賞龜，什麼金錢龜、綠毛龜、黑頸烏龜、柴棺龜、黃緣閉殼龜等，價格能飆升到幾千甚至上萬元。最常見的、價廉物美長得快的，例如巴西龜，是個外來物種。

鱉只有上面有殼，殼上的花紋不那麼明顯，遠沒有龜漂亮，所以鱉科的動物主要是用來吃的（這是就人類來說的，慚愧），尤其是中華鱉，養殖數量很大，市場賣的用來燉湯的「甲魚」，以此為主。

黿是鱉的一個特殊品種，比一般的甲魚背甲要綠一些，吻部也短一些，當然最大的特點是黿的體型大，能長到一百多斤。現在想見到野生的黿很難，牠被列為中國國家一級保護動物。至於像通天河老黿這樣的大塊頭，「有四丈圍圓的一個大白蓋」，載上師徒四人和白龍馬還有富餘，純粹是出於想像了。

在古代，雖然有書籍記載龜、鱉、黿的區別，但大多數人仍然分不清。前面引的那首描寫烏龜的詩裡，有「生前好勇龍王幸，死後還馱佛祖碑」，說烏龜就是寺廟裡馱碑的動物。

〔明〕文俶／繪，《金石昆蟲草木狀》的江寧府鱉

〔明〕文俶／繪，《金石昆蟲草木狀》的龜甲

〔明〕文俶／繪，《金石昆蟲草木狀》的瑇瑁

而《紅樓夢》中賈寶玉哄林妹妹說：「要有心欺負妳，明兒我掉在池子裡，叫個癩頭黿吃了去，變個大忘八，等妳明兒做了『一品夫人』病老歸西的時候，我往妳墳上替妳駝一輩子碑去。」這裡的「癩頭黿」、「大忘八」指的都是鱉。其實，前文「龍生九子」中已經提到，馱碑的不是龜也不是鱉，而是龍的第六個兒子贔屭，他有著龜一樣的外殼，但頭部又有一些龍的特徵，例如龍鬚，再例如一排「大板兒牙」，而龜沒有這樣的牙。

古人又常把黿和鼉，也就是鱷魚混為一談。明末有一套與「三言」齊名的短篇小說集「二拍」，其中《初刻拍案驚奇》的第一卷叫做〈轉運漢遇巧洞庭紅．波斯胡指破鼉龍殼〉。故事說的是一個小商人文若虛，無意中在海外荒島上發現一個床一樣大的巨龜殼，覺得新鮮好玩就隨海船運回來。沒想到登岸後，卻被一位波斯商人出五萬兩銀子的高價買走。文若虛和同行者百思不得其解，波斯商人解釋說這是鼉龍的殼：「列位豈不聞說龍有九子乎？內有一種是鼉龍，其皮可以幔鼓，聲聞百里，所以謂之鼉鼓。鼉龍萬歲，到底蛻下此殼成龍。此殼有二十四肋，按天上二十四氣，每肋中間節內有大珠一顆。若是肋未完全時節，成不得龍，蛻不得殼。也有生捉得他來，只好將皮幔鼓，其肋中也未有東西。直待二十四肋完全，節節珠滿，然後蛻了此殼變龍而去。」

黑水河小鼉龍的故事中已經解釋過，鼉龍即中國一級保護動物揚子鱷。「二拍」的故事中，波斯商人關於鼉龍的描述，說牠的皮可以做鼓，和古書的記載一致，但鼉龍殼中藏珠、蛻殼成龍的說法，卻是綜合很多動物的特點和一些神話傳說，可以說是個大雜燴。

殼中藏珠是貝殼類動物，特別是雙殼貝的特點，例如著名的珍珠蚌。當貝類不小心將泥沙顆粒等吸入體內、又無法排出時，為了減輕被砂礫摩擦的痛苦，貝類就會分泌出一種叫珍珠質的物質，把這些顆粒包裹起來，日久天長，就形成一顆顆珍珠。雖然很多貝類都會分泌珍珠質，甚至在貝殼的內側形成閃閃發光的珍珠層，但真的能孕育出珍珠的，卻只有少量的幾種貝類，至於鱷魚和龜鱉，都沒有這種功能。

脫殼的願望

再來說說老黿最關心的那件事——脫殼。出於劇情需要，老黿出現兩次。

第一次是觀音姊姊提著魚籃到通天河捉靈感大王。菩薩走了，通天河還是要過，就在這時，老黿出現了。老黿向唐僧師徒說明，為了感謝他們幫自己奪回「水黿之第」，又幫陳家莊人免了貢獻童男、童女的災禍，所以願意送唐僧師徒過河。奇怪的是孫悟空卻對他充滿不信任，非要讓他立誓：「既是真情，你朝天賭咒。」老黿張著紅口，朝天發誓道：「我若真情不送唐僧過此通天河，將身化為血水！」渡河期間，行者一直警惕：「又恐那黿無禮，解下虎筋條子，穿在老黿的鼻之內，扯起來，像一條韁繩；卻使一隻腳踏在蓋上，一隻腳蹬在頭上；一隻手執著鐵棒，一隻手扯著韁繩，叫道：『老黿，慢慢走啊。歪一歪兒，就照頭一下！』老黿道：『不敢，不敢！』」

孫行者如此行事是不是不厚道呢？不是，這叫防患於未然，因為前有黑水河小鼉龍假扮漁夫擺渡的例子，又發生靈感大王冰封通天河捉唐僧的事件，不能不小心。還有很重要的一點，水裡功夫是孫悟空的弱項，所以水上行走，必須加倍當心。

老黿倒是不在意孫悟空的言行，因為他真正想求唐僧的是這件事：「我聞得西天佛祖無滅無生，能知過去未來之事。我在此間，整修行了一千三百餘年；雖然延壽身輕，會說人語，只是難脫本殼。萬望老師父到西天與我問佛祖一聲，看我幾時得脫本殼，可得一個人身。」

這是一個「伏線千里」的線索，對應的正是九九八十一難的最後一難——唐僧因忘了老黿的囑託，沒問佛祖，結果老黿一氣之下，「將身一幌，呼喇的淬下水去，把他四眾連馬並經，通皆落水。」

看來「脫殼」這件事對於老黿來說，真的是挺重要的。

比較低等的動物，例如昆蟲、蝦蟹、蛙、蛇等，身體逐漸長大的過程中，不會「長大」的外表皮或殼會成為生長阻礙，到一定的時間，牠們都會蛻皮或脫殼，而且是整張地「脫」。
夏秋之交，我們會在野外的草叢裡、樹邊上發現「蟬蛻」，一整個形似知了的褐色半透明空殼，只在背部裂著一道縫——蟬的成蟲從地裡邊爬出來，身體從這條縫裡鑽出殼，找個

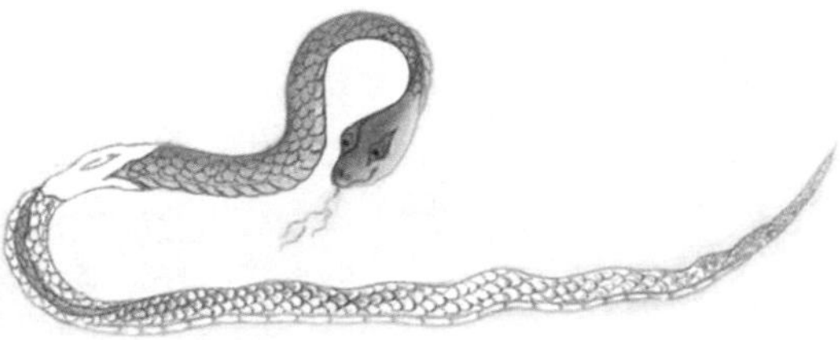

〔明〕文俶／繪，《金石昆蟲草木狀》中的蛇蛻

〔明〕文俶／繪，《金石昆蟲草木狀》的蟬蛻

地方晒乾自己的翅膀，展翅高飛到枝頭鳴叫。和蟬一樣，蛇、蟾蜍等都會脫殼，「蟬蛻」、「蛇蛻」還有蟾蜍的「蟾衣」，都是很值錢的中藥材。

不過蛻皮或脫殼，對動物來說，其實是一件很危險的事情。因為脫掉一整張皮，很耗費體力和時間，如果力氣不夠，有可能中途卡在殼裡，時間長了會被憋死。而剛脫掉「舊皮」時，「新皮」一般比較嬌嫩，這個時候如果沒有躲藏好，很容易受到天敵的攻擊。

鼉魚，也就是「鼉」，是沒有殼的，身體表面覆蓋著一片一片堅硬的鱗甲。也許正因為這種「盔甲」和龜鱉有些像，所以古人把鼉和黿看成一類動物。鼉的這些鱗甲會「更新換代」，但不像蛇、蛙那樣整張皮脫下來，而是一片一片地脫掉更新。

至於有著堅硬外殼的龜、鱉、黿，牠們的這層殼會隨著身體的長大而一起長大，且形成像「年輪」一樣的紋路，既然會生長，就不必脫掉了。不過這種堅硬的鱗甲和外殼，雖是保護層，也實在是一種生命的負擔，所以才有鼉或鱉脫去外殼飛升成龍或成仙的想像，也才有通天河老黿向唐僧發出的請求。

第十六變

青牛怪辨析

青牛怪，獨角兕大王，是不是牛精呢？

他的主人太上老君說，這個妖怪是他騎的青牛。關於老君和青牛的故事，大概是這樣的：

先秦道家的代表人物老子，被神化為道教創始人太上老君的化身。據說老子曾騎著一頭青牛西出函谷關去教化西域的人們，後來成了佛，即所謂「化胡成佛」。後人認為這個說法應該是佛教剛傳到中國時出現的，因為中國人一開始對這種外來的（西來的）宗教有點陌生感，就把他的「誕生」和中國的道教代表人物老子聯繫在一起。

重點來看看老子騎的那頭牛。現在能看到以這個故事為題材的畫像和雕塑，老子騎的牛什麼樣的都有，主要有兩種，一種是直犄角的，就是北方常見的黃牛，還有一種是彎犄角的，是南方常見的水牛。而《西遊記》中的獨角兕大王，讓大家對老子的坐騎有了另一種認識。

〔清〕顧繡、趙墉／作，《老子騎牛圖》

「兕」是而非

來看看獨角兕大王第一次和孫悟空打照面的樣子：

「獨角參差，雙眸幌亮。頂上粗皮突，耳根黑肉光。舌長時攪鼻，口闊板牙黃。毛皮青似靛，筋攣硬如鋼。比犀難照水，像牯不耕荒。全無喘月犁雲用，倒有欺天振地強。兩隻焦筋藍靛手，雄威直挺點鋼槍。細看這等凶模樣，不枉名稱兕大王！」第一句就值得注意——「獨角參差」，就是說這頭牛是獨角。

「舌長時攪鼻，口闊板牙黃。」這兩句倒是有牛的特徵。牛舌頭又大又長，伸出來確實可以搆到鼻子，這麼長的舌頭用處何在呢？可以捲草吃。牛的食量大，有一條夠力的大舌頭，地上的草，舌頭一捲就能拔下來一大把送進嘴裡，結結實實，一口是一口。「板牙」呢？牛是食草動物，自然是板牙而不是犬牙。不過獨角兕大王是吃人肉的，這些特徵算是浪費了。「毛皮青似靛，筋攣硬如鋼。」這正是「青牛」的顏色，「靛」即靛藍，是用蓼藍等植物提煉出來接近黑色的深藍色染料，中國西南地區一些少數民族喜歡穿它染出的藍色衣服。

「比犀難照水，像牯不耕荒。全無喘月犁雲用，倒有欺天振地強。」這句話點出這頭獨角青牛和另外幾種動物的區別。一是犀牛，提到「獨角」，很多人首先想到的是牠。其實犀牛不一定只有一個角，《西遊記》「金平府」故事中的三個犀牛精，就是兩隻角的犀牛。不過犀牛的角不管一隻、兩隻，都是長在臉中間的鼻梁上，如果是兩隻角，就是前後排列。而「兕」的獨角，如果按照普通牛角長在腦袋兩側的「邏輯」來看，兕的獨角應該是長在頭頂。所以兕和犀牛是兩回事，古人很早就把牠們做為兩種不同的動物來記載了。

《山海經．海內南經》有這樣兩條段記載：「兕在舜葬東，湘水南。其狀如牛，蒼黑，一角。」「兕西北有犀牛，其狀如牛而黑。」當然，古人也經常把犀、兕這兩種動物並稱，形容凶猛的獸類或戰鬥力很強的戰士。

《哺乳動物自然史》插圖，犀牛

再來看看「牯」，是指母牛，或者閹割過的公牛。過去在農耕地區，普通的牛不論公母，主要都是用來耕田。兕像牯但不耕田，所以牠不是牯。

還有水牛，「全無喘月犁雲用」出自一個著名的典故「吳牛喘月」，說的是南方天氣炎熱，牛畏懼太陽，連月亮出來也會大喘氣，這種牛應該就是南方的水牛。既說「全無喘月犁雲用」，那麼獨角兕大王也不是水牛。

兕這種動物有沒有真實存在過，到現在還有爭議。現存的一些文物上有兕的形象，商朝晚期到西周流行一種青銅兕觥（一種酒器），蓋子上雕的獸頭是獨角。河南南陽博望河一座古橋的橋樁上，有漢代拓片「雙兕鬥」，上面兩隻兕都有直直尖尖的獨角，相對而鬥。今人設計兕的創意圖片更有趣，牠們的角不是獨立直直的一根，而是有凸有凹類似於一個大筆架或大王冠，倒是與「獨角參差」這話很相合。北京房山周口店猿人洞的動物化石中，有一種叫做「腫骨大角鹿」的古生物化石（大約距今一萬年時滅絕），牠的角誇張如扇面一樣張開，而且雙角長在頭頂，靠得很近，遠看就像一把巨大扇子，或許兕的角也是這樣。

總之，做為太上老君的坐騎，「獨角兕大王」青牛怪真的很特別。不過在故事情節當中，他做為牛或兕的特徵不是很明顯，和牛能扯上點關係的其實是那個「圈兒」。

威力無比的「圈兒」

「青牛怪」這一段故事很熱鬧，因為這是全書請「外援」請得最多的幾難之一。獨角兕大王說孫悟空是「鬧天宮之類」，孫悟空由此猜測他不是凡間之物，於是又跑到天宮來，請玉帝幫忙查查有沒有天神私自下界。玉帝降旨，命人帶著大聖去查。「先查了四天門門上神王官吏；次查了三微垣垣中大小群真；又查了雷霆官將陶、張、辛、鄧、苟、畢、龐、劉；最後才查三十三天，天天自在；又查二十八宿：東七宿，角、亢、氐、房、參、尾、箕；西七宿，斗、牛、女、虛、危、室、壁；南七宿，北七宿，宿宿安寧；又查了太陽、太陰、水、火、木、金、土七政；羅睺、計都、炁、孛四餘。滿天星斗，並無思凡下界。」這一段彷彿倒是天宮的「諸仙陳列會」，難得說得這樣全。

接下來，為了對付神祕的「圈兒」，孫悟空請到的外援都帶著各自的寶貝兵器——李天王、哪吒三太子父子倆，哪吒施展開三頭六臂，展示出「砍妖劍、斬妖刀、縛妖索、降魔杵、繡球、火輪兒」六樣法寶；雷部的鄧化、張蕃兩位雷公帶著「雷楔」；火德星君有一堆放火的器具，火龍、火馬、火鴉、火鼠、火槍、火刀、火弓、火箭；黃河水伯神王帶著裝了半河黃河水的白玉盂兒；西天如來佛祖座下的十八羅漢帶來的是金丹砂……又一場寶

〔清〕民俗版畫，火德星君

物展示會。只是這些寶物還是沒有那個「圈兒」厲害，只要一拿出來，就被套了去。連孫大聖的金箍棒和他拔下來變成小猴子的三十五根毫毛都沒能倖免。大聖進洞去做了一次賊，把兵器都偷回來，可是沒用，再次開打，「圈兒」照舊收「寶貝」。

這麼厲害的「圈兒」到底是什麼呢？答案揭曉，孫悟空未免沮喪——原來就是當年打了他一「悶圈兒」，結果被二郎神、哮天犬擒上天界的那個「圈兒」——金剛琢。當時只當它是老君的一樣暗器，卻不知原來如此厲害！聽聽老君怎樣解釋他的寶貝：「我那『金剛琢』，乃是我過函關化胡之器，自幼煉成之寶。憑你甚麼兵器、水火，俱莫能近他。——若偷去我的『芭蕉扇兒』，連我也不能奈他何矣。」此芭蕉扇應該不是金角大王、銀角大王曾經偷去的那一柄，那柄是能夠搧得平地起火的，也不是被羅剎女所得、能夠滅火焰山三昧真火的芭蕉扇。想來李老君既然煉丹，應該有很多把功能不同的扇子，當然不排除「一扇多功能」。而這次他帶來的這一柄是能降伏青牛怪的：「老君念個咒語，將扇子扇了一下；那怪將圈子丟來，被老君一把接住；又一扇，那怪物力軟筋麻，現了本相，原來是一隻青牛。」

降伏了青牛怪，金剛琢自然被收回，下一個用處著實好笑：「老君將『金剛琢』吹口仙氣，穿了那怪的鼻子，解下勒袍帶，繫於琢上，牽在手中。至今留下個拴牛鼻的拘兒，又名『賓郎』，職此之謂。」東方、西方的仙佛都請來寶貝鬥了一遍，鬧了這麼久的「圈兒」，結果卻做了「牛鼻環兒」，也是醉了。

還有兩個「圈兒」

獨角兕大王的故事雖然熱鬧，新意卻不多，無非神仙們挨個來「獻寶」。類似結構的故事還有「小西天」，那裡的妖精是個童子——彌勒佛的黃眉童子，不是動物，所以不另立章節討論。這兩個故事的模式差不多，湊足多少路神仙、多少件寶貝，最後主人出手才能降伏妖精，收了「金剛琢」和「人種袋」，妖精本身沒什麼突出的性格特點。青牛怪的特點都和「圈兒」有關，一是會在危急時刻祭起法寶，二是對這寶貝保護有加，睡覺還戴在胳膊上。

說到這裡，有必要說說本故事中的另外兩個「圈兒」。一是青牛怪設的那個高門大院、納錦背心的圈套。這個圈套算不上稀罕，前文的黃袍怪（金光閃閃的黃金寶塔）、後文的黃眉怪（整座的「小西天」，連同全套的「佛祖」、「羅漢」）都用過，而且和那兩個相比，這一個還真的不夠高明。

其一，遠遠就露出妖氣，被孫大聖看出來，「師父啊，你哪裡知道？西方路上多有妖怪邪魔，善能點化莊宅。不拘什麼樓臺房舍，館閣亭宇，俱能指化了哄人……那壁廂氣色凶惡，斷不可入。」不是所有妖洞都會在「火眼金睛」下顯形。例如後文蜘蛛精的盤絲洞和蜈蚣精的黃花觀，別看是草根妖精的家，修為真不能算低，孫悟空根本沒看出來那裡是妖精洞。相反，獨角兕大王的洞府和小西天，孫悟空是能辨識出來的，可惜唐僧不信。

其二，「高門大院」裡面有露底的東西——華麗麗的一座房子、連床帳也講究到不行，可是床上「白媸媸的一堆骸骨，骷髏有巴斗大，腿挺骨有四、五尺長」。人死不葬，成了枯骨還「躺」在那裡，不僅很嚇人，而且明白地顯示這地方妖氣很重啊！可就這麼「穿幫」的一個圈套，居然也能管用！這就不得不提本故事的第一個「圈兒」了。

孫悟空因遠遠看出那處大房子的妖氣，化齋時就給師父、師弟畫了一個安全圈：「即取金箍棒，幌了一幌，將那平地下周圍畫了一道圈子，請唐僧坐在中間；著八戒、沙僧侍立左右，把馬與行李都放在近身。對唐僧合掌道：『老孫畫的這圈，強似那銅牆鐵壁。憑他什麼虎豹狼蟲，妖魔鬼怪，俱莫敢近。但只不許你們走出圈外，只在中間穩坐，保你無虞；但若出了圈兒，定遭毒手。千萬，千萬！至祝，至祝！』」

很眼熟是不是？很早之前，「三打白骨精」的影視作品借用了這個圈兒，估計很多人都不知道它的本源其實是這段故事。這個圈兒的確具有廣譜性，用在《西遊記》的很多故事裡都管用。

要說孫悟空這一路真是累啊，既要提防妖精，又要看著不聽勸的師父，防備愛說壞話的八戒，一邊要走遠路去化齋（雖有筋斗雲，但化齋不是一件輕鬆的事，本故事中就遇到難纏的主兒，說了半天好話也不肯給，最後大聖還是用上自己的看家本事——偷，才弄來了一缽盂的飯），一邊還要畫個圈兒保證師父、師弟的安全，就這樣也難保不出事——圈子很安全，但擋不住圈裡的人往外走。

這次也是如此，悟空一走，八戒就說話了：「古人畫地為牢。他將棍子畫個圈兒，強似鐵壁銅牆，假如有虎狼、妖獸來時，如何擋得他住？只好白白地送與他吃罷了。」「呆子」有本事將歪理講成正道，其實他不願意在圈裡待，主要是嫌冷，「此間又不藏風，又不避冷……如今坐了這一會，老大腳冷！」

「安全圈」提供保護，但在裡面待著不自由，也不會那麼舒服，算是「守規矩」的代價，很多人耐不住這點不舒服，非要突破界限不可。如此意志不堅定的人一旦離開安全圈，被暗算的機率肯定很高。果然，他們不久就走進青牛怪的圈套。

這個圈套雖然有「穿幫」之處，拿來對付豬八戒卻足夠。「呆子」喜歡占小便宜，三件貌似暖暖和和、裝飾華麗的納錦背心就足夠讓他動心了。而穿幫的骷髏對呆子是一點提示作用也沒有，他根本不會想到合理不合理、有沒有妖氣，而是認為骷髏就表示這東西是沒主兒的，完全可以拿：「四顧無人，雖雞犬亦不知之，但只我們知道，誰人告我？有何證見？就如拾到的一般，哪裡論什麼公取竊取也！」殊不知，這才是妖怪「圈套」的核心——只要你動手拿，就成為小偷，給人家捉你的藉口。至於唐僧說了一堆：「玄帝垂訓云：『暗室虧心，神目如電。』趁早送去還他，莫愛非禮之物。」雖如此，卻管不住八戒、沙僧自顧自地穿上背心，最終三人都被妖精拿住。

悟空在故事結尾總結得好，「只因你不信我的圈子，卻叫你受別人的圈子」。規矩總比圈套好，有理。

第十七變

「女漢子」蠍子精

女兒國毒敵山琵琶洞的蠍子精出場，我們知道了一件事，原來不是所有妖精捉唐僧都是為了吃肉，居然還有想——

蠍子精捉唐僧逼其成親，目的性非常明確——修煉成仙。妖總是想脫掉軀殼，成仙得道，可是道阻且長啊。話說通天河老黿，修行一千三百多年，連殼還沒脫，成仙之日看起來更是遙遙無期，才託唐僧去問佛祖。

速成法當然有——吃唐僧肉就是個好辦法。說得通俗一點，「吃什麼補什麼」，既然唐僧是「十世修行的好人」，吃他一塊肉，就相當於增加「十世修行」的功力。

為了強調性別差異，女妖精的故事設計得比男妖精的故事浪漫……其實重點不是浪漫，而是——比吃更加速成，就是所謂「採陰補陽」，或者「採陽補陰」。這和「吃什麼補什麼」一樣，是道教比較流行關於修仙的兩條基本途徑。想和唐僧成親的女妖精，蠍子精和杏仙都沒有正面提到這一點，到了老鼠精，說得就很明確，「那唐僧乃童身修行，一點元陽未洩，正欲拿他去配合，成太乙金仙。」

以上這兩條其實不分性別，只要捉住唐僧，可根據偏好隨意選取。例如盤絲洞七個美麗的蜘蛛精，就沒打算採陽補陰，還是想直接吃肉，鬧得唐長老誤會一把，為她們要「打我的情」而忐忑。當然，蜘蛛精們有實際情況——姊妹七個還是分而食之比較公平。

厲害的「倒馬毒」

蠍子精應該是《西遊記》眾女妖中最具「女漢子」特質的一個。她的武功不弱，「她又使個手段，呼了一聲，鼻中出火，口內生煙，把身子抖了一抖，三股叉飛舞衝迎。那女怪也不知有幾隻手，沒頭沒臉的滾將來。」與哪吒、孫悟空能夠變出「三頭六臂」的本領不同，蠍子精本身就有很多隻手——蠍子和蜘蛛是親戚，都是蛛形綱。蠍子有五對腳（手），外加最前面的一對大鉗子，觀音曾說她的兵器「三股叉」其實就是這對大鉗子。這麼多手足夠以一敵二，同時對付孫悟空和豬八戒。不過最厲害的是她「尾上一個鉤子」，裡面的毒素是名列五毒之一的「倒馬毒」。

蠍子精的毒比後文的蜈蚣精還是差了一些，但已經相當了得，把悟空和八戒各蜇了一下，二者都疼得不得了。孫悟空中毒，整部《西遊記》也是獨此一遭：「我這頭，自從修煉成真，盜食了蟠桃仙酒，老子金丹；大鬧天宮時，又被玉帝差大力鬼王、二十八宿，押赴鬥牛宮外處斬，那些神將使刀斧錘劍，雷打火燒；及老子把我安於八卦爐，鍛鍊四十九日，俱未傷損。今日不知這婦人用的是什麼兵器，把老孫頭弄傷也！」把孫悟空、豬八戒螫傷還不算什麼，連如來佛祖也被她螫了，觀音菩薩說：「她前者在雷音寺聽佛談經，如來見了，不合用手推她一把，她就轉過鉤子，把如來左手中拇指上扎了一下。如來也疼難禁，即著金剛拿她。她卻在這裡。若要救得唐僧，除是別告一位方好。我也是近她不得。」

蠍毒雖厲害，不過螫如來的這一下卻非主動為之。很多動物、特別是小型動物的「毒」，都是在受到攻擊或驚嚇時才會釋放，有的甚至會為此付出生命代價，例如蜜蜂的蜂毒，還有白蟻的蟻酸，拚盡全力拿出最厲害的武器，之後也犧牲了自己。蠍子精螫如來也是出於自衛。

佛家講究「眾生平等」，可是《西遊記》中佛家的代表人物如來佛，卻是出了名的小氣。唐僧師徒千辛萬苦到了西天，就因為沒給「人事」，阿儺、迦葉給傳了「無字經」，唐僧師徒發現後返回來說理，佛祖居然說：「經不可輕傳，亦不可以空取。向時眾比丘聖僧下山，曾將此經在舍衛國趙長者家與他誦了一遍，保他家生者安全，亡者超脫，只討得他三斗

〔清〕佚名，《彩繪西遊記》昴日星官顯出法身降伏蠍子精

三升米粒、黃金回來。我還說他們忒賣賤了，教後代兒孫沒錢使用……」看來唐長老的前世金蟬子，千真萬確是如來佛的徒弟，囉唆一脈相承。

蠍子精來「蹭」課，如來佛是不樂意的——這裡是高級「總裁班」，就憑你一個妖精，還想白聽？於是如來揮手想把蠍子精趕走，才被蜇了。不讓聽課就罷了，就為了這一下蜇，還下了搜捕令！也是因為想透過聽課、透過好好學習來修行而行不通，蠍子精才走上邪門歪道，想和唐僧成親了。

「色誘」失敗分析

「女漢子」蠍子精到了唐僧面前，一開始還是有所收斂。先是好言好語，做出體貼的樣子：「御弟寬心。我這裡雖不是西梁女國的宮殿，不比富貴奢華，其實卻也清閑自在，正好念佛看經。我與你做個道伴兒，真個是百歲和諧也。」為了照顧長老的飲食習慣，還準備了鄧沙餡（豆沙餡）的素餑餑。不過女漢子裝淑女裝不了多久，很快就開始露骨地「色誘」，什麼「女怪解衣，賣弄她肌香膚膩……」，說實話，一般凡夫俗子估計很難扛住。現成有個豬八戒，當一夜過後，三個徒弟在洞外議論起來，豬八戒一口咬定師父肯定「從了」：「你

好痴啞！常言道：『乾魚可好與貓兒做枕頭？』就不如此，就不如此，也要抓你幾把是！」

蠍子精色誘沒成功，當然是唐長老取經的意志堅定，不過也要具體分析：因為這一天上午在女兒國，長老剛和女王同過車。

「女兒國」一段落的三個故事，分別是「落胎泉」、「女兒國」、「蠍子精」，這個純女性的國度裡，唐僧不但經歷一人（國王）一妖（蠍子精）的誘惑，還順便體驗婦人懷孕生子的不容易，很是全面。

女兒國王一心要以「一國之富」招贅唐僧，而且承諾結婚就把國王的位子給他，自己甘當皇后。就這份「潑天富貴」，誘惑力夠大了，更何況女王真的長得很美：「眉如翠羽，肌似羊脂。臉襯桃花瓣，鬟堆金鳳絲。秋波湛湛妖嬈態，春筍纖纖嬌媚姿……」不多引用了，看看豬八戒的表現就知道：「那『呆子』看到好處，忍不住口嘴流涎，心頭撞鹿，一時間骨軟筋麻，好便似雪獅子向火，不覺的都化去也。」女王容貌是一等一，而且嬌滴滴地「御弟哥哥」不離口，又是大排素宴招待三個徒弟，又是幫忙在通關文牒添上三兄弟的名字……不用往高處說，「溫柔賢慧、善解人意」八個字總是當得。

上半天有這般周全的一段親事放在眼前，唐長老也沒動心，而下半天被捉到陰森恐怖的妖精洞中，「審美」差距真的太大了。當此時也，唐長老自然不會混淆人、妖的界限，「此怪比那女王不同，女王還是人身，行動以禮；此怪乃是妖神，恐為加害，奈何？」

有此一念，任蠍子精如何色誘，唐長老根本不為所動，最後「女漢子」耐心用完，終於凶相畢露：「直纏到有半夜時候，把那怪弄得惱了，叫：『小的們，拿繩來！』可憐將一個心愛的人兒，一條繩，捆的像個猱獅模樣。又教拖在房廊下去，卻吹滅銀燈，各歸寢處。」很快，孫悟空在觀音菩薩的「明示」下請來昴日星官，於是GAME OVER。

〔英〕卜士禮／著，《中國美術》插圖，繪有《牡丹雄雞圖》的瓷碟

《西遊記》中，女妖精們只是做為考驗唐僧的「考題」存在。至於為什麼要安排那麼多女妖精，因為「女色」各不相同，考驗一次當然不夠。做為「色誘者」，蠍子精的條件不優越，失敗是情理之中的事。因此，後文又安排優雅美貌、軟語溫存的杏樹精，還有全能型女妖老鼠精，假借「公主」之身騙婚的玉兔精。直到幾種類型都試驗過，才能正式提交一分測試報告：唐長老真的不會被誘惑。

「昴宿」猜想

說到蠍子精，自然要說說她的剋星——昴日星官。「奎木狼」一段已經簡單介紹過二十八宿，周天星宿按照東、西、南、北四個方向分為四個大群，每群中有七個小群。這些小群的名字，中間一個字分別對應「木」、「金」、「土」、「日」、「月」、「火」、「水」，袁天罡又替他們分別加一個動物名，組合規律是——「奎木狼」、「亢金龍」、「危月燕」等，昴日星官的全名是「昴日雞」。雞是捉蟲高手，蠍子也是「蟲」，所以星官現出本相一聲長嘯，蠍子精就倒地身亡——就這麼簡單，典型的相生相剋。

雞這種動物在《西遊記》單獨出現三次，都是本色出演——「昴宿」在毒敵山琵琶洞滅蠍子精，毗藍婆在黃花觀收蜈蚣精，還有「天竺國」一回，「真假公主」的事情結束後，孫悟空特別要求國王在百腳山上放一千隻大公雞，以消滅山上作惡的蜈蚣。有人會覺得這事太小，無法和那些大場面、大妖精的故事相比，殊不知這自有一番道理，劉皇叔不是說過，勿以善小而不為嗎？

值得注意的是，黃花觀降伏蜈蚣精，雖然請的是毗藍婆，用的降妖神器「繡花針」，卻是昴日星官「日眼」裡煉成的。關於「日眼」二字歷來沒有多少解釋，可以透過雞和太陽的關係來推測一下。

雞在中國人的生活中是很重要的動物，漢朝以後，雞是最主要的飼養家禽，雞肉也是最主要的食用禽肉。「六畜」之中，雞排在第一個（排序為雞、犬、豬、馬、牛、羊）；雞被列為十二生肖之一；還有一件更不尋常的事，傳統的大年初一被稱為「雞日」，而「人日」

徐悲鴻／繪，《雞石圖》

被排在大年初七。

聽起來把雞排在這麼重要的位置有點可笑，個中原因可能是雞可以指代「太陽」。李白〈夢遊天姥吟留別〉說：「半壁見海日，空中聞天雞。」傳說天雞住在東南方向桃都山的桃都樹上，每當太陽升起照到此樹，天雞就會鳴叫，接著全天下的雞都會鳴叫。

由公雞天亮打鳴的這個特性，衍生出「天雞」的故事。雞，太陽，一日之初（或者一年之初），這幾個意象之間的聯繫就建立起來了。這裡牽扯到一個很多人沒有深思過的科學問題：雞為什麼會打鳴？

話說雞有一個致命的弱點——夜盲症。漆黑的夜晚，牠們基本上等於睜眼瞎，看不見什麼東西，而牠們的天敵，狐狸、山貓等，夜視能力都很強。夜晚對雞來說很危險，往往會飛到高高的枝頭上，或者早早回窩躲著，才能保證安全。這麼提心吊膽地過了一晚，看到太陽升起、白日來臨，那份高興絕對非比尋常，所以牠們用高聲鳴叫來表達自己的喜悅之情。

這是擬人的說法，從科學上說，打鳴當然不是公雞要表達喜悅之情，而是每當太陽升起，光線由暗到明的變化會刺激雞腦垂體內一種叫「松果體」的腺體分泌，促使牠們打鳴。

不管怎麼說，公雞打鳴和太陽升起這兩件事，就這麼科學而又奇妙地聯繫在一起，連帶著雞這種動物，在古人眼裡也日漸變得神奇和重要。二十八宿中，「昴宿」對應的是

「日」，所以袁天罡會把和太陽有關聯的雞分配給他，全稱「昴日雞」。

而到了《西遊記》中，吳老先生充分利用雞與太陽的這一點聯繫，讓昴宿在「日眼裡」煉出一根非同尋常的繡花針。太陽本來就是一個熾烈的超高溫大火球，用於「煅造」神奇兵器，非常合適。推測起來，「日眼」應該是太陽的某一個部位，例如科學上說的「閃焰」，就是那些比太陽表面平均溫度還高的地方。「日眼」裡煉成，又專破「多目怪」的眼睛，絕配。

順便說一說「昴宿」的母親毗藍婆菩薩，指點孫悟空去找她的是「驪山老母」，不過老母還特別叮囑了一句，不要說是我指點的，這位菩薩有些怪人。驪山老母上一次出場是和觀音、文殊、普賢三位菩薩「參加戲班」，化作「賈莫氏」母女四人，試探師徒四人。能和這三位菩薩湊在一起「演戲」，驪山老母的地位當然不低，可是她卻對毗藍婆菩薩充滿敬畏，那麼毗藍婆到底是什麼身分呢？

真相可能會讓你大吃一驚，毗藍婆菩薩居然和另一位「得道的女仙」是姊妹——紅孩兒的媽媽鐵扇公主！

「牛魔王」一章提到，鐵扇公主還有一個名字——羅剎女。「羅剎」在印度語中是「惡鬼」的意思，男羅剎極醜，女羅剎極美，都會食人血肉。佛典記載，曾有十名羅剎女在佛的感召下皈依佛門，成為《法華經》的守護者，其中有一名羅剎女就叫「毗藍婆」。也就是說，毗藍婆菩薩和鐵扇公主都是「十羅剎女」的成員，只不過鐵扇公主僅保留一個通稱——羅剎，而毗藍婆不但保留自己的名字，還多了一個身分——「昴宿」的母親。

第十八變

神祕「九頭蟲」

亂石山碧波潭在前一難「三調芭蕉扇」中已經出現過，孫悟空到積雷山摩雲洞找牛魔王，二人正打得熱鬧，卻有人喊老牛去赴宴。請他的就是碧波潭的萬聖老龍，這一段插曲是替接下來孫悟空變作牛魔王找鐵扇公主要扇子鋪陳，同時又給「碧波潭」一段落設伏筆。「碧波潭」這一段最神祕的自然是「九頭駙馬」，不過，他的老丈人萬聖老龍也很有些看頭。

萬聖老龍弄巧成拙

話說這西天路上，防著孫悟空、惦記著唐僧的妖精，有的畫影圖形（金角和銀角），有的派小妖巡山（獅駝嶺），但大老遠地派人去蹲點、盯著唐僧到了沒的，碧波潭萬聖老龍算是獨一無二。結果弄巧成拙，派去蹲點的兩個小妖鯰魚精奔波兒灞和黑魚精灞波兒奔，被來掃塔的孫悟空逮個正著——萬聖老龍，你是不是傻了？

這種提防孫悟空的意識是牛魔王提起的，赴宴期間，老牛提到孫悟空在他的地盤上為了芭蕉扇怎樣難纏，「眾精見說，一個個膽戰心驚，問道：『可是那大鬧天宮的孫悟空麼？』牛王道：『正是。列公若在西天路上，有不是處，切要躲避他些兒。』」

做為朋友，對於萬聖老龍及其他在座者，老牛算是好意相告；而說者無意，聽者有心，萬聖老龍對這一資訊的處理方式可以用八個字來形容——做賊心虛，愈描愈黑。因為他早就偷了祭賽國金光寺寶塔上的舍利子放在家裡，這時聽說可能會遇到孫悟空，趕緊派人盯著，如果他來了，自己好搬家？寶貝轉移？或者高築牆、廣積糧？總之，要有所準備。

思路是對的，可是執行力太差。唐僧師徒是白天到祭賽國金光寺，奔波兒灞和灞波兒奔到半夜都還不知道。這且不說，唐僧帶著孫悟空掃塔的時間不算短，估計得一、兩個小時——書中有交代，從定更開始掃，掃到二更天，這兩廢物居然一點聲音都沒聽見，反而自己猜拳行令弄出動靜，讓孫悟空抓了。舍利子的去向、亂石山碧波潭的位址、萬聖老龍的家裡有哪些人、九頭駙馬的本事，哇啦哇啦吐得乾乾淨淨。這一回，孫悟空省了大事，連山神、土地都不用逼問了。

偷舍利子本就是九頭蟲入贅碧波潭龍宮後才生出來的事，聽聽二郎神怎麼評價萬聖老龍：「倒不生事。」從後文看，不是他不想生事，而是有賊心、沒賊膽，覺得自己實力不夠。得了「九頭蟲」這個有本事的女婿，才有膽氣去偷舍利子，讓女兒萬聖公主去偷王母靈芝。然後弄巧成拙地派妖蹲點，自我暴露。

有趣的是，雖然老丈人萬聖老龍這般提防孫悟空，但駙馬九頭蟲卻似乎沒聽說過孫悟空——這倒可以從前面的文字中找到證據，萬聖老龍宴請牛魔王那天，孫悟空變成螃蟹混進龍宮，見「左右有三、四個蛟精，前面坐著一個老龍精，兩邊乃龍子、龍孫、龍婆、龍女」，就是沒見到九頭蟲。

其實有沒有聽說過孫悟空，對九頭蟲不發生影響，反正他與萬聖老龍小心翼翼的態度正好相反，他非常自負，不把任何人放在眼裡：「太岳放心。愚婿自幼學了些武藝，四海之內，也曾會過幾個豪傑，怕他做什！等我出去與他交戰三合，管取那廝縮首歸降，不敢仰視。」「你原來是取經的和尚，沒要緊羅織管事！我偷他的寶貝，你取佛的經文，與你何干，卻來廝鬥！」

話說這麼個自大的傢伙，到底是何來歷呢？

九頭蟲是一隻鳥

九頭蟲的九個頭很顯眼：「遠看時一頭一面，近睹處四面皆人。前有眼，後有眼，八方通見；左也口，右也口，九口言論。」可以肯定的是，他的原型一定不是現實中的動物，而是某種「神奇動物」。究竟是什麼呢？

〔日〕佚名，《怪奇鳥獸圖卷》的相柳

看過一九八六年版電視劇《西遊記》的朋友大概會說是「九頭蛇」吧？電視劇中他的頭旁邊突然「長」出幾個蛇頭，真的有點像。此外，九頭蟲既是龍族的女婿，應該和龍有親緣關係——那不就是蛇嗎？

按照這種思路，筆者還去《山海經》找過，居然真的找到一個——「相柳」。起碼在圖片上看得出是一個蛇身，上面疊著九個人頭。相柳也稱「相繇」，是共工的大臣，也是著名的凶神，會吃土，會吐出很髒、很臭的水，形成沼澤。相柳受命破壞大禹治水，大禹把他殺了，發現他的血流過之處，腥臭難聞，寸草不生，無奈之下只好開闢一個大池子，又建造五帝樓來鎮壓。

九頭蟲是相柳嗎？仔細重讀原著就會發現大類別都搞錯了，九頭蟲應該是——一隻鳥。

「毛羽鋪錦，團身結絮。方圓有丈二規模，長短似黿鼉樣致。兩隻腳尖利如鉤，九個頭攢環一處。展開翅極善飛揚，縱大鵬無他力氣。發起聲遠振天涯，比仙鶴還能高唳。眼多閃灼幌金光，氣傲不同凡鳥類。」

〔清〕佚名，《彩繪山海經》的九鳳

既然是鳥，為什麼叫做「蟲」呢？其實，聯想一下「五蟲」的說法就清楚了。古人習慣把各種動物都叫做蟲，獸類是「毛蟲」，所以老虎也被叫做「大蟲」，而鳥類則被叫做「羽蟲」。

九頭蟲是鳥，而且在《山海經》也能找到，即「九鳳」，就是九頭鳳鳥。《山海經・大荒北經》記載：「大荒之中，有山名北極天柜，海水北住焉。有神九首，人而鳥身，名曰九鳳。」《西遊記》「碧波潭」的故事結尾，九頭蟲被哮天犬咬下一個頭，倉皇逃跑，「投北海而去」，從方位上來說和《山海經》的記載相同，他最早的原型應該就是九鳳。

不過鳳凰是傳統中的吉祥之鳥，為什麼以九鳳為原型的九頭蟲卻被塑造成一個妖孽呢？原來在《山海經》之後的古籍裡，九鳳消失了，出現另一隻九頭的怪鳥「鬼車」。關於鬼車的故事有很多種說法，可以歸納一下：這種鳥畫伏夜出，而且叫聲淒厲難聽，夜間聽來彷彿一輛輛載著鬼的車子在空中飛過、水上掠過，所以就得名「鬼車」。據說周公很討厭鬼車鳥的叫聲，於是派人去射殺他，但總射不中。後來周公放出天狗，咬掉「鬼車鳥」的一個頭。鬼車鳥本有十個頭，被咬掉一個，自然變成九頭，而那第十個沒了頭的脛口一直滴著血。《西遊記》中，九頭蟲的頭是被哮天犬咬掉一個，剩下八個，「至今有個九頭蟲滴血，是遺種也」。

「九頭蟲滴血」為什麼是「遺種」呢？據說鬼車特別喜歡搶別人家的孩子來養，誰家孩子的衣服上滴了他的血，或者黏了他落下來的毛，孩子就會生病，甚至死掉，也有說這家就會遭到凶事。聽起來怎麼像《天龍八部》的葉二娘呢？晚上偷孩子來養，白天又殺掉？這樣看來，鬼車的性別似乎是女性？不說笑話，鬼車真有可能是女性，有的地方傳說，「她」的前世是一個難產而死的產婦——所以才會搶別人的孩子嘛！

鬼車在《西遊記》中變身「九頭駙馬」，其凶相讓見慣妖魔鬼怪的悟空、八戒都覺得稀罕，「豬八戒看見心驚道：『哥啊！我自為人，也不曾見這等個惡物！是什血氣生此禽獸也？』行者道：『真個罕有，真個罕有！』」不過「九個頭」的作用其實和後文九頭獅子相似，就是能捉人而已——捉住了豬八戒。值得一提的是，這個故事的外援是大鬧天宮後就沒露過面的二郎神，選他做外援，應該是為了湊合鬼車的傳說——頭是天狗咬下來的，自然得用上二郎神的細犬。

貓頭鷹・九頭鳥・祭賽國

鬼車雖是神奇動物，不過現實的動物世界有沒有他的原型呢？大家一下子能想到的應該是——貓頭鷹。

是的，習性很符合。貓頭鷹晝伏夜出，叫聲淒厲嚇人，歷來被視為不祥之兆，而且有些古書中說：鬼車「狀如鵂鶹」。鵂鶹就是一種體形較小的貓頭鷹，貓頭鷹的形象最突出的是大個兒「貓頭」，和一般鳥類頭和身體的比例很不一樣，夜黑風高，影影綽綽，如果把這個「大頭」理解為九個疊在一起的頭，未嘗不可。還有人說有一種像鵂鶹又像鶴、長著長腳的水鳥「鶬鴰」，有可能就是鬼車的原型。鶬鴰長著「逆毛」，而九頭蟲「毛羽鋪錦，團身結絮」，還有像鶴一樣的叫聲。鶬鴰是涉水之禽，與龍族結親的可能性更大一些。

最後，說說祭賽國。

本故事的開頭和「車遲國」很像，也是唐僧師徒路遇受冤的和尚。國王冤枉和尚，在車遲國是因為道士求來了雨而和尚沒求到，已經有些沒道理了，而祭賽國金光寺的和尚更冤。從原文來看，祭賽國得到四方國家的朝貢，純粹是因為金光寺神奇的寶塔：「我這金光寺，自來寶塔上祥雲籠罩，瑞靄高升；夜放霞光，萬里有人曾見；晝噴彩氣，四國無不同瞻。故此以為天府神京，四夷朝貢。」待到佛寶被偷，寶塔不再放光，四方不再朝貢，國王就怨上和尚：「誰曉得我這寺裡黃金寶塔汙了，這兩年外國不來朝貢。我王欲要征伐，眾臣諫道：我寺裡僧人偷了塔上寶貝，所以無祥雲瑞靄，外國不朝。昏君更不察理。那些贓官將我僧眾拿了去，千般拷打，萬樣追求。」

就是這樣不講道理，出了事情，不管原委如何，先要找個「交代」，塔在寺裡，和尚就是最好的替罪羊。所以和尚會說祭賽國「文也不賢，武也不良，國君也不是有道」，很通。

第十九變

蟒蛇精與稀柿衕

蛇這種動物很多人都怕，怕蛇之人不要說真蛇，就是看到玩具、圖片、影片也會害怕。可是偏偏很多著名的故事中都有牠，且出現時往往猝不及防。

古希臘有蛇髮魔女美杜莎，被她瞪視會瞬間變成石頭。到了很多人熟悉的魔法小說《哈利波特》，蛇是反派「黑巫師」的強大助力，能和蛇對話的能力被認為是黑巫師的標誌，更有整整一本故事《哈利波特：消失的密室》，講的都是主角如何戰勝蛇妖。

蛇的形象在中國傳統故事中非常豐富，人文始祖伏羲和女媧就是人首蛇身。中國龍的形體是從蛇演變而來，所以也有蛇會修煉成龍的傳說。《山海經》充滿各種蛇的形象，多頭的、多尾的、有毒的。可愛的蛇也不是沒有——白娘子傳奇。

不過和老虎的情況相似，蛇精在《西遊記》的戰鬥力很弱。

戰力不強的蟒蛇精

真正出場的蛇精只有兩個，第一個，黑熊精的朋友白衣秀士，剛一出場就被孫悟空打死，現出原形——一條白花蛇，連名字都沒有。第二個，七絕山稀柿衕的紅鱗大蟒。

稀柿衕的蟒蛇精出場前的渲染還是很唬人的，駝羅莊的人說：自從這妖精三年前來七絕山，「將人家牧放的牛馬吃了，豬羊吃了，見雞鵝囫圇嚥，遇男女夾活吞。自從那次，這二年常來傷害」。說著說著妖精就來了，一陣颼風颳得人站立不穩，風過了，空中現出兩個巨大的燈籠。豬八戒還高興呢，以為妖精是提著燈籠照路，還由此判斷「原來是個有行止的妖精！該和他做朋友！」沙僧卻看得明白：「『你錯看了。那不是一對燈籠，是妖精的兩隻眼亮。』這『呆子』就唬矮了三寸，道：『爺爺呀！眼有這般大啊，不知口有多少大哩！』」後來蟒蛇精被趕回山裡，現了原形，果真很大：「大不大，兩邊人不見東西；長不長，一座山跨占南北。八戒道：『原來是這般一個長蛇！若要吃人呵，一頓也得五百個，還不飽足！』」

不過與其巨大的身軀相比，蟒蛇精的法力卻不強。雖然修成人形，卻還不會說話。「行者執了棍勢，問道：『你是哪方妖怪？何處精靈？』那怪更不答應，只是舞槍（其實是蛇信子）。行者又問，又不答，只是舞槍。行者暗笑道：『好是耳聾口啞！不要走，看棍！』那怪更不怕，亂舞槍遮攔。」直到被孫悟空整死，這傢伙真是一句話都沒說，看來是還沒學會說話。

論武功，蟒蛇精對付孫悟空和豬八戒，雖說有夜晚昏暗不明的優勢，卻只有招架之功，並無還手之力。天一亮，就只好跑路、現原形，最後一招是張嘴吞。這一招沒有什麼好處，孫悟空習慣跑進妖精的肚子搗亂，這次很乾脆，一共三招就讓巨蟒斃命。「行者在妖精肚裡，支著鐵棒道：『八戒莫愁，我叫他搭個橋兒你看！』那怪物躬起腰來，就似一道路東虹。八戒道：『雖是像橋，只是沒人敢走。』行者道：『我再叫他變做個船兒你看！』在肚裡將鐵棒撐著肚皮。那怪物肚皮貼地，翹起頭來，就似一隻贛保船。八戒道：『雖是像船，只是沒有桅篷，不好使風。』行者道：『你讓開路，等我叫他使個風你看。』又在裡面盡著力把鐵棒從脊背上一搠將出去，約有五、七丈長，就似一根桅杆。那廝忍疼掙命，往前一攛，比使風更快，攛回舊路，下了山，有二十餘里，卻才倒在塵埃，動盪不得，嗚呼喪矣。」

俗語云：「人心不足蛇吞象。」這條巨大的紅鱗蟒就是對人貪心的一種比喻。最終大蟒吞下的不是可以「消化」的大象，而是消化不了的孫悟空，送掉了性命。

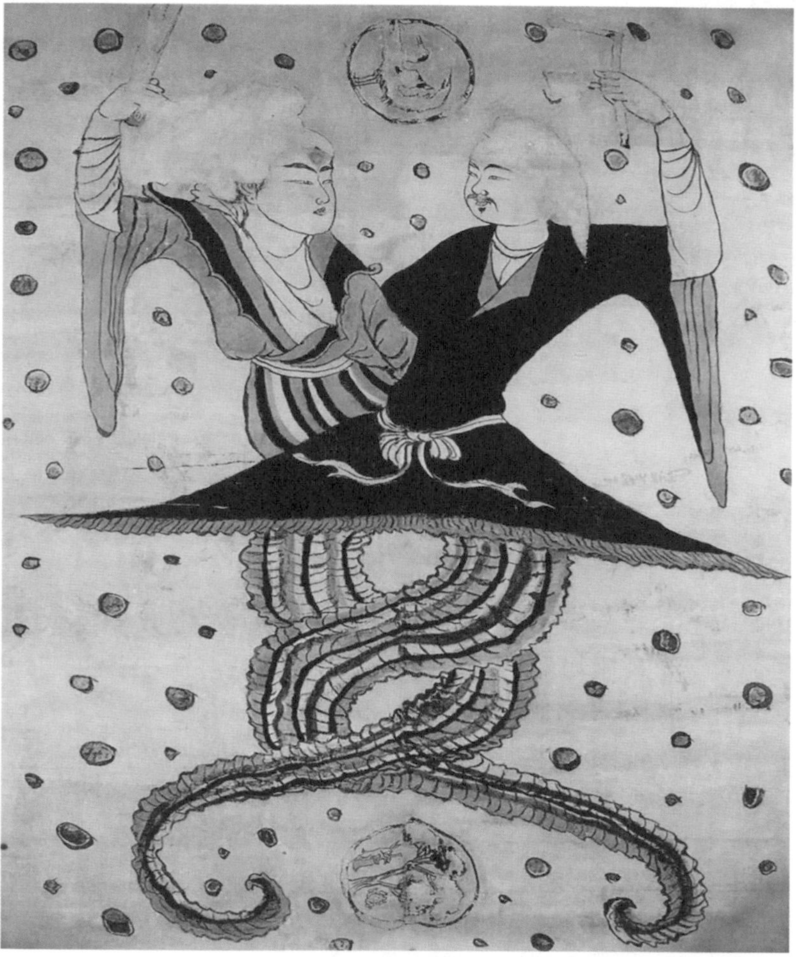

〔唐〕《伏羲女媧圖》，一九二八年新疆吐魯番採集

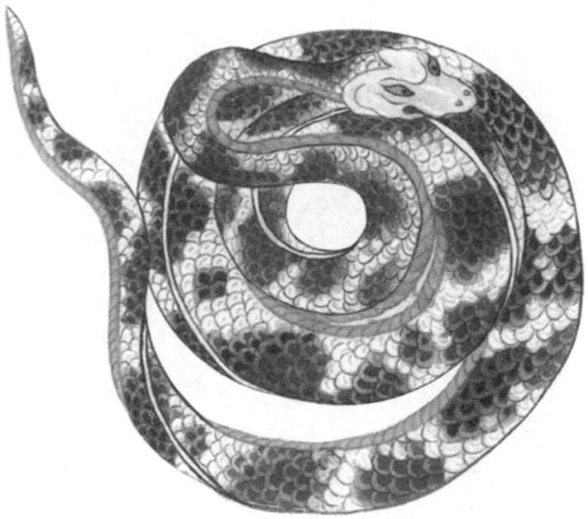

〔明〕文俶／繪，《金石昆蟲草木狀》的白花蛇

一九八六年版電視劇《西遊記》中，蟒蛇精被設計成一個和白骨精類似的女妖精。實際上直到死，原著中也沒有說明其性別。這真是一個沒什麼實力的妖精，和一般說到蛇的時候會聯想到的邪惡、陰險、強悍等很不搭。其中道理可能和老虎精類似——常見嘛。還有就是，七絕山這一難，重點是稀柿衕，蟒蛇精的出現只是此難的點綴。

「堵」起來的西去之路

回憶一下此前的故事，順序是：八百里荊棘嶺，雖有唐僧和眾樹精的一番周旋，但豬八戒的披荊斬棘才是故事的核心，所謂「荊棘蓬攀八百里，古來有路少人行。自今八戒能開破，直透西方路盡平」；小西天，黃眉老怪假扮佛祖，並有「金鐃」、「人種袋」等從「主人」彌勒佛祖那裡偷來的寶貝助力，也算是一個大難；到了七絕山，李老者說：「此處乃小西天。若到大西天，路途甚遠。」這三個故事可以看成一組，都和「堵」有關——先是荊棘攔路，中間是黃眉老佛設下的「小雷音」幻象和什麼都能收進去的「口袋」，最後是「稀柿」把路堵得死死的。

估計這個村莊叫做「駝羅莊」，就有這麼一層寓意：西去之人走到這裡會急得像陀螺一樣就地打轉。就好比武功、學問、修為要上一個境界會遇到瓶頸期，「七絕山」正位於這個「瓶頸」上，想通關到大西天，就得想辦法把這些堵在路上的「汙穢」清理乾淨，而汙穢的形成也頗有隱喻性質。

「荊棘嶺」和「稀柿衕」兩個故事雖然有相似之處，都是「植物」攔路，「通關」都是以八戒為主力，其實還是有所不同，荊棘嶺的荊棘是「天災」——天然形成，「稀柿衕」的形成則有人為因素。唐僧師徒剛到達七絕山下的駝羅莊，當地的李老者向他們描述：「這山徑過有八百里，滿山盡是柿果。古云：『柿樹有七絕：一，益壽；二，多陰；三，無鳥巢；四，無蟲；五，霜葉可玩；六，嘉實；七，枝葉肥大。』故名七絕山。我這敝處地闊人稀，那深山亙古無人走到。每年家熟爛柿子落在路上，將一條夾石衚衕盡皆填滿；又被雨露雪霜，經黴過夏，做成一路汙穢。這方人家，俗呼為稀屎衕。」有這麼多好處的柿樹，就因為果實堆積腐爛無人過問，堵塞了向西的道路，成為一方的汙染源，臭氣熏天。正因為這樣汙穢，才引來紅鱗大蟒。終年生活在臭味裡的村民，居然從沒想過應該去清理這條腐臭的胡同，真是典型的「自掃門前雪」。直到汙穢引來大蟒，大蟒攝走牛羊、吃了人後，村民才想到請人降妖。孫悟空說「你這方人家不齊心」，並沒有冤枉他們。

孫悟空說要替他們降妖，駝羅莊的人開口就問：「長老，拿住妖精，你要多少謝禮？」當地人這麼問，是被之前請來的和尚、道士給「訓練」出來的，請人降妖都是出了錢，後來妖沒降成，降妖的人卻死了，又被他們的徒弟「訛詐」了不少錢。而孫悟空的回答卻很讓當地人驚訝：「何必說要什麼謝禮！俗語云：『說金子幌眼，說銀子傻白，說銅錢腥氣！』我等乃積德的和尚，絕不要錢。」眾人不信，又說要每家送兩畝良田，共湊一千畝，替他們師徒蓋一間寺院。行者又笑道：「越不停當！但說要了田，就要養馬當差，納糧辦草，黃昏不得睡，五鼓不得眠。好倒弄殺人也！」這時估計眾人已經糊塗，不要金銀，也不要寺院，那你們到底要什麼呢？行者的回答非常厲害：「我出家人，但只是一茶一飯，便是謝了。」

這才是正確的「降妖」方式，堵塞稀柿衕的汙穢和紅鱗大蟒一樣，比喻的都是人的自私與貪婪之心；孫悟空能夠除掉蟒蛇精，靠的不僅是本身的功力，也包含這麼一層意思——無欲則剛。

駝羅莊人感於唐僧師徒的高行，先商量好要在山裡另開一條路送他們過去；之後，豬八戒變成一頭大豬，拱開稀柿衕，莊裡人則一路供應「老豬」吃飯：「（莊裡人）飛星回莊做飯……催趲騾馬，進衚衕，連夜趕至，次日方才趕上。叫道：『取經的老爺，慢行！慢行！我等送飯來也！』……叫八戒住了，再吃些飯食壯神……（八戒）飽餐一頓，卻又上前拱路。」

這一段文字看起來真的是頗為感動，八戒的一場「鑿臭之功」，不僅開通西去之路，也激發出駝羅莊人「齊心協力」的動力，將貪心、私心等汙穢之心摒除，這才是本回題目的含義：拯救駝羅禪性穩，脫離穢汙道心清。

第二十變

異獸「賽太歲」

「朱紫國」，我認為是寫得比較好看的一段故事，懸念一個接著一個，快樂無比。

先是孫行者行醫。一開始「揭皇榜」一段，只當他是給「呆子」挖個坑，自娛自樂一下，可是接下來卻發現孫行者真的會看病——用的還是高超技術的「懸絲診脈」，準確診斷出「雙鳥失群」之症。

接下來是三兄弟深夜製藥，正奇怪八百八十味藥、每味三斤該如何取捨，沒想到孫大聖最終只選了大黃和巴豆各一兩！

這兩樣最普通的藥，配上廚房灶頭刮下來的鍋底灰，真的能治國王的沉痾嗎？卻不想謎底竟然是——白龍馬的尿（實為龍尿），是啊，魚吃了能成龍，草服了變靈芝，用來治個把病真是小意思。

「烏金丹」拿到國王面前，又提出個「無根水」，都是世上難尋之物。最終還是孫大聖顯神威，請龍王打兩個噴嚏，湊足三盞送藥的水。

國王的病好了，孫行者追根溯源，找出「雙鳥失群」的病因，原來是「相思病」，媳婦被人搶了。

孫悟空入山打探，遇到賽太歲的心腹小校「有來有去」，聽他說「大王」沒福，「金聖宮娘娘」三年不得黏身，又是納悶……

真是謎語一個接著一個。不過，本故事最大的謎語是：「主角妖精」賽太歲到底是什麼動物呢？

「神奇動物」連連看

搶奪朱紫國金聖宮娘娘的妖精自稱「賽太歲」，住在麒麟山獬豸洞，至於他的原形，故事結尾處由觀音菩薩揭祕，是她的坐騎金毛犼。嗯，都是挺有意思的動物，一個一個說。

麒麟，中國傳統的祥瑞之獸，民間最著名的傳說莫過於「麒麟送子」，後來直接用麒麟代指「男孩」。京劇有一部著名的程派名劇《鎖麟囊》，說「鎖麟囊」是富貴人家小姐出嫁之時，母家贈予一個繡著麒麟、裝滿珠寶的錦袋，祈禱婚後能夠「誕育麟兒」。當然，麒麟的意義不止於此。「麒麟為走獸之長」，清代官員的「補服」，一品武官的圖案就是麒麟。

麒麟也是一種「集合型」神獸，既為走獸，又有一些龍的特徵。《說文解字》的解釋是：「麒，仁寵也，麋身龍尾一角；麐（麟）牝麒也。」按照這種說法，麒麟的原型動物應該是「麋鹿」，就是俗稱「四不像」的那一位。麋鹿的四不像是指「角似鹿，臉似馬，蹄似牛，尾似驢」。從科學的角度來說，這些似是而非的特徵，都是麋鹿為了適應溼地沼澤的生活環境而進化出來，古人看到麋鹿這副很像是「特殊組裝」而成的怪長相，感到很神奇，所以才和傳說中的麒麟聯繫在一起。

〔日〕桂川國瑞／繪，《動物寫生圖》的麒麟

〔明〕文俶／繪，《金石昆蟲草木狀》的麋鹿

史上傳說麒麟會在盛世時現身，有一幅明朝宮廷畫叫做《榜葛剌使者獻麒麟》，記的是一四一五年（明成祖永樂十三年），海外國家「榜葛剌」進貢麒麟的事。榜葛剌即「孟加拉」的舊譯名，而畫中的麒麟居然是「長頸鹿」。估計榜葛剌國也是透過海外貿易買得原產非洲的「麒麟」，再獻給明朝。將這種奇特的海外動物名之為麒麟，還真是妙。而「麒麟山」三字也有來歷，原來吳承恩先生晚年曾擔任湖北蘄州（今蘄春）荊王府的紀善，就是管理王府文教事務的官員，在當地生活過幾年，而蘄州就有一座麒麟山，本地風光，算是信手拈來。

順便說一句，當時的蘄州還有一位大大的名人——寫作《本草綱目》的李時珍，有人推測吳承恩和李時珍這兩位文化名人，說不定在蘄州有交集，「朱紫國」孫悟空行醫的故事，說不定就是吳老先生與李時珍或其他醫家交往過程中學到的「醫家心得」。

現在常見的麒麟形象不一定是單角，也有雙角；倒是另一種「神奇動物」一定是單角——獬豸。

獬豸是一種頭頂長著獨角的羊，最特別的地方是能夠明辨是非。傳說堯帝的名臣皋陶就飼養著神獸獬豸，當案件不容易判定時，皋陶就放獬豸出來，獬豸會直接頂向有罪者，還有傳說獬豸會將有罪者直接吃掉。所以皋陶被奉為中國的「司法始祖」，而獬豸也成為司法公正的象徵。兩漢時期，司法者流行戴「獬豸冠」。如今到開封，當年著名清官包拯坐鎮的「南衙開封府」，府前的影壁上就畫著一頭威猛靈動、獨角頂向前方的獬豸。

非洲的長頸鹿曾被認為是麒麟，西方有沒有和獬豸類似的神奇動物呢？其實很容易聯想到「獨角獸」。西方的獨角獸是一匹白色、閃著銀光的馬，頭上長一個獨角，有不少美麗傳說，總之這種神奇動物是以純潔、善良為主要特徵。魔法小說《哈利波特：神祕的魔法石》中，禁忌森林中有一頭獨角獸被殺，還被吸血，獵場看守海格告訴哈利，這樣做的人已經沒有多少人性了——果然，凶手是被黑巫師佛地魔附身的奎若，他們殺死獨角獸就是為了喝牠的血延續生命。

中國的獨角獸其實不只一種，除了獬豸，也有人說麒麟是一隻角。此外，還有前面提到的青牛怪——兕和獨角的犀牛。

再來看「太歲」，俗語有「太歲頭上動土」，可見太歲在民間不是一個好聽的稱呼，而讓人聯想到凶惡、蠻橫、不講理。其實太歲最初的意思不是負面的，北京的「全真第一叢林」白雲觀有一座元辰殿，殿中供著六十名「歲神」，按照自己的生日找到對應的「值年太歲」是參觀者喜歡的遊戲。大概來說，天干地支六十年一甲子，值年太歲一年一位輪值，相當於一種守護神。因為太歲過於尊貴，就有「避太歲」的說法，日久天長，普通人就有太歲為凶神的印象。賽太歲這個名字，明顯是借用太歲的凶意。

最後說說金毛犼，犼也是龍的兒子之一，就是西海龍王解說龍生九子時所說的「敬仲龍」。學名叫蹬龍，俗稱望天犼，負責守衛華表。最有名的是天安門城樓前後華表上的那一對，城樓外的犼身子向外，是希望皇帝出巡要早些回來處理政事，稱為「望君歸」；城樓內的那個身子向內，是希望皇帝不要沉湎於後宮，稱為「望君出」。由此可見，犼原本是一種比較正能量的神奇動物。

有人也許會問：既說金毛犼是觀音菩薩的坐騎，為什麼寺廟裡的觀音像很少有騎犼的呢？前面「通天河靈感大王」的故事曾提到「三十三觀音」的說法，就是觀音菩薩在中土有三十三種主要造型。三十三觀音中有騎犼（或獅）、騎龍、騎魚甚至騎象等多種造型，但最典型的、最常見的觀音像都是沒有坐騎的那種。也就是說，觀音菩薩不像騎象的普賢菩薩、騎獅的文殊菩薩那樣有固定坐騎，金毛犼只是觀音菩薩「偶爾」會騎的坐騎之一。騎犼的觀音正名是「阿摩提觀音」，翻譯過來就是「獅子無畏觀音」。在古代，犼和獅子的區別不大。大多數「阿摩提觀音」的造型中，坐騎是獅子，不過蘇州的觀音園藏有一尊元代的鎏金騎犼觀音像。這隻犼背部馱著蓮花座，菩薩端坐其上，犼回頭做仰天狀，大口獠牙，威猛畢現。有趣的是，這隻犼的頸部居然飾有鈴鐺，標準的賽太歲啊！

如果將「麒麟山－獬豸洞－賽太歲－金毛犼」連在一起看，就會發現這種搭配有些可笑。金毛犼自以為是龍的兒子、菩薩的坐騎，下界來轉轉怎麼也能稱得上是——走獸之長「麒麟」，高貴呀；能辨善惡的獬豸，聰明呀；還有，威猛無比，賽過「太歲」。

但從故事文本來看，完全就是另一個樣子——菩薩的坐騎本質上就是僕人或還不如僕人，何來高貴？被金聖宮一個女子要得團團轉，聰明何在？至於比太歲還威猛就更可笑了，賽太歲能和孫悟空過上一些招，但他最主要的武器就是那三個「鈴兒」。

我的雌來你的雄

「紫金鈴」真可以說是《西遊記》中能與「金剛琢」媲美的頂級寶貝，威力著實了得。孫悟空初入麒麟山就吃了它的虧，「只見那山凹裡烘烘火光飛出，霎時間，撲天紅焰，紅焰之中冒出一股惡煙，比火更毒」。火和煙之外，還有更厲害的沙塵暴：「紛紛絯絯遍天涯，鄧鄧渾渾大地遮。細塵到處迷人目，粗灰滿谷滾芝麻。採藥仙童迷失伴，打柴樵子沒尋家。手中就有明珠現，時間刮得眼生花。」

這三個會放火、放煙、放沙的鈴鐺，又是「寶貝發明家」太上老君所煉，威力無比，連觀音菩薩都說：「你這賊猴！若不是你偷了這鈴，莫說一個悟空，就是十個，也不敢近身。」

擁有這麼一個頂級寶貝，賽太歲還是敗了，主要是因為弱點太明顯——智商不夠。

話說孫悟空經歷一番波折，終於用調包計把妖怪的鈴鐺賺到手，於是在洞外自稱「外公」罵戰。小妖傳進話來，賽太歲請教金聖宮：朱紫國中可有姓「外」的，《百家姓》上好像沒有啊？娘娘也答得好：「止《千字文》上有句『外受傅訓』，想必就是此矣。」搞得妖怪信以為真，出去還問哪個是朱紫國來的「外公」？讓孫悟空結結實實叫了一句「賢甥（外孫）」。接著，真假鈴鐺大比拚，孫悟空說自己的鈴鐺（真鈴鐺）是「道祖燒丹兜率宮，金鈴搏煉在爐中。二三如六迴圈寶，我的雌來你的雄」。妖王不信，搖了一下鈴鐺，果然不管用（因為是假的啊），於是慌了手腳道：「怪哉，怪哉！世情變了！這鈴兒想是懼內，雄見了雌，所以不出來了。」

真是蠢萌蠢萌的妖怪，估計是做為觀音菩薩偶爾一騎的坐騎，閒散而無壓力，以至於腦子生鏽成這樣。

賽太歲更致命的弱點當然是好色，金聖宮娘娘開口一番話，就能讓他交出寶貝：「我蒙大王辱愛，今已三年，未得共枕同衾。也是前世之緣，做了這場夫妻；誰知大王有外我之意，不以夫妻相待。我想著當時在朱紫國為后，外邦凡進貢之寶，君看畢，一定與后收之……且如聞得你有三個鈴鐺，想就是件寶貝，你怎麼走也帶著，坐也帶著？你就拿與我收著，待你用時取出，未為不可。此也是做夫妻一場，也有個心腹相托之意——如此不相托付，非外我而何？」

真是嬌羞的小女人之態，長長一段話是找妖怪要「定情信物」——你一直拿我當外人，什麼寶貝鈴鐺也不肯讓我看見，不肯給我收著。而賽太歲絲毫不覺有詐，立即就交出鈴鐺，「娘娘怪得是，怪得是！寶貝在此，今日就當付你收之。」

第一次「騙寶」，因為孫悟空性急，沒出門就拔了鈴鐺上的棉花鬧到失火，結果賽太歲把鈴鐺收回。再騙一次，本來是有難度的，可是娘娘又成功了。孫悟空變作小丫頭「春嬌」（一隻玉面狐狸精），故意在賽太歲身上放了蝨子、虼蚤、臭蟲，賽太歲居然不好意思起來：「我從來不生此物，可哥的今宵出醜。」娘娘笑道：「大王何為出醜？常言道：『皇帝身上也有三個御虱』哩。且脫下衣服來，等我替你捉捉。」真是自家人，居然還要替他捉蝨子，妖精怎能不受寵若驚？就是趁著這個時候，孫悟空才把真假鈴鐺掉包。

賽太歲總讓人想起《水滸傳》的高衙內，《紅樓夢》的薛蟠，看到美女，撒潑打滾地也要占為己有，鬧出人命也不怕，無非還是有所倚仗——高衙內的倚仗是高俅，薛蟠的倚仗是錢和好親戚，賽太歲的倚仗是鈴鐺。而離了倚仗，純粹草包一個。

當然與之相比，朱紫國王也不高明。為了媳婦，就能病三年；為求醫病，許願說「願將社稷平分」；一聽能救回金聖宮，當場就給孫悟空跪下：「若救得朕后，朕願領三宮九嬪，出城為民，將一國江山，盡付神僧，讓你為帝。」把平日好色的豬八戒都逗笑了：「這皇帝失了體統！怎麼為老婆就不要江山，跪著和尚？」八戒說得對，果然有失體統。又「朱」又「紫」的一個國家，國王卻如此可笑，和賽太歲也是一對。

五彩仙衣

說到金聖宮，有一個不得不說的話題——貞潔。妖怪搶親的故事自古有之，例如前面提到的唐傳奇《補江總白猿傳》，某人的媳婦被一隻成精的白猿搶走，被救回後還生了一個長得像猴子的兒子。可見在唐朝時，搶親故事對「貞潔」問題不大在意。

但在《西遊記》時代，這件事卻很嚴重。一個反面典型就是唐僧的母親殷小姐。雖然「江流報仇」故事結局比較圓滿，大仇得報，陳光蕊復活，家人團聚，但殷小姐的結局卻是「從容赴死」。

再看看其他故事，例如烏雞國，獅猁王的主人文殊菩薩向悟空解說，派獅子下界就是為了完成任務，孫悟空卻不依不饒：「但只三宮娘娘，與他同眠同起，點汙了他的身體，壞了多少綱常倫理，還叫做不曾害人？」菩薩趕緊解釋：「點汙他不得。他是個騙了的獅子。」

朱紫國故事的緣起，也是因為國王無意中得罪菩薩，必須受到懲罰：「有西方佛母孔雀大明王菩薩所生二子，乃雌雄兩個雀雛，停翅在山坡之下，被此王弓開處，射傷了雄孔雀，那雌孔雀也帶箭歸西。佛母懺悔以後，吩咐教他拆鳳三年，身耽啾疾。那時節，我跨著這犼，同聽此言，不期這孽畜留心，故來騙了皇后，與王消災。」佛母孔雀大明王菩薩雖是如來的「乾媽」，在小心眼這一點上和如來佛倒是頗似親母子，不但要讓人家拆鳳三年，還必須得三年的重病，夠狠！不過，因為有紫陽真人五彩仙衣的保護，這個故事就顯得很圓滿——因為金毛犼是偷跑下界，不比獅猁王本來就是「太監」，所以特意補了一道「防護」。

第二十一變

天羅地網蜘蛛精

一般來說，唐僧只要單獨行動都會遭災，例如遠遠望見黃金寶塔就一定要走到眼前拜一拜，結果「拜」出黃袍怪；「真假美猴王」孫悟空鐵棒一揮催白馬快跑，結果長老孤身一人碰見強盜；而在盤絲洞遇到蜘蛛精，唐長老要負一半責任。

蜘蛛精的耐性

一開始，唐長老見一座莊院近在眼前，不顧徒弟們反對，非要自己去化一次齋。進得莊來，只見四女在窗下刺繡，三女在木香亭踢氣球，一靜一動，不是一般的美，於是駐足觀看。這好像是書中少有的一段關於唐長老好色的描寫，當然只是「觀看」而已，長老這時還是肉眼凡胎嘛，愛美之心正常。可是這一看就入神了，看刺繡女看了半個時辰，看踢球女又看得「時辰久了」，古代的一個時辰是兩小時，唐長老這「兩看」少說一個多小時，正所謂「目迷七色」是也。

話說蜘蛛精的動物原型蜘蛛，一般一隻就有八隻眼睛，七隻蜘蛛就是……五十六隻眼！洞察力不是一般的強，地盤上來了「外人」，還在那裡站了那麼久，難道她們沒發現？不可能。應該是裝作沒看見，她們在等，等著外人憋不住自己開口。

唐長老呢？因為和徒弟們誇下海口，空手而歸很難看，而自己又在人家「女施主」的院子裡「站」和「看」那麼久，不問一聲實在交代不過去，「只得走上橋頭，應聲高叫道：『女菩薩，貧僧這裡隨緣布施些兒齋吃。』」

等的就是你這話，「那些女子聽見，一個個喜喜歡歡拋了針線，撇了氣球，都笑笑吟吟地接出門來道：『長老，失迎了，今到荒莊，絕不敢攔路齋僧，請裡面坐。』」真會說話。明明是暗中窺伺，居然說成靦腆怕羞，還搞得唐長老滿是感動：「善哉，善哉！西方正是佛地！女流尚且注意齋僧，男子豈不虔心向佛？」於是，自覺自願地進了洞。

換作黃袍怪的波月洞，小妖們早就一擁而上將人綁了，可是女妖們還要繼續裝，柔聲慢氣地查戶口。其原因一是為了探探底細，二是怕他發現不對奪門跑掉，必須用言語穩住他，所謂誘敵深入是也。可能她們自身畢竟是女流，怕眼前這個白胖和尚真有什麼法術，大家制不住他，還是先用言語穩住他為好。

長老您要化緣嗎？緣簿在哪裡呀？哇，您是唐僧啊！

聖僧餓了吧？姊妹們趕緊備飯！

不是裝樣子，是真的擼胳膊、挽袖子下廚準備。飯一端上來，唐長老終於被嚇清醒，連說不敢破葷。蜘蛛精依舊慢條斯理，要演完最後一場。

長老，這是素的呀。

長老，葷是葷的，可你出家人不應該挑剔布施。你說你不挑布施，可你這明明就是上門找碴！不吃還想走？演出結束，捆上！

以效率來說，蜘蛛精太囉嗦了。不過她們自有一番道理，就是替自己造了一個吃唐僧充分且合理的理由——是你主動找上門，你說要吃飯，出家人化緣為什麼還要挑食？那我們只能吃你了。

〔英〕多諾萬／著，《中國昆蟲自然史》的蜘蛛

眼熟嗎？相信看官多多少少都中過此類圈套吧。對方明明想占你便宜，還要替你扣上主動挑事、道德敗壞之類的大帽子，然後說：「我這麼做都是你逼的。」

有這麼一種句式用來形容《西遊記》的妖

精挺合適——妖精分兩種：禽獸和衣冠禽獸。蜘蛛精的師兄蜈蚣精說過「一打三分低」，所以「打」之外可以無所不用。這一組師兄妹均屬衣冠禽獸（準確說，他們應該算是衣冠之蟲）。

再從生物學的角度來說說吧，蜘蛛精之所以這麼拐彎抹角地替自己吃唐僧找理由，其實和這種動物的生態棲位有關。蜘蛛屬於節肢動物門蛛形綱，種類很多，有的灰不溜秋，有的黑亮，有的帶著耀眼的豹紋，有的結網，有的不結網，有的吃肉（吃比牠們更弱小的蟲），有的吃素。《西遊記》的蜘蛛精屬於會結網又吃肉的那種，但不管怎麼說，蜘蛛還是處在食物鏈的底端，底氣不足，所以更強調智取。以上這一段拖拖拉拉捉唐僧的片段，可以看成是她們引誘獵物「上網」的過程。

真實版蜘蛛沒有蜘蛛精的花容月貌可以憑藉，牠們唯一能做的就是織網、等待。夏天在野外，仔細觀察總會發現一些大蜘蛛網，甚至連接在好幾棵大樹之間，可是想拍攝下來，角度卻非常難找，有時覺得拍到了，可是照片上卻根本看不到網。像一些自然紀錄片那樣能拍出絲縷清晰的蜘蛛網，甚至還有早上的露水在網絲上逐漸風乾的鏡頭，除了設備本身要好，還要事先花很多時間調整燈光和鏡頭角度。叨念這些是說明只能「守株待兔」，蜘蛛對於織網相當講究：網的位置要安在蟲子們日常會飛過或爬過的地方，所以蜘蛛精把她們的莊院設在路邊，過往的路人目力可見。網的效果要的就是這種似有若無，也就是說，對於蜘蛛要捕獵的那些蟲子，蜘蛛網就應該是看上去不存在的，只有這樣，蟲子才會不自覺地撞在網上，繼而被黏住。

帶入到《西遊記》，首先被蜘蛛精的莊院騙到的還不是唐長老，而是孫行者。後文中蜘蛛精的武功非常一般，但武功不好不代表她們的修行差——火眼金睛的孫行者居然沒有看出莊院的妖氣，以為就是一所普通的民宅，才會放心讓唐僧前去。至於蜘蛛精們的花樣美顏、溫言軟語，更是輕而易舉地讓唐長老相信她們是一群美麗善良的女施主，自覺自願地進洞。這些「偽裝」就像似有若無的蜘蛛網，讓人放下心防，妥妥地上當。

至於唐僧被騙進洞後那些來言去語，卻是蜘蛛卑微又殘忍的小習慣在作怪——弱肉強食的世界，蜘蛛做為普通小蟲要吃上一口肉，能做的只有天不亮就起來結好網，守在那裡等獵物上門。等要有耐心，蜘蛛精不只是對唐僧有耐心，估計她們廚房裡那些葷豆腐、葷麵筋的「原料」也是這麼「耐心」等來的。不過等待終究是寂寞的，好不容易等來了、黏在網上，不妨逗他玩玩，讓他「被吃」得心服口服，這就是蜘蛛精玩弄獵物的殘忍！

〔清〕佚名，《彩繪西遊記》行者毫毛變化的小猴手使叉棒攪斷蜘蛛絲

把結網做到極致

蜘蛛精武功稀鬆平常，招數連三板斧都沒有，卻把蜘蛛的絕招——吐絲發揮到極致。生物學上有一個詞叫「特化」，就是物種的某個器官或附屬物特別發達，例如大象的鼻子，兔子的耳朵，長頸鹿的脖子……蜘蛛精吐出的「絲繩」也可以看成是一種特化的絲。

唐長老被蜘蛛精們綁成「仙人指路」造型後，發現女妖們開始脫衣服，嚇了一跳：「這一脫衣服，是要打我的情了。或者夾生兒吃我的情也有哩。」唐長老真是想多了，估計是前幾回被蠍子精、杏仙給刺激的，接下來他就明白了——並非是女妖精就會「打他的情」，

> 「原來那女子們只解了上身羅衫，露出肚腹，各顯神通：一個個腰眼中冒出絲繩，有鴨蛋粗細，骨都都的，迸玉飛銀，時下把莊門瞞了不題。」

蜘蛛精吐絲的方式和普通蜘蛛沒什麼區別，甚至連吐絲器官的位置都差不多。蜘蛛的腹部有好幾個吐絲的小孔，吐出的絲功能不完全一樣：用作蜘蛛網骨架，縱向輻射的「經線」是一種，橫向一圈一圈的「緯線」是一種，和緯線擰在一起、黏性較強、專門用來黏獵物的是一種，捉住獵物後進行捆紮的又是一種。蜘蛛一旦發現有獵物被網黏住，就會爬過去用絲緊緊地把牠纏住，讓牠動彈不得，然後今天咬一條大腿，明天吃一隻胳膊，慢慢享用。偶爾

會發現一些掛在蜘蛛網上已經被吃空的昆蟲外殼，其實是慘白的蜘蛛絲織成的「裹屍袋」。蜘蛛精們用事先繞好的絲繩把唐長老捆成「仙人指路」式，牢固又有藝術感，估計也是計畫慢慢享用吧，仔細想想真是恐怖至極。

至於唐長老看到的從蜘蛛精肚臍裡冒出來鴨蛋粗細的「絲」，雖然粗得趕得上船纜繩，卻保留著普通蜘蛛絲的一些特點，例如黏度。孫悟空沒有看出莊院的妖氣，放了唐僧前去化齋，直到蜘蛛精吐絲結出這張網把整個莊院白亮亮地蓋住，他才恍然大悟大呼「不好」。近前來，他見到一張「如雪又亮如雪，似銀又光似銀」的大網，用手一試「有些黏軟沾人」；還有韌度和強度都極好，不容易弄斷。對於這種帶彈性的「巨型絲繩」，連孫悟空都不那麼自信，「若是硬的便可打斷，這個軟的，只好打匾罷了——假如驚了她，纏住老孫，反為不美。」

蜘蛛精第二次吐絲屬於自衛加報復，困住不懷好意的豬八戒。孫悟空從土地那裡得知妖精們要去濯垢泉洗澡，便尾隨而至看個究竟。不過孫行者是有原則的，「好男不與女鬥」是一，在澡堂子裡殺女妖精會低了名頭是二，所以只變個餓老鷹把妖精的衣服叼走，把她們困在濯垢泉。其實這辦法不錯，既不會壞名聲又不耽誤救師父，豬八戒卻非得多找些事情來做——其實是想找點便宜。

「呆子」仗著自己水裡功夫好，把正在洗澡的蜘蛛精們戲弄一通，的確討打，蜘蛛精們一旦逃離水面，豈能不狠狠地報復？不但搭了大絲篷把八戒困在一旁，還預備絆腳索，呆子被「照顧」得好不狼狽：「滿地都是絲繩，動動腳，跌個蹡踵：左邊去，一個面磕地；右邊去，一個倒栽蔥；急將身，又跌了個嘴搵地；忙爬起，又跌了個豎蜻蜓。也不知跌了多少跟頭，把個『呆子』跌得身麻腳軟，頭暈眼花，爬也爬不動，只睡在地下呻吟。」

在此補充幾句濯垢泉的事，按照土地所說，這泉「乃天生的熱水，原是上方七仙姑的浴池。自妖精到此居住，占了她的濯垢泉，仙姑更不曾與他爭競，平白地就讓與他了。」「這怪占了浴池，一日三遭，出來洗澡。」洗澡不稀罕，為什麼要一天洗三次呢？後文曾用一大段文字去描述這股溫泉水之神奇，說它是遠古的勇士羿射下的九個太陽所化的「九陽泉」之一，估計是為了暗示其神奇功效。有人認為洗澡是蜘蛛精們修行的一項「功課」；也有人猜測，洗澡是為了去除妖氣。古人的沐浴條件普遍偏差，對這種天然溫泉水的效用會產生很多聯想。不過比起直接吃唐僧肉，洗澡的效力肯定差很多，否則蜘蛛精們到此十年，一天三遍地洗，也沒有實質的進展。

蜘蛛精們織出的「天篷」，把「天蓬元帥」弄得頭昏腦脹，鼻青臉腫，不過遇到齊天大聖就另當別論了。在黃花觀，蜘蛛精們為了顯示自己和師兄蜈蚣精「同氣連枝」，主動吐絲做「天篷」困住孫悟空，卻被他向上一撞就撞破了。再後來，孫悟空從土地那裡打聽到她們的確切資訊——經過那麼多神佛的坐騎、寵物、家奴的「鍛鍊」後，大聖也小心了許多，非要了解妖精的確切來歷後才下手。大聖得知這就是幾個「土蜘蛛」，她們的末日就到了：「（行者）將尾巴上毛捋下七十根，吹口仙氣，叫『變！』即變作七十個小行者；又將金箍棒吹口仙氣，叫『變！』即變作七十個雙角叉兒棒。每一個小行者與他一根。他自家使一根，站在外邊，將叉兒攪那絲繩，一齊著力，打個號子，把那絲繩都攪斷，各攪了有十餘斤。裡面拖出七個蜘蛛，足有巴斗大的身軀，一個個攢著手腳，縮著頭，只叫：『饒命！饒命！』」大網被挑開了，蜘蛛精就毫無還手之力，只能被孫悟空活活打死。

漏寫的本領

《西遊記》其實漏掉蜘蛛的另一樣本領——使毒。這兩年有一種寵物蜘蛛很流行——狼蛛，或者叫捕鳥蛛，有巴掌大小，渾身是硬毛，看著嚇人。我懷疑捕鳥蛛就是《哈利波特：混血王子的背叛》的巨蜘蛛阿辣哥的原型，那傢伙是吃人的，他的家族差點把哈利和榮恩吃掉；他的毒液能賣很多錢，以至於愛占便宜的魔藥學教授史拉轟趁著去悼念阿辣哥的機會，帶著空瓶子偷取一次毒……不明白為什麼會有人拿捕鳥蛛當寵物，牠其實很危險，能不能捕鳥不知道，但對小白鼠一類的小動物可以說一招致命。

不只捕鳥蛛，大多數蜘蛛都有毒。蜘蛛對撞上網的獵物實施的「捆紮術」，實際上分為三步：第一步，蜘蛛網一旦黏住獵物，蜘蛛就趕緊「爬過去」；第二步，釋放毒液殺死或麻醉

任伯年／繪，《鍾進士接喜圖》

獵物；第三步才是用蛛絲製作「獵物木乃伊」。可能吳承恩先生不知道蜘蛛的這個技能，所以沒有寫，不過這樣一來，倒是更突出後面蜘蛛精的「師兄」蜈蚣精的使毒絕技。

還要補充一點，這一回的題目是「盤絲洞七情迷本，濯垢泉八戒忘形」，也就是說，七個蜘蛛精象徵著人的「七情」，即喜、怒、哀、懼、愛、惡、欲，出家人的修行之一就是要控制好「七情六欲」，約略等同對於唐僧師徒的一次「情感考驗」。不過，假如從科學的角度來說，這種設計有點紕漏——蜘蛛，一般是獨居而不是群居。

蜘蛛結網的目的就是為了捕獵其他的小蟲子來吃，一旦食物不夠，牠們原始的特性就會顯露出來——自相殘殺。螳螂自相殘殺的故事很有名，母螳螂可能會在和公螳螂交配後把配偶吃掉，剛孵化出的小螳螂也可能吃掉自己的同胞手足。其實蜘蛛更殘忍，不但存在雌吃雄的情況，有一種「保姆蛛」，蜘蛛媽媽產卵後不是馬上離開，而是會背著卵袋到處走，等到小蜘蛛孵化出來後，牠們極有可能把自己的媽媽當作第一餐飯。或許因為這一點，蜘蛛們在孵化出來後會盡快互相隔絕，除了「找朋友、談戀愛」階段外，一生基本上是孤家寡人地過日子。

第二十二變

七蟲之禍

話說蜘蛛精們將八戒暫時困在濯垢泉，顧不得體不體面，一路光著身子跑回家換些舊衣裳，趕緊打點著跑路——懲罰豬八戒雖然過癮，但她們知道唐僧的徒弟惹不起，連唐僧肉都顧不得吃了，三十六計走為上策。撤退前，還準備一層「蟲肉」屏障，就是她們的七個乾兒子。

《西遊記》中最能體現「人與自然」精神的段落開始了。

蟲海戰術

孫悟空兄弟三人一開始沒有看得起這些幻化成小人的蟲兒，「長的只有二尺五、六寸，不滿三尺；重的只有八、九斤，不滿十斤」，可是對他們來說，這些不起眼的蟲，麻煩卻出乎意料的大。

先給蟲們正正名吧，很多人會把蜘蛛、蠍子、蜈蚣、馬陸等都叫做「蟲子」，這麼叫倒是沒問題；不過如果叫牠們「昆

〔明〕文俶／繪，《金石昆蟲草木狀》的蜂

蟲」就不對了。昆蟲是有特指的，成蟲的身體分為頭、胸、腹三部分，有兩對翅膀、六隻腳。在動物界屬於一個大類群——節肢動物門昆蟲綱，家族成員眾多。常見的有蝴蝶、蛾、蜜蜂、黃蜂、蜻蜓、螳螂、蟬、瓢蟲、金龜子、蜣螂、蒼蠅、螞蟻、白蟻、蟑螂……總之，符合以上三個特徵的蟲都是昆蟲。

至於另外幾種蟲，實際上各有所屬的「綱」（與「昆蟲綱」平級），蜘蛛、蠍子是「蛛形綱」，蜈蚣、馬陸是「多足綱」，所以牠們只能籠統地叫「蟲子」，或者以「五蟲說」裡的「芥蟲」（像芥菜籽那麼小）或「介蟲」來概括。介者，微、小之意也。

蜘蛛精的七個乾兒子都是昆蟲：「蜜、螞、蠦、班、蜢、蠟、蜻：蜜是蜜蜂，螞是螞蜂，蠦是蠦蜂，班是班毛，蜢是牛蜢，蠟是抹蠟，蜻是蜻蜓。」這些動物古今的叫法有些不同，我們來一一對號入座：

蜜蜂，勤勞地採花釀蜜是我們對牠們的一般印象，其實蜜蜂有一樣很厲害的武器——蜂

〔明〕文俶／繪，《金石昆蟲草木狀》的蜀州蜜

〔明〕文俶／繪，《金石昆蟲草木狀》的螢火蟲

〔明〕文俶／繪，《金石昆蟲草木狀》的蜻蜓

針，內含蜂毒。記得《神雕俠侶》小龍女的暗器「玉蜂針」吧，名字帶著詩意，殺傷力卻很強，中了玉蜂針的人會奇癢難忍，小龍女多次靠此針脫離險境。玉蜂針之毒取自小龍女飼養的玉蜂，此物通體潔白如玉，和小龍女「姑射仙人」的氣質很搭，蜂毒卻比普通蜂毒厲害很多倍，如果直接被玉蜂螫到，比中了玉蜂針還難受，會痛到哭爹喊娘的程度。蜂毒的威力雖被金庸放大很多倍，不過有個基本點沒變，玉蜂也好、暗器玉蜂針也罷，基本上是自衛性質的武器，與「赤練仙子」李莫愁的攻擊性暗器冰魄銀針還是不一樣。這也符合蜜蜂使用蜂毒的「本意」，蜜蜂只有在被打擾或襲擊時才會使用毒針。

螞蜂，現在一般叫「馬蜂」，或者黃蜂，學名是胡蜂。雖然帶一個蜂字，本質卻與蜜蜂有區別——蜜蜂吃素，馬蜂吃肉。常有馬蜂埋伏在蜜蜂的蜂箱門口，伺機捉蜜蜂來吃——因為牠們長著在昆蟲界數一數二的堅硬「大嘴」（學名「顎」），咬嚼力可與獅子相比。當然，馬蜂更喜歡的食物是肥肥的毛毛蟲（大多是蝴蝶、蛾的幼蟲），因為牠們行動緩慢，容易捕捉。若在房檐、大樹上見到馬蜂窩，千萬不要隨便去捅，必須請專業人士來「摘」掉。專業人士作業時也要全套防護，一旦惹怒馬蜂，牠們群起而攻，危險性很大。中國南方的亞熱帶叢林中，還有號稱「殺人蜂」的馬蜂（學名金黃虎頭蜂），殺傷力更強。馬蜂毒是傳統的「五毒」之一，與蛇毒、蠍毒、蜈蚣毒、蟾蜍毒並稱。

蜻蜓，也是吃肉的。馬蜂喜歡吃在樹幹上緩慢爬行的毛毛蟲，蜻蜓卻喜歡空中作業，專抓飛著的蟲子來吃。那兩對羽紗般美麗的大翅膀，飛行速度在昆蟲界絕對是一等一，兩隻鼓鼓的、誇張的眼睛裡，大約有二．八萬隻副眼，是昆蟲界眼睛最多的。若論發現目標之敏銳、空中打擊之迅猛準確，蜻蜓可說是無蟲可敵。

蠦蜂，帶「蠦」字的蜂的確沒有。有兩種蜂可能性比較大，一是「葫蘆蜂」，是馬蜂的一種。牠們的窩就像巨大的葫蘆一樣，所以人稱葫蘆蜂。還有一種「蘆蜂」是蜜蜂屬的小型蜂類。這種蜂不會像蜜蜂一樣築巢，而是把採來的花粉和蜜儲藏在枯萎的蘆葦稈裡，每存一次就用溼泥巴糊上。有淘氣的小孩子專找這樣有泥巴的蘆葦稈，縱向撕開，就能看到一粒一粒金黃色的花粉或蜂蜜，有一個綽號叫「蜜蜂屎兒」，名字不好聽，味道卻很甜。所以和《紅樓夢》的尤氏笑話鳳姐「妳這孩子，又撒嬌兒，過個年，就像吃了蜜蜂屎兒」一樣。不管是葫蘆蜂還是蘆蜂，都有蜂針。

牛蝱，就是牛虻，牛、馬等大牲畜身上的寄生昆蟲，吸食牠們的血液。這些大牲畜大多有一條很長、很大的尾巴，主要作用之一就是驅趕身上的牛虻。

班毛，即斑蝥，又叫西班牙蒼蠅，帶有一定的毒性。

抹蠟，疑似斑衣蠟蟬的俗稱。這是一種樹木害蟲，尤其喜歡吸椿樹的樹汁，所以有的地

齊白石／繪，《草蟲花卉》的草蟲

方叫牠「椿姑娘」。椿姑娘的外層翅膀，前三分之二為淺灰色，上有二十個黑色斑點，後三分之一為純淨的深灰色，隔著這層半透明的翅膀，可以看到裡面鮮紅豔麗的「內翅」，彷彿夏日姑娘們穿的雙層美麗紗裙。是不是很美？其實這是人家自我防衛的妙招——遇到敵害會突然打開外層的翅膀，露出內翅亮眼的紅色，把對手嚇一跳，然後迅速飛走。

這些小傢伙在昆蟲世界裡算是上等的蟲兒——各自隨身攜帶足以攻擊或防禦的兵器。不過這些「上等蟲兒」遇到蜘蛛精的天羅地網，瞬間就不行了，只好跪地求饒拜乾娘。平時需要採蜜尋花孝敬著，戰時就被推出來當炮灰。蜘蛛精們打不過孫悟空、豬八戒，逃走前還讓乾兒子們做擋箭牌，還說什麼擋完了到舅舅家來找我們，這「糖果」給得夠陰險——能擋得住嗎？

不過蜘蛛精們有此自信不是全無道理，這七個小人的確不白給。他們用的是——蟲海戰術。真個叫「一而十，十而百，百而千，千而萬」：「滿天飛抹蠟，遍地舞蜻蜓。蜜、螞追頭額，蠦蜂扎眼睛。班毛前後咬，牛蜢上下叮。撲面漫漫黑，翛翛神鬼驚。」成千上萬的蟲兒漫天飛、到處叮咬，一開始真的讓孫悟空兄弟三人措手不及，連連叫苦，直到孫悟空想起——我也會變哪！拔一把毫毛嚼碎噴出去，變成七種鷹——「黃是黃鷹，麻是麻鷹，鷂是鷂鷹，白是白鷹，雕是雕鷹，魚是魚鷹，鷂是鷂鷹。」「鷹最能嗛蟲，一嘴一個，爪打翅敲，須臾，打得罄盡，滿空無跡，地積餘尺。」一九八六年版電視劇《西遊記》為了隱去這麼血腥的情節，特意讓大聖做了溫和的定身法，就算「過關」。

蟲海戰術之所以一開始能把悟空三人困住，自有其道理。蟲子，包括蜘蛛在內，都是低等動物，天敵很多，損耗量很大，所以牠們進化出一套很智慧的生存策略——廣種薄收。顧

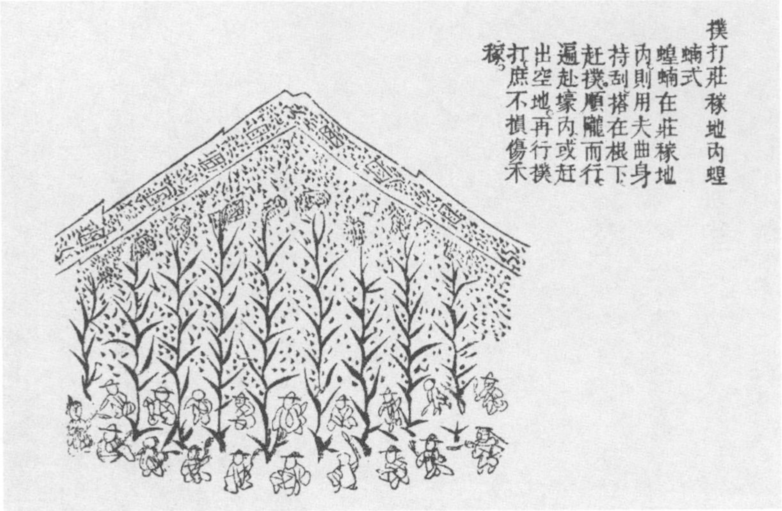

〔清〕錢炘和／輯，《捕蝗要訣》插圖，撲打莊稼地內蝗

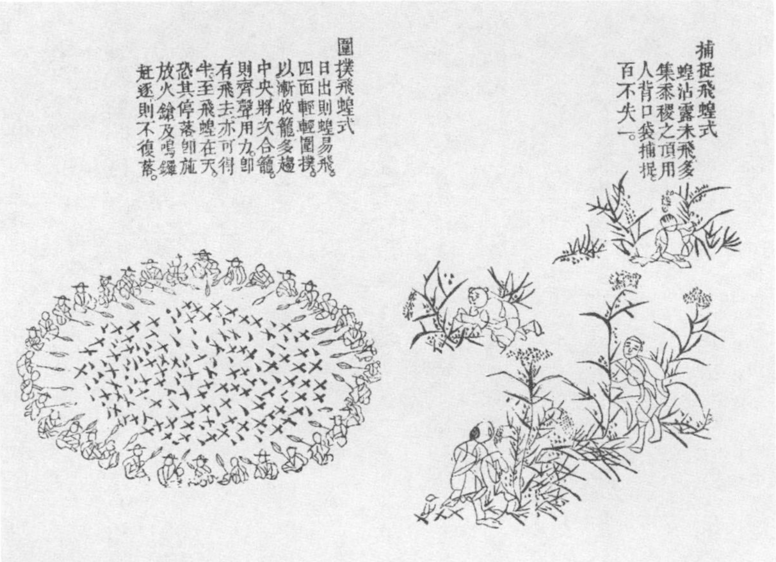

〔清〕錢炘和／輯《捕蝗要訣》，附除蝻八要

名思義，大多數蟲子都是繁殖速度驚人（少的一年好幾代，多的幾天甚至一天就一代），繁殖數量也驚人（成千上萬一點也不誇張）。如此，哪怕「損失」慘重，整個物種還是能夠存活下去。這種超強的繁殖力讓昆蟲家族成為動物界生存能力最強的家族，沒有「之一」。而對於人類來說，農業生產的一大敵人也是蟲災，例如蝗蟲，鋪天蓋地而來，所過之處草根不剩。《西遊記》這段「七蟲之禍」，就蟲災的壯觀場面來說，其實一點都不誇張。至於七鷹滅蟲，理論上沒問題，但現實情境中，如果「蟲陣」過於龐大，鷹或其他「天敵動物」根本「吃」不過來。

蟲兒變變變

既然說到小蟲子，就順便說一下孫行者特別喜歡變的小飛蟲。孫行者雖是隻急猴子，降妖伏魔卻有條不紊，基本上不打無準備之仗，一般都要先變成小蟲子飛進妖洞去「踩個點」。統計一下，整部《西遊記》，他為了完成「踩點」任務（其中包括跟蹤和捉弄豬八戒的那幾次），變了十幾種小

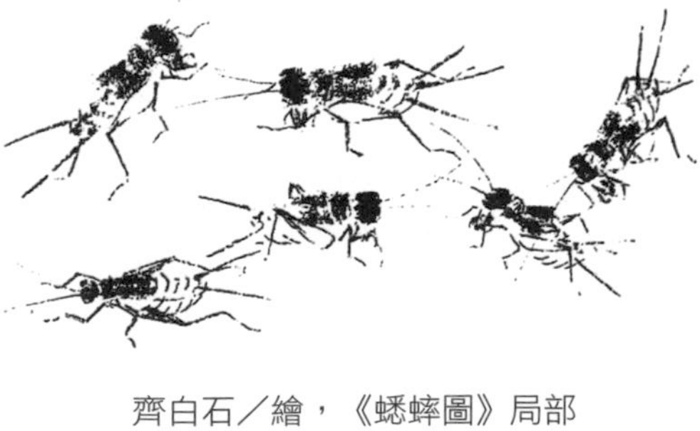

齊白石／繪，《蟋蟀圖》局部

蟲子，有花腳蚊蟲、紅蜻蜓、蒼蠅、豬蝨子、促織、蜜蜂、有翅螞蟻、蝴蝶、火焰蟲、蟭撩蟲、蠓蟲等。

這十幾種小蟲子裡，大多數都比較熟悉，下面只把比較「眼生」的解釋一下。

促織，就是蟋蟀，俗稱「蛐蛐」。蟋蟀鳴叫一般在夏末秋初，主因是雄促織在求偶——對，雌促織不會發聲。不過古人聽見牠的叫聲，就想著夏天即將過去，要開始紡線積麻準備秋冬的衣物，所以又稱牠為「促織」。很多人知道促織都是透過蒲松齡《聊齋志異》的〈促織〉，講的是由民間鬥蟋蟀這個風俗衍生出的一段故事。其實「鳴叫」一詞不準確，蟋蟀的發聲部位不是「嘴」，而是翅膀。蟋蟀前面的一對翅膀上有一套「演奏」裝置，「刮片」、「摩擦脈」、「發音鏡」。又是幾個生詞，其實不難理解：「刮片」就是類似一些絃樂器「刮片」的小刺或小片；「摩擦脈」就是翅膀的脈絡當中特別粗、硬的一道「稜」；至於「發音鏡」是一個長方形凹陷下去的部分，有點像小提琴等樂器的「琴身」，相當於共鳴腔。蟋蟀將雙翅互相摩擦，震動發音鏡，聲音就出來了，摩擦方式不同，發出的聲音也不一樣。魯迅先生《從百草園到三味書屋》中寫「蟋蟀們在這裡彈琴」，是更準確的。

螞蟻很常見，有翅螞蟻卻只在初夏能看到。螞蟻這種昆蟲，一般來說窩都在地下，每年初夏都會有一批新長成的帶著翅膀的螞蟻「公主」和「王子」飛出窩來，尋找新的地方建新巢，繁衍後代，叫做「分窩」。

以上這兩種蟲子分別出現在「金兜山青牛怪」和「隱霧山花豹精」兩個故事，時節分別是「嚴冬」和悶熱的「梅雨」季節，基本上是對號入座。促織在夏末秋初會成為很多有閒階級的「寵物」，在北方，以前常有將促織、蟈蟈等好鬥的昆蟲在精緻的、甚至鑲嵌著珠寶的「蟈蟈葫蘆」裡養過冬天的習慣。而「梅雨」時節，正是有翅螞蟻分窩的時候。

火焰蟲，出現在「金平府犀牛精」一段，就是螢火蟲。這一點原文中交代得清楚：「展翅星流光燦，古云腐草為螢。神通變化不非輕，自有徘徊之性。飛近石門懸看，旁邊瑕縫穿風。將身一縱到幽庭，打探妖魔動靜。」孫悟空之所以變成螢火蟲是因為這次是「夜間打探」——唐僧被三個犀牛精抓去，沙僧出主意趁夜間偷襲，孫悟空才變成火焰蟲，為了「照個亮兒」，好找師父。

以上三種蟲子都與劇情很搭，類似的還有「黃風怪」一段的季節是「夏景炎天」，孫悟空變了一隻「花腳蚊蟲」；「天竺國」的國王愛山水花卉，王宮中香花很多，孫悟空就變了一隻蜜蜂。不過這些小蟲子，不管是哪一種，孫悟空變成牠們的目的性都很明確，因為個體小，不起眼，可以方便探查妖精的動靜。

還有「蟭撩蟲兒」和「蠓蟲兒」，這兩個名字比較少見。蟭撩蟲兒據考證應該就是「茶小綠葉蟬」，顧名思義，這種蟲子是茶樹上的害蟲，長得像蟬，是嫩綠色的，不過比蟬小得多，只有三至四公釐。蠓蟲兒個子更小，是一至四公釐，也是一種吸血的蟲子。這兩種蟲兒個子這麼小，難怪孫悟空喜歡變成牠們的樣子，既方便鑽進妖洞的門縫，更方便「竊聽」。

第二十三變

蜈蚣「前傳」

蜈蚣精是蜘蛛精們的師兄，使毒本領在《西遊記》中堪稱第一。

蜈蚣精之前，書中還有一位使毒高手——蠍子精。蠍子精的「倒馬毒」真是厲害，分別螫了行者和八戒一下，兄弟倆都疼得受不了，但再怎麼疼也還不到要命的程度。蜈蚣精的毒在《西遊記》算是頂級毒藥，唐僧、八戒、沙僧三人吃了，「一霎時，只見八戒臉上變色，沙僧滿眼流淚，唐僧口中吐沫。他們都坐不住，暈倒在地。」如果不及時解毒，「三日之間，骨髓俱爛。」這種毒藥還不是像蠍子精那樣當暗器隨身攜帶，而是像煉丹一樣煉出來的。

「師兄」不是白叫的

煉出這種毒藥的黃花觀，外部環境非常優雅，「山環樓閣，溪繞亭臺。門前雜樹密森森，宅外野花香豔豔。柳間棲白鷺，渾如煙裡玉無瑕；桃內囀黃鶯，卻似火中金有色。雙雙野鹿，忘情閒踏綠莎茵；對對山禽，飛語高鳴紅樹杪。真如劉阮天臺洞，不亞神仙閬苑家。」大多數人讀《西遊記》，像這樣的段落都會跳過去，可是如果細細讀來會發現吳先生在這些「過場」詩詞中下了一番功夫，以這段來說，道觀外有樹有花、有白鷺黃鶯、有野鹿山禽，貌似一個隱居的好地方，沒有什麼凶相，不像黑水河、獅駝嶺，看起來就嚇人，所以更容易讓人放鬆警惕。

師徒四人進觀後，只見一副標明道士身分的對聯：「黃芽白雪神仙府，瑤草琪花羽士家。」行者笑著說：「這個是燒茅煉藥、弄爐火、提罐子的道士。」行者之所以這麼說，是因為「黃芽」、「白雪」指的就是道家的丹藥。此處算是一個伏筆，告訴大家這位道士的專長是煉丹——也煉毒藥。

再看正在「丸藥」的這位道士：「戴一頂紅豔豔戧金冠；穿一領黑淄淄烏皂服；踏一雙綠陣陣雲頭履；繫一條黃拂拂呂公絛。面如瓜鐵，目若朗星。」除了西域人的長相之外，其他看上去很正常，就是一個普通道士。更重要的，孫悟空的火眼金睛居然沒看出他是妖不是人！

這位「道士」原本對待唐僧師徒的態度很客氣，不但降階相迎，還趕緊吩咐人準備茶果：「當有兩個小童，即入裡邊，尋茶盤，洗茶盞，擦茶匙，辦茶果。」蜘蛛精師妹們在待客期間請他進去說話，他還很不高興，講了一番道理：「且莫說我是個清靜修仙之輩，就是個俗人家，有妻子老小家務事，也等客去了再處。怎麼這等不賢，替我裝幌子哩！且讓我出去。」

到此，這位道長還貌似真正的深山隱士，一心一意地修道煉丹，很講究待客之道、內外有別。可是當蜘蛛精們說明情況，立即就變了個人，「卻就惱恨，遂變了聲色道：『這和尚原來這等無禮！這等憊懶！妳們都放心，等我擺布他！』」這一怒初看起來還算正常——畢竟豬八戒在濯垢泉做的事，真的過分，好比普通男子，若是自家的女眷受了如此欺負，不得將對方暴打一頓嗎？

蜘蛛精們一開始以為「師兄」要替她們去打架出氣，還說：「師兄如若動手，等我們都來相幫打他。」沒想到師兄卻說：「不用打！不用打！常言道『一打三分低』。」拿出自己的「寶貝」：「他入房內，取了梯子，轉過床後，爬上屋梁，拿下一個小皮箱兒。那箱兒有八寸高下，一尺長短，四寸寬窄，上有一把小銅鎖兒鎖住。即於袖中拿出一方鵝黃綾汗巾兒來，汗巾鬚上繫著一把小鑰匙兒。開了鎖，取出一包兒藥來。」

好嚴謹！如此金貴的東西到底是什麼呢？此藥乃是「山中百鳥糞，掃積上千斤。是用銅鍋煮，煎熬火候勻。千斤熬一杓，一杓煉三分。三分還要炒，再鍛再重熏。製成此毒藥，貴似寶和珍。如若嘗他味，入口見閻君！」

原料是「山中百鳥糞」，煉出來的怎麼能是致命毒藥呢？不用細究，詩裡描述的這種不斷提純煉製毒藥的方法，不過是為了配合道長煉丹的身分而已，推測起來，這種毒藥應該就是蜈蚣精分泌的毒液。蜈蚣毒是和蛇毒、蠍毒、蜂毒等齊名的毒物，蜈蚣最前面的一對大爪子，可以牢牢地抓住獵物，然後將毒素注入獵物的身體。成精的蜈蚣，其毒液自然比普通蜈蚣毒厲害百倍。

〔明〕文俶／繪，《金石昆蟲草木狀》的煉丹場景

要懲罰「調戲婦女」的豬八戒，為什麼要用「入口見閻君」的寶貝？而且聽他的主意，不是單給豬八戒吃，而是要四個包圓兒：「我這寶貝，若與凡人吃，只消一釐，入腹就死；若與神仙吃，也只消三釐就絕。這些和尚，只怕也有些道行，須得三釐。快取等子（戥子）來……秤出一分二釐，分做四分。」然後，「卻拿了十二個紅棗兒，將棗掐破些兒，搵上一釐，分在四個茶鍾內。」

完全是策劃謀殺，這位道長著實精細，分好「茶」，還約好暗號：先要打聽清楚是不是唐朝來的和尚，「不是唐朝的便罷；若是唐朝來的，就教換茶，你卻將此茶令童兒拿出。」這才是重點，這茶原來是衝著唐僧去的，既給師妹們出了氣，又可以共用唐僧肉，合算。

策劃殺人是一回事，如何實施呢？好在道長早有準備——前面接待唐僧師徒非常客氣，應該給他們留下好印象。為了盡量不浪費自己千辛萬苦煉成的寶貝，還得繼續「裝」。直到確認是唐僧，這才殷勤捧出「寶貝」茶。當孫悟空看出一點問題（道士的杯裡是黑棗），非要和他換茶喝時，他「裝」得更客氣，居然還帶著點不好意思：「不瞞長老說。山野中貧道士，茶果一時不備。才然在後面親自尋果子，止有這十二個紅棗，做四鍾茶奉敬。小道又不可空陪，所以將兩個下色棗兒（沒毒的）做一杯奉陪。此乃貧道恭敬之意也。」這是我好容易弄來的紅棗（加寶貝毒藥），多一個都沒有了（再多放一釐我都捨不得），快請快請，不要換了。

有點眼熟？蜘蛛精們誘惑唐僧深入盤絲洞，也是這樣懂禮貌，這樣殷勤，這樣具有欺騙性。而唐長老這個實在人，到此又犯了和上次類似的毛病，還幫他說話：「悟空，這仙長實乃愛客之意，你吃了罷，換怎的？」看來蜈蚣精和蜘蛛精的確是師兄妹，同為弱勢群體「小動物」，確定得手前，一定會裝得一片好意，一切，為了唐僧肉；一切，只為讓你喝下我的「藥」。

前文說過低等動物有一個特點，喜歡自相殘殺，何況蜈蚣精和蜘蛛精只是師兄妹。當蜘蛛精們被孫悟空破蛛網、全夥擒住時，高喊向師兄求救，「那怪厲聲高叫道：『師兄，還他唐僧，救我命也！』那道士從裡邊跑出道：『妹妹，我要吃唐僧哩，救不得妳了。』」是啊，有了唐僧肉，還顧什麼師兄妹情誼，妳們死了，我吃獨食，豈不更好！

「千目」與「千足」

到此，我們見識了蜈蚣精的使毒本領，卻不知他的「千目」更是厲害。

「原來這道士剝了衣裳，把手一齊抬起，只見那兩脅下有一千隻眼，眼中迸放金光，十分厲害：森森黃霧，豔豔金光。森森黃霧，兩邊脅下似噴雲；豔豔金光，千隻眼中如放火。左右卻如金桶，東西猶似銅鐘。此乃仙妖施法力，道士顯神通，愰眼迷天遮日月，罩人炮燥氣朦朧；把個齊天孫大聖，困在金光黃霧中。」

這種讓人無處可逃的「金鐘罩」，很像是蜘蛛精巨網的加強版，是一個用金光織成的無形大網，孫悟空「刀砍斧剁，莫能傷損」的頭都被撞軟了，還是出不去。最終想到的辦法是——地裡鑽。「好大聖，念個咒語，搖身一變，變作個穿山甲，又名鯪鯉鱗……你看他硬著頭，往地下一鑽，就鑽了有二十餘里，方才出頭。原來那金光只罩得十餘里。」

逃出來的孫悟空遇到驪山老母變成的哭墳寡婦，告訴他妖精「本是個百眼魔君，又喚作多目怪」，並指點孫悟空找毗藍婆菩薩。毗藍婆和她的兒子昴日星官原型都是雞，蜈蚣的剋星，把孫大聖困得五迷三道的金光，到了他們手裡一根針就破了——把「多目怪」的眼睛捅瞎了。沒了眼睛，道長終於不再搗亂，現出蜈蚣的原形。（毗藍婆和這根針的來歷，詳見「蠍子精」篇）

真實版的蜈蚣，眼睛反而是弱點。「蟲族」裡的確有一些帶著千目的成員，例如蒼蠅、蜻蜓、蜜蜂、螳螂等，牠們的每一隻大眼睛由許多「複眼」組成，視力出奇地好。眼睛多的好處是不管是採蜜、取食、捕獵等，都更容易發現目標。不過蜈蚣不是這樣。蜈蚣只有一

〔清〕佚名，《彩繪西遊記》毗藍婆菩薩收服蜈蚣精

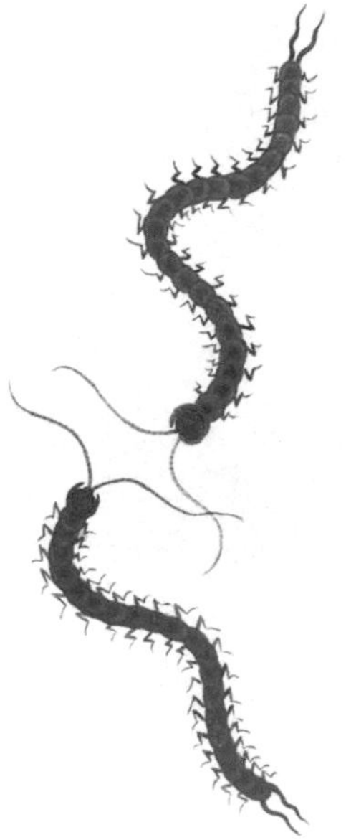

〔明〕文俶／繪，《金石昆蟲草木狀》的蜈蚣

對眼睛，而且是典型的近視眼加色盲，只能辨別光亮的強弱，不能辨別顏色，而且蜈蚣天生害怕強光，喜歡相對黑暗的環境。牠們感知環境、捕獲獵物，靠的主要是頭上的一對觸角。

真實版蜈蚣的確有一樣東西多——腳多。《紅樓夢》說「百足之蟲，死而不僵」，百足蟲就是蜈蚣的俗稱之一。

大多數蜈蚣沒有一百隻腳，有的有三十多隻腳，也有的四十多隻，七十多隻……反正一定是雙數，成對的。

其實多目怪這個角色，小說《西遊記》之前已經有了。「牛魔王」一段提到元雜劇有一齣《二郎神醉射鎖魔鏡》，二郎神酒醉射破鎖魔鏡，放出兩個妖怪「九首牛魔王」和「金睛百眼鬼」。金睛百眼鬼顯然是個丑角，對自己的一百隻眼，他是這樣描述的，「我做妖魔一百個眼，個個眼似亮燈盞。昨日害眼討眼藥，費了五十對青魚膽。」啊，和「小蜈蚣買鞋」

的故事有一拚。不過金睛百眼鬼沒什麼本事，只能算是牛魔王的幫手，最後二者都被二郎神和哪吒聯手擒獲。

小說《西遊記》的「百眼魔君」，名字上保留一點雜劇的痕跡，百、千可以看成是虛數，多目怪其實是更合適的稱呼。而多目怪的故事彷彿是現存蜈蚣的「前傳」——自從毗藍婆母子發功，蜈蚣先生的視力就再也恢復不了了。

最後，大家隨便發揮一下想像，如果《西遊記》寫的是蜈蚣多腳的神通，這「多腳」應該怎麼「破」？

鉤鐮槍砍腿怎麼樣？

第二十四變

「佛親」家族

「獅駝嶺」一難，「大大王」青獅怪的大嘴、「二大王」白象怪的長鼻子，都被孫悟空熱熱鬧鬧地戲耍一番，說到底，孫悟空不怕他們，可是「三大王」大鵬鳥，卻讓大聖心裡真正犯嘀咕。

「三大王」三樣神通

悟空巡山遇到的小妖精「小鑽風」描述「三大王」時，第一句話就是他號稱「雲程萬里鵬」。大鵬鳥是《西遊記》唯一在飛行能力方面勝過孫悟空的妖精。「三怪見行者駕筋斗時，即抖抖身，現了本象，搧開兩翅，趕上大聖。你道他怎能趕上？當時如行者鬧天宮，十萬天兵也拿他不住者，以他會駕筋斗雲，一去有十萬八千里路，所以諸神不能趕上。這妖精搧一翅就有九萬里，兩搧就趕過了，所以被他一把撾住，拿在手中，左右掙挫不得。」

更神的是，大鵬的爪子居然和如來的手掌有一拚——孫悟空被他抓著，不管變大變小，都逃不掉。「欲思要走，莫能逃脫，即使變化法遁法，又往來難行：變大些兒，他就放鬆了攎住；變小些兒，他又搭緊了攎住。」

小鑽風介紹三大王的第二樣本事是一樣寶貝，「陰陽二氣瓶」。「假若是把人裝在瓶中，一時三刻，化為漿水。」之前，孫行者在平頂山把金角大王、銀角大王的紅葫蘆、玉淨瓶耍得相當可以，此時卻對這個瓶兒犯嘀咕：「妖魔倒也不怕，只是仔細防他瓶兒。」事實證明，他的預感是對的。

陰陽二氣瓶，重量就非同一般。「（三魔大鵬鳥）即點三十六個小妖，入裡面開了庫房門，抬出瓶來。你說那瓶有多大？只得二尺四寸高。怎麼用得三十六個人抬？那瓶乃陰陽二氣之寶，內有七寶八卦、二十四氣，要三十六人，按天罡之數，才抬得動。」貌似有點虛張聲勢，不過接下來，瓶子顯示了它和紅葫蘆、玉淨瓶的不同——原來它和大鵬鳥的爪子一樣，是「智慧型」的。孫大聖被妖怪拿住裝進瓶子，一開始還不覺得怎樣，就囂張地說了一句話，結果——「咦！大聖原來不知那寶貝根由：假若裝了人，一年不語，一年蔭涼；但聞得人言，就有火來燒了。大聖未曾說完，只見滿瓶都是火焰。」火燒倒沒什麼，接下來還有蛇咬，「四周圍鑽出四十條蛇來咬。行者輪開手，抓將過來，盡力氣一搯，搯做八十段。」再接下來，「火攻」升級了，「少時間，又有三條火龍出來，把行者上下盤繞，著實難禁。」行者想把身子長大，撐破瓶子，可是無效，「那瓶緊靠著身，也就長起去；他把身子往下一小，那瓶兒也就小下來了。」更可怕的是，連八卦爐中都沒燒壞的孫大聖，此時居然猴毛兒、孤拐（腳脖子）都燒軟了，有那麼一會兒，孫大聖覺得有可能就死在這裡了。幸虧想起觀音菩薩的三根救命毫毛，一摸發現「身上毛都如彼軟熟，只此三根如此硬槍，必然是救我命的」。

真是「伏線幾萬里」，自從「鷹愁澗」那回觀音用淨瓶中柳枝上的葉子變了三根毫毛送給大聖，已經過得太久，此時被想起來，也是神了！不多不少正好三根，都有用：「一根即變作金鋼鑽，一根變作竹片，一根變作綿繩。扳張篾片弓兒，牽著那鑽，照瓶底下颼颼的一頓鑽，鑽成一個眼孔，透進光亮。」這個孔讓瓶子放了氣，火龍瞬間不見，也再不「智慧」了，大聖變個小蟲，把小孔當逃生通道，瞬間逃離。

雖然「陰陽二氣瓶」被大聖鑽透，「只能留著出恭」，不過能煉出這麼一件武器（原文沒說是偷來的，應該是大鵬自己煉的），本事真是不一般。除了以上兩點，這傢伙的資訊之靈通，也讓人十分驚訝。

吃唐僧這事一開始就是大鵬發起，為此他還特意跑到獅駝嶺和青獅、白象結盟——「只因怕他一個徒弟孫行者十分厲害，自家一個難為，徑來此處與我這兩個大王結為兄弟，合意同心，打夥兒捉那個唐僧也。」也就是說，唐僧肉「功能」的資訊是大鵬帶到獅駝嶺的。如果沒有他糊弄，青獅、白象不一定會吃唐僧，估計連惹一下都不會——畢竟是偷跑出來的菩薩坐騎，當然是躲起來比較安全，看看青獅一聽到孫悟空的名字嚇成什麼樣子。白象從劇情看屬於沒什麼主見的，唐僧肉吃不吃都行。

大鵬鳥就不同了，《西遊記》妖精雖多，對孫悟空如此了解的，除了他沒有第二個。知道孫悟空水火不侵，特意準備陰陽二氣瓶來裝；孫悟空變成小鑽風吹牛嚇唬青獅怪，一笑間露出猢猻臉，是他眼尖看見了；青獅怪一口把孫悟空吞進肚，他立即說孫悟空不中吃，而且不幸言中——孫悟空差點把青獅給整死；白象怪抓了豬八戒回來，他看一眼就說這個沒用；然後，「獅駝國」大戲更是他一手導演的。

大鵬鳥為什麼知道那麼多？最後如來揭開了謎底——大鵬是如來名義上的舅舅，「佛親」嘛，難怪資訊靈通。

最強「羽蟲」家族

按照「五蟲」分類，應該把鳥類叫做「羽蟲」，羽蟲在《西遊記》正式出場的不多。第一個，七大聖結義時有一個鵬魔王，自稱「混天大聖」。這個鵬魔王是不是後來出現的獅駝嶺大鵬呢？從劇情來看，孫悟空和大鵬以前不認識，所以這兩個鵬魔王應該是不同妖王。

豬八戒下界後的第一個妻子，有的版本是「卵二姊」，有的是「卯二姊」。如果是卵二姊，她應該是鳥族，因為鳥都是卵生動物（如果是卯二姊，那就是兔子，好像和天蓬元帥調戲月宮嫦娥的故事也很搭）。

接下來，唐僧收八戒後路過浮屠山，那裡有一位烏巢禪師。他住在香檜樹上一個類似鳥巢的草窩裡，有祥雲蓮花護衛，連孫悟空也打不破。他是烏鴉嗎？沒交代。

昴日星官是說得比較清楚的一位——連母親也交代了，是毗藍婆菩薩。這對母子就是母雞和她的孩子。

羽蟲中最強悍的個體應該是亂石山碧波潭的「九頭蟲」；而大鵬的家族，無疑是羽蟲中最強悍的家族。

大鵬的母親是飛禽之長鳳凰，中國傳統文化中的鳳凰經過漫長時間的演進，到《西遊記》時代，一般是與龍代表的天子相對，指「母儀天下」的皇后，鳳凰圖案本身則象徵吉祥如意。小說《西遊記》中，鳳凰這位百鳥之祖沒有正式露面，但實際上和佛教的關係相當密切，有個著名的詞「涅槃」，最初的意思就源於鳳凰。傳說天方國（古代泛指阿拉伯國家）有神鳥鳳凰，每五百年就會自焚一次，在火中重生，即「鳳凰涅槃」。涅槃這個概念後來被佛教借用，指經過多年的修煉後，達到一種沒有煩惱、超脫生死的圓滿境界。

做為「鳳之子」的大鵬和他的姊姊「佛母孔雀大明王菩薩」，地位相當於前文提到的龍之九子。佛母孔雀大明王菩薩沒有在小說中正式出場，而是做為一個霸氣的傳說存在著。「朱紫國」故事中，朱紫國王當太子時外出打獵，射傷了孔雀所生的兩隻雀雛，這位菩薩就報復性地要讓國王「拆鳳三年」。雖然故事和烏雞國王惹惱文殊菩薩、遭到獅猁王的報復差不多，不過文殊菩薩在佛教中地位尊崇，這位「孔雀菩薩」為何如此霸氣？「佛母」又是怎麼回事？

「大鵬鳥」這一段，如來佛解釋了佛母的來歷：「孔雀出世之時，最惡，能吃人，四十五里路，把人一口吸之。我在雪山頂上，修成丈六金身，早被她也把我吸下肚去。我欲從她便門而出，恐汙真身，是我剖開她脊背，跨上靈山。欲傷她命，當被諸佛勸解：傷孔雀如傷我母。故此留她在靈山會上，封她做佛母孔雀大明王菩薩。」

如來的描述中有一些值得注意的資訊：首先，「孔雀明王」肯定是巨型孔雀，能在四十五里之外吸獵物入嘴，和她相比，今天見到的孔雀都只能算小不點。其次，因為被這巨型孔雀吸進肚子的特殊淵源，如來只得封她做佛母，同時就和孔雀的家族、特別是其弟大鵬成了「乾親」。不過佛教中的佛母其實不是這個意思。

〔清〕彭元瑞／編，《康乾萬壽燈圖》的孔雀燈圖

這裡還有一個不引人注目的科普小問題：真實版動物孔雀，雄性有著漂亮的能開屏的尾羽，頭上、身上的

羽毛也有耀眼的金屬光澤，雌孔雀則樸素得多，尾屏小且色彩黯淡，而一般的佛母孔雀明王菩薩的形象中，出現的都不是雌孔雀，而是絢麗奪目的「雄孔雀」。

回到小說《西遊記》，吳承恩對以上這些素材進行有趣的演繹，其中《孔雀明王經》產生的「大雪山」背景，和小說中孔雀成為佛母的大雪山背景能夠對上號；大孔雀王帶一群孔雀男、孔雀女出外遊玩，誤入獵人羅網等，和朱紫國國王箭傷雀雛的故事很相似。

接下來的情節，推測起來是孔雀因成為佛母而進入靈山，常聽如來講論大千世界芸芸眾生，關於取經團隊的種種資訊，估計也是這麼聽來的。然後，「佛母孔雀」有可能在無意間將這些資訊透露給自己的弟弟大鵬……於是，獅駝嶺的故事拉開了序幕。

「大鵬」與「金翅鳥」

在中國，鵬的形象起源於《莊子．逍遙遊》的「北冥之鯤鵬」，鯤為大魚，鵬為巨鳥，可互相轉化，鵬的飛行能力令人驚嘆，「水擊三千里，摶扶搖而上者九萬里」。小說《西遊記》大鵬怪出場時的一段「讚語」，化用了《莊子》很多意象：「金翅鯤頭，星睛豹眼。振北圖南，剛強勇敢。變生翱翔，鷃笑龍慘。摶風翮百鳥藏頭，舒利爪諸禽喪膽。這個是雲程九萬的大鵬雕。」

而印度佛教中的大鵬是「天龍八部」之一，關於天龍八部，最有名的是金庸先生的同名小說，而印度佛教中是指八種非人類的神道怪物，取排名第一的「天」（天神）和第二的「龍」（蛇）的兩個字為總名，稱「天龍八部」。天龍八部在《西遊記》露面的有白龍馬。取經成功後，白龍馬恢復成龍，被封為「八部天龍」，就屬於排名第二的「龍眾」。排名第三的「夜叉」，紅孩兒原來的母親鬼子母就號稱「母夜叉」。而大鵬鳥在天龍八部中排名第五，叫做「迦樓羅」，翻譯成中文是「金翅鳥」。迦樓羅是大神溼毗奴的坐騎，也是著名的護法神怪，與天龍八部中的「龍眾」，就是海裡的巨蛇「那伽」為敵，每天要吃一條那伽和五百條小蛇。

看到這裡，您可能就明白為什麼孔雀和大鵬會是姊弟了吧？至少他們的食性相近，都是「捕蛇者」。還有陰陽二氣瓶裡的蛇和「火龍」，有可能是被大鵬鳥擒住後加以馴化，為之所用吧？

《西遊記》的大鵬怪應該是《莊子》的鵬和佛教中金翅鳥雜糅而成的形象。《莊子》說：「鵬之背，不知其幾千里也。」而「迦樓羅」兩個翅膀展開有三萬六千里，這麼大的鳥當然不存在，估計大鵬的原型應該是某種大型的猛禽。目前世界上最大的飛鳥（鴕鳥在現存鳥類中體形最大，但不會飛）是一種海鳥——信天翁，最大的翼展開可達三．六公尺，迦樓羅的翅膀比牠大了一萬倍。

「大鵬一日同風起，扶搖直上九萬里」，《西遊記》演繹成大鵬鳥搧一下翅膀就是九萬里，搧兩下就趕過孫悟空。而迦樓羅的巨大食量轉而成為小說中大鵬鳥的嗜血之性。小鑽風說：三大王一開始住在獅駝嶺附近的獅駝國，這是西方路上唯一一座「純妖精王國」，大鵬鳥「五百年前吃了這城國王及文武官僚，滿城大小男女也盡被他吃了乾淨，因此上奪了他的江山。如今盡是些妖怪」。能吃掉一國的人，可見大鵬吃人的癮有多大，對於唐僧肉這樣的「功能性食物」，他豈能輕易放過？即使青獅、白象都被孫悟空打服，他還是要堅持，更想出假意送唐僧過山，到了獅駝國再收拾他們的辦法。

常有描述嗜血的動物、妖精，甚至人的故事，說他們聞到血腥氣就會抓狂，而如來正是抓住這一點來制服大鵬鳥：「把那鵲巢貫頂之頭，迎風一幌，變作鮮紅的一塊血肉。妖精輪利爪刁他一下，被佛爺把手往上一指，那妖翅膊上就了筋，飛不去，只在佛頂上，不能遠遁，現了本相，乃是一個大鵬金翅雕。」

如來降伏妖精，方法都很簡單。例如收服孫悟空用的是「五行山」，完全是用騙的；這回降伏大鵬一樣是騙，這些「騙術」的成功是因為如來佛掌握獵物的弱點。不過一時間制服大鵬鳥，不代表今後就能就範，事實上，人家當場就抗議了：「你那裡持齋把素，極貧極苦；我這裡吃人肉，受用無窮；你若餓壞了我，你有罪愆。」這口氣真比親娘舅還硬氣。而客觀地說，飲食習慣改起來真的有點難，看著「乾媽」的面子，也得給點「優惠條件」，所以如來說：「我管四大部洲，無數眾生瞻仰，凡做好事，我教他先祭汝口。」這辦法似乎和之後封八戒「淨壇使者」差不多，不管怎麼說，總算暫時把大鵬鳥籠絡住了。

說兩句題外話，大鵬鳥曾在另一個故事裡變「好」了——清人錢彩《說岳全傳》。這部小說第一回的回目叫「天遣赤鬚龍下界，佛謫金翅鳥降凡」，說的是玉帝因宋徽宗無道，特遣赤鬚龍下界投生番邦，要斷送宋氏江山，而西天佛祖怕沒有人克制赤鬚龍，特意派佛頂護法大鵬明王下界，投生河南相州湯陰縣。大鵬明王就是「精忠報國」的英雄岳飛——岳飛字鵬舉，這種聯想很容易產生，而赤鬚龍就是岳飛的主要對手金兀朮。此外，大鵬投胎時路過黃河岸邊，巧遇蛟精「鐵背虬王」，啄瞎了他的眼睛，蛟精後來轉世成為秦檜。大鵬轉世變成正義一方，不過仍然是與龍為敵。

第二十五變

白象那些事

白象怪是獅駝嶺三怪裡戲分最少的一個，小鑽風的敘述中得知，這位二大王「身高三丈，臥蠶眉，丹鳳眼，美人聲，匾擔牙，鼻似蛟龍。若與人爭鬥，只消一鼻子捲去，就是鐵背銅身，也就魂亡魄喪！」

聽他形容得嚇人，可是仔細想想，這就是一個簡單的謎語——猜猜我家二大王是什麼？

孫行者估計一下就猜到了，而且覺得沒什麼可怕：「鼻子捲人的妖精也好拿。」

馴象「師兄弟」

白象怪唯一出彩的地方就是和悟空兄弟的正面交鋒，並用長鼻捲走豬八戒。然後，給了孫悟空一個變成勾魂鬼勒索「呆子」私房錢的機會——玩笑開夠了，還是救出豬八戒。再然後，就是孫大聖如何在呆子的配合之下「馴象」。白象的長鼻子也捲住孫悟空，只是他忽略了一個細節，沒有捲住他的胳膊。也許是因為白象體形太大、太笨重，象鼻子對付豬八戒這種大個子比較方便，對付小個子孫悟空，精準度就出了問題。孫行者一開始沒在意到這一點，只是覺得好玩：「你看他，兩隻手在妖精鼻頭上丟花棒兒耍子。」這時就看出八戒這位「豬隊友」的重要性了，一番話居然點醒孫行者，「咦！那妖怪晦氣呀！捲我這夯的，連手都捲住了，不能得動；捲那們滑的，倒不捲手。他那兩隻手拿著棒，只消往鼻裡一搠，那孔子裡害疼流涕，怎能捲得他住？」於是，猴子照方抓藥，現成的棒子——「他就把棒幌一幌，小如雞子，長有丈餘，真個往他鼻孔裡一搠。那妖精害怕，沙的一聲，把鼻子捽放，被行者轉手過來，一把撾住，用氣力往前一拉，那妖精護疼，徐著手，舉步跟來……『呆子』舉鈀柄，走一步，打一下，行者牽著鼻子，就似兩個象奴，牽至坡下。」

〔明〕文俶／繪，《金石昆蟲草木》的白象

馴象一段比馴獅簡單得多——白象怪的長鼻子既是優點，也是弱點，孫悟空和豬八戒抓住重點且配合默契，所以能成功。正所謂「上陣父子兵，馴象師兄弟」。

象有幾顆牙？

這似乎沒什麼疑問——兩顆嘛！當然，這是就大象露在外面的兩顆大門牙來說的。

其實，不一定哦。

還是來看看白象怪，小說《西遊記》中，只叫他「黃牙老象」，沒有提他有幾顆牙。如果追溯他的主人普賢菩薩，卻會發現這隻白象的大門牙有六顆之多！

白象怪一開始和青獅怪住在獅駝嶺，大鵬是後加入的成員，之所以和青獅怪是「好兄弟」，書中交代因為他們的主人是「普賢」和「文殊」。

象在佛教中有重要的意義，中國古代講某個重要人物出生，總會伴隨某種異象，什麼產婦夢到吞日吞月，或者大蛇（一般指龍）纏身等。真實版玄奘在《大唐西域記》中，記載了一則佛祖化身「六牙象王」的故事。獵人為了迷惑象王獲得象牙，身上披了袈裟，象王因為敬重袈裟，就把象牙一根一根地拔下來送給獵人，普賢菩薩的坐騎白象也是這種「六牙白象」。

玄奘大師除了對印度的大象傳說有充分的記載，還曾不只一次乘坐過大象。他留學的主要「大學」那爛陀寺，玄奘受到很高的禮遇，其中包括擁有一頭大象座駕。當時印度的兩位「頂級國王」戒日王和鳩摩羅王為了爭奪玄奘差點兵戎相見，戒日王有一次就調集二萬象兵。那之後，玄奘參加戒日王在曲女城舉行的大型法會，儀式中最重要的金佛像由一頭大象馱著，左右各有五百象兵護衛，前後各有一百頭大象。如此「巨型」場面都是大象撐起來的。

佛教傳入中國後，很多內容都已經漢化。現在一些比較大的寺院中，一般都會供奉騎象的普賢菩薩，但那頭大象卻不一定長著六根牙，就連小說《西遊記》中，也只強調白象怪是「黃牙白象」，而不提六根牙的事了。

象從哪裡來？

二十世紀八〇年代曾有一部動畫電影很流行——《曹沖秤象》，故事的開頭，遠處傳來一聲召喚「小公子，來看外國的大象啦」。這頭大象是孫權送的，當時孫權控制的地區有限，不大可能路遠迢迢地從南亞弄一頭象來。實際上不用那麼麻煩，那時候，長江中下游地區本來就有象。

有一篇文章〈黃河象〉描述，很久很久以前，黃河流域適合大象生存，象的數量還很龐大。著名的「象耕」故事說的就是舜驅使大象耕田。真正有紀錄的馴象，應該在殷商時期，當時的甲骨文、金文中，發現十多種「象」字的造型。那時候，人們就發現象這種龐然大物，生性友善，容易馴服，所以給牠們派了很多工作。例如象陣，打仗的時候用。讓大象當排頭兵，既可以充當盾牌，又具有足夠的進攻性；既然能組成陣，可見那時的象數量真的很多。後來用得太狠，再加上環境變化，象沒有那麼多了，到了三國時，象在黃河流域已經基本絕跡，而僅在秦嶺、淮河一帶活動，湖北、安徽、浙江、福建等地都有捕獲野象的紀錄。也就是說，當時孫權控制的地區本來就有象，就地捕捉一隻送給曹操做「寵物」，還是比較方便的。經過訓練的象可以成為很好的演員，牠們在歷代的「皇家馬戲團」裡都是不可或缺的主角。據說唐玄宗時代，大象們就會表演精彩絕倫的「象舞」。

宋、元以後，象的生存範圍逐漸退到雲南等地的偏遠山林裡，最終退到西雙版納的野象谷一帶。那之後，皇家的大象大多來自這些地區，或者是南亞國家進貢的禮物。元代的皇帝喜歡坐「象輿」，出獵或出巡時騎一頭大象，一定威風凜凜。不過大象畢竟有動物凶猛的一面，「跑長途」的過程中受到驚嚇、甚至傷到人的事件，發生過不只一次，到明、清時期，皇家的大象一般就不「出差」了，主要在京城裡「坐班」。

明朝時，朝廷設有專門的馴象機構——錦衣衛。

沒錯，錦衣衛不是只管抓人，還有一位專門的指揮使負責馴象。這時大象的主要職責是儀仗兵，在象奴的引導下，牠們按班隨朝，參加各種皇家典禮。清朝基本上沿襲明朝的「大象使用手冊」，著名的《康熙南巡圖》裡，就能看到分工不同的儀仗兵大象，一種是馱寶瓶，一種是不馱寶瓶走路。

這些大象待遇可不低，有官階、有工資，糧食、房間、鋪蓋等都有，還會定時洗澡——每年六月初六前後。大象洗澡的地點就是護城河，具體說是南城宣武門外的護城河，因為大象們平常就住在附近。如今那附近還有「象來街」，應該就是大象們排隊洗澡路過的地方。還有一宗好處，那年月看大象洗澡不要票！到了這一日，可以說是萬人空巷，齊看大象。雖然不賣門票，卻也有人可以大賺一筆——就是護城河邊的茶棚酒肆，特別是帶小二樓的那種，都被事先預訂一空。

大象出名地愛洗澡，碰到這好待遇，還不使勁表現啊。此時，長鼻子最好用，天然的噴泉，噴來噴去，噴到人群也不要緊——正好涼快涼快。如果想看大象表演絕技，例如讓大象鼻子發出嗚嗚的吹號聲，就得另外掏錢了。象奴們都預備著接錢的傢伙，而大象也配合得很好，直到錢投得滿了才表演。總之，每年這一日，大象高興，看大象的人也快樂，哪怕溼淋淋也不要緊。如此人象同樂，這一日就得了一個有趣的稱呼——「洗象節」。

《中國青銅器圖錄》的象形青銅器

大象在那時雖然稀罕，卻因為有這樣人象同樂的節日，京城中的人們還是見過大象，包括《西遊記》作者吳承恩。吳承恩一生曾有兩次短暫地到過北京，即使沒趕上像「洗象節」的熱鬧，聽人們詳細描述「活的」大象形態，還是完全有可能的。這些素材對《西遊記》的白象怪段落的寫作，應該有所幫助。

第二十六變

白鹿精的隱喻

《西遊記》的鹿精只出現過兩次，一是車遲國的「鹿力大仙」，二是比丘國的「國丈」。這兩個國家有個共同之處——道士的待遇好。

車遲國「三法師」中戲分最多的是虎力大仙。呼風喚雨、「雲梯顯聖」、「隔板猜物」，「虎力」都是主力，「鹿力」、「羊力」都是他的助手。當虎力的頭被孫悟空毫毛變的狗叼走，最終死掉並現出原形後，剩下的鹿力和羊力就沒什麼大作為了。在孫悟空的堅持下，鹿力和他比掏心術，結果內臟被惡鷹（也是孫悟空毫毛變的）叼走，死後現出原形，原來是一隻白毛角鹿。

車遲國「三仙」除了虐待和尚，沒做什麼別的壞事；他們役使和尚建造三清觀，做法事為國王祈求長生，也算不得大罪過。所有這些都在普通人心理接受的範圍之內，因了孫悟空三人在「三清觀」搗亂，故事還充滿喜感——最終，三仙誤把「猴兒尿」、「豬尿」、「沙和尚尿」當成「聖水」喝了。比丘國的故事是寫實派，從一開始就充滿當權者的殘忍和百姓的憤怒。

吃人心不嫌酸

比丘國的「國丈」，論本領不如車遲國三仙，之所以能讓國王言聽計從，走的是捷徑——「美人計」。

唐僧師徒進得城來，發現家家戶戶門前都有一個鵝籠，關著五到七歲的小孩，到了館驛一再追問，驛丞只得屏去從人，低聲告知：「三年前，有一老人打扮做道人模樣，攜一小女子，年方一十六歲——其女形容嬌俊，貌若觀音——進貢與當今；陛下愛其色美，寵幸在宮，號為美后……」國王貪歡不已，得了重病。獻女的道士「國丈」又貢獻「海外祕方」為其延壽，但需要一個特別厲害的藥引子——「單用著一千一百一十一個小兒的心肝，煎湯服藥。服後有千年不老之功。這些鵝籠裡的小兒俱是選就的，養在裡面。人家父母懼怕王法，俱不敢啼哭，遂傳播謠言，叫做小兒城。」

這個厲害的藥引，「唬得個長老骨軟筋麻，止不住腮邊淚墮；忽失聲叫道：『昏君，昏君！為你貪歡愛美，弄出病來，怎麼屈傷這許多小兒性命！苦哉！苦哉！痛殺我也！』」唐長老向來容易情緒激動，不過這一回是真的很痛心，聽到世上有如此荒謬殘忍之事，普通人的反應大約就是這樣。「怎麼這昏君一味胡行！從來也不見吃人心肝可以延壽。這都是無道之事，教我怎不傷悲！」不過等他見過了國王，才悟出真個是「聞名不如見面」，真人比傳聞又可惡十倍。

比丘國王召見唐長老，最關心的就是長生：「朕聞上古有云：『僧是佛家弟子』，端的不知為僧可能不死，向佛可能長生？」唐長老於是講一番道理給他，總體來說就是勸國王清心寡欲，不要迷信「採陰補陽」、「服餌長壽」。

可惜這一番明心見性之語，卻被「國丈」粗暴無禮地駁斥：「俗語云：『坐，坐，坐！你的屁股破！火熬煎，反成禍。』」國丈先是肆意貶低佛家，對道家的採藥煉丹好一番吹捧，這樣一種畫風實在不敢恭維。唐長老謙謙君子，不爭口舌之勝，但心中難免窩火，不過這還不是最糟糕的，唐僧離去後，孫悟空變的小蟲偷聽到——唐僧也被「盯上」了。

有人報告說裝著小孩的鵝籠都不見了（孫悟空做的法），國王正在著急，國丈卻說他發現更好的藥引：「那東土差去取經的和尚，我觀他器宇清淨，容顏齊整，乃是個十世修行的真體——自幼為僧，元陽未洩，比那小兒更強萬倍，若得他的心肝煎湯，服我的仙藥，足保萬年之壽。」昏君如何反應呢？「何不早說？若果如此有效，適才留住，不放他去了。」到了後來，孫悟空變化的「假唐僧」又來見，這位昏君居然「笑」著向「長老」求一味藥引——「特求長老的心肝」。

倒不算意外，能同意拿一千多個小兒心肝當藥引的昏君，會拿一個遠來和尚的命當回事嗎？

對付這麼一個自私殘暴到極點的國王，只有孫悟空想得出這樣的主意——你不是要吃小孩的心、唐僧的心嗎？我現場剖出來一串心給你看看：「將那些心，血淋淋的，一個個撿開與眾觀看，卻都是些紅心、白心、黃心、慳貪心、利名心、嫉妒心、計較心、好勝心、望高心、侮慢心、殺害心、狠毒心、恐怖心、謹慎心、邪妄心、無名隱暗之心、種種不善之心，更無一個黑心。」這時國王才真的被嚇到了，「唬得呆呆掙掙，口不能言，戰兢兢地教：『收了去！收了去！』」孫悟空現本相：「陛下全無眼力！我和尚家都是一片好心，惟你這國丈是個黑心！」其實孫悟空還有一句沒有說，陛下你是根本沒有心！

「白鹿」與長生

比丘國故事篇幅不算長，情節相對簡單，內涵卻很豐富。首先，國丈身分的設定很有趣——不是像車遲國鹿力大仙那樣的「草根」鹿精，而是壽星老兒的坐騎白鹿。

壽星俗稱「肉頭老兒」、「福祿壽」三星之一。講述唐僧身世的「江流兒」故事中，滿堂嬌生下陳光蕊的遺腹子，之後夢到「南極星君」對她說：奉觀音菩薩法旨，送這個孩子給你，「異日聲名遠大，非比等閒」。這個孩子就是後來的玄奘，而南極星君就是壽星老兒。「五莊觀」一段中，孫悟空為了尋找「救活」人參果樹的祕方，第一個去的就是壽星和福星、祿星一起居住的蓬萊仙島，三星雖沒有祕方，卻特意跑了一趟五莊觀，求唐僧寬限日期不要念「緊箍咒」，真是一團和氣，急人所難。

其實和壽星有關的元素，都能連結到「長壽」。例如他的大腦門和初生嬰兒的大腦門相似，有人說是返老還童的象徵。壽星老的拐杖就是被白鹿精偷來的「蟠龍拐杖」，現在一般認為是桃木杖，其作用除了驅邪避鬼外，也有長生之意。本故事最後，壽星老兒隨意翻出三顆鮮棗給比丘國王，國王的病瞬間好了。

壽星老兒的兩種伴侶動物鶴與鹿，都與「長生長壽」相關聯。鶴俗稱「仙鶴」，一般指丹頂鶴，不但長得「仙風道骨」，而且也是一種長壽鳥類，壽命可達七十多歲。鹿，一般指梅花鹿，在中國的分布範圍很廣泛。鹿這種動物，壽命一般從十七、八歲到二十來歲，不算長，不過牠們是著名的「隱士」動物。隱居於山林、沼澤等人跡罕至之處，而且性格溫馴不狂躁，一般不會主動攻擊人類，因此有些地方會把馴好的鹿當成代步工具。生活在中國東北大興安嶺中的鄂倫春族是著名的「馴鹿民族」，飼養的馴鹿可供騎乘。基於這種事實，古人

〔清〕顧繡、趙墉／作，《壽星騎白鹿》

將鹿想像成神仙或神話人物的坐騎之一，例如姜太公的坐騎是「四不像」麋鹿，而壽星老兒的坐騎梅花鹿，據說能找到著名的長壽「仙草」——靈芝。那麼，比丘國國丈的原形為什麼是一頭白色的鹿呢？

日本動畫片《森林大帝》的主角小白獅子雷歐，因為毛色和別的獅子不一樣，被說成是「雜種」。獅群比擬的就是人群，與眾不同就會遭到排擠。不過寄託著人們某些美好願望的神話故事裡，白色或其他帶有特殊特徵的動物都有著靈異、通神的本領，例如白蛇娘娘、地藏菩薩的白犬等。其實白化動物是一種自然現象，據專家說：一種動物的數量達到一萬甚至更多，白化動物就會出現，這是機率問題，例如白虎、白鹿等。牠們除了「白」，一般還會有紅眼睛——白化動物的瞳孔是透明的，透出裡面血管的顏色，身體也比較弱。至於常見的家養小白兔則是長期人工培育的結果，身體是健康的。

白色動物還有另一種情況，毛色與年齡有關。例如中國秦嶺山區特有的羚牛，身強力壯時毛色為金色，號稱「金毛扭角羚」，不過年老後，毛色會逐漸變白。這類現象被「神化」後，就是長壽之象，古書《述異記》說：鹿活到一千歲，通體皆呈蒼色，再過五百年變白色，活到二千年時又變為黑色。把國丈的原形設計成白鹿（應該是白色的梅花鹿），應該有這方面的考慮。

「比丘國」與《西遊記》被禁

評論車遲國虎力等三仙時，曾提到《西遊記》在明代被列為禁書是因為書中罵道士、罵崇道的皇帝，其實罵得更厲害的是「比丘國」這一段。

皇帝好道，往往與祈求長生有關。而能夠迷惑君王的手段，往往是那些劍走偏鋒、貌似能夠快速修煉的邪門歪道。「比丘國」故事中，這些隱喻算是全包了。

先說白鹿精本身是壽星的坐騎、長壽的象徵，而且被認為是國泰民安的吉祥物，而在比丘國故事中，他卻迷惑國王取小兒心肝，豈不諷刺？而國丈之所以知道那麼多修道長生的道理，應該和他是壽星的坐騎很有關係——和神仙待久了，資訊比較暢通，知道「嬰兒」、「姹女」配合可煉成真丹成仙。不過還是理解歪了，嬰兒、姹女一般指水銀和朱砂，而不是小兒的心肝！可見走火入魔，堪比《射雕英雄傳》中「黑風雙煞」（陳玄風、梅超風）走邪道捷徑煉《九陰真經》。

再說說白鹿精的好搭檔——白面狐狸，就是國王的「美后」。狐狸精的故事在前面金角、銀角段落已經分析得差不多了，這裡只說美后和白鹿精「搭檔」的目的。美后的表面任務是迷惑國王、消耗其精力，以獲得取小兒心肝治病的理由，不過其中包含著修道本身的手段——「食」與「色」。食包括吃仙藥及一切據說可以延年益壽的東西，色則指「採陰補陽」、「房中術」等。推測起來，美后除用美色迷惑國王，也用過類似的手段或心理暗示吧——既享人間美色，又可獲得長生，昏君豈有不樂為的？

最後要說的是，一千多個小兒心肝做修道長生的藥引，這事聽起來很荒唐，但吳承恩那個時代，的確發生過類似的真實事件。

現在很多人都知道，《西遊記》所罵的「崇道皇帝」，就是嘉靖皇帝朱厚熜。嘉靖皇帝為了修道，做過很多荒唐事，其中一件就是從民間選取一千多名十來歲的女孩子入後宮。其目的是——嘉靖修道要服用一種丹藥「紅鉛」，是用處女的經血，特別是初潮的經血提煉而成，這些女孩子就是製作紅鉛的「原料」。為了生產大量的「高品質紅鉛」，這些女孩子被要求不能正常吃飯，還要服用排血的藥物，被折磨得生不如死。有幾個宮女不堪折磨，鋌而走險，一天晚上居然闖入嘉靖寢宮，試圖勒死皇帝。但最終沒有成功，幾個女孩子被處以極刑。吳承恩生活的主要時代恰是嘉靖、隆慶和萬曆初年，能透過神魔小說「臧否」時政，是需要勇氣的。

〔清〕沈銓／繪，《三星拱璧圖》

第二十七變

全能老鼠精

據說，老鼠會是人類滅絕之後，最後才會滅絕的動物。老鼠生存能力超強、有本事、有智慧、有膽量……來說說本物種在《西遊記》的代言人——金鼻子白毛老鼠精。

之前在「蠍子精」段落已經說過，蠍子精過於女漢子，做為色誘的執行者是不大夠格，而老鼠精在這方面算是全能型選手。

老鼠精的「讀心術」

《西遊記》中凡是佛祖家的東西都是神聖而有某種特殊功能，特別是可以增進法力，縮短成仙之路，所以都是妖精們惦記的東西。蠍子精偷聽講經，黃風怪偷吃香油，老鼠精偷吃香花寶燭……都是如此。

老鼠精偷吃香花寶燭這件事，可能就是從那首民間歌謠得來的靈感：「小老鼠，上燈檯，偷油吃，下不來。」當小偷不容易，身手必須敏捷，情況不好馬上開溜，而老鼠是這方面的行家。在動物界，老鼠算是比較底層的弱勢群體，天敵多得是，除了貓，還有林間的貓頭鷹及其他猛禽，田野裡的蛇、草原上的狐狸、狼等，所以牠們必須做到「逃如閃電」。動畫片《湯姆貓與傑利鼠》中，老鼠傑利絕對是一級逃跑高手，多少次輕輕巧巧地從湯姆貓的手指尖滑脫。倉鼠是人類專門馴化的寵物鼠，自然狀態的老鼠，動作更快，一逃就無影無蹤。

《西遊記》中的老鼠精也是以善於逃跑為特長，不但動作快，還善用障眼法——雖然打不過孫悟空，可她兩次脫下繡鞋變成自己的模樣，居然都成功逃脫，還帶走唐僧，逃跑功夫了得。

不過做為成精的老鼠，老鼠精還有一樣普通鼠類沒有的本事——「讀心術」。來分析兩款她根據讀心術做出的經典圈套，第一個，「黑松林」段落，老鼠精變成落難女子向唐僧求救。

要說這一招真的不新鮮，平頂山的銀角大王用過，號山的紅孩兒也用過，第三次用的成功率應該很低，可是老鼠精還是成功了。這一計的開篇平淡無奇，老鼠精和紅孩兒一樣，編了一段路遇強盜、家人被殺、自己被綁、不救就會死的故事。故事編得不比紅孩兒高明，可是唐僧心軟，就是會上當，再加上個好色的豬八戒，師父一聲令下，馬上就去替「女菩薩」解繩子。

不過這個圈套有一個硬傷——求救者從兒童變成婦女，這個「角色轉變」很要命，四個和尚救小孩是見義勇為，救女人就不一定了，唐僧心軟，派了豬八戒去替「落難女子」解繩子。這一點恰恰被孫悟空抓住，拿出「四聖試禪心」中豬八戒留下的話柄，好一番挖苦：「似你這等重色輕生，見利忘義的饢糟，不識好歹，替人家哄了招女婿，綁在樹上哩！」《西遊記》的很多故事中，孫悟空雖然是衝著豬八戒發火，實際上卻是警醒唐僧。這一次經他一鬧，唐僧決定不管閒事了：「也罷，也罷。八戒呵，你師兄常時也看得不差。既這等說，不要管她，我們去罷。」眼看計畫要泡湯，老鼠精哪肯服氣，立即啟動第二招，一對一吹「耳邊風」，「把幾聲善言善語，用一陣順風，嚶嚶地吹在唐僧耳內。你道叫的什麼？他叫道：『師父呵，你放著活人的性命還不救，昧心拜佛取何經？』」

這種「耳畔環音」造成的語境很不同，彷彿有一個「好唐僧」、一個「壞唐僧」在腦裡打架，最終好唐僧贏了。「放著活人的性命還不救，昧心拜佛取何經」這樣一頂大帽子，就是令人常常切齒的道德綁架，是個凡人都沒法領受。為了「解鎖」，只能救人，別無選擇。

老鼠精第一次運用讀心術，成功獲救且「黏」上唐僧；第二次出招則讓大師兄上當，就是「鎮海禪林寺」段落。

師徒四眾帶著救下的女施主借宿寺院，當晚唐僧因半夜上廁所著涼，病了三天。我們正

甘肅省酒泉市瓜州縣榆林窟二十五窟壁畫《觀無量壽經變》（局部）

在奇怪，那位緊跟師徒四眾的女施主怎麼對「恩公」的病不聞不問，不侍奉湯藥也得來探探病不是嗎？接下來就發現，這三天她沒閒著。寺中和尚說：「我們晚夜間著兩個小和尚去撞鐘打鼓，只聽得鐘鼓響罷，再不見人回。至次日找尋，只見僧帽、僧鞋，丟在後邊園裡，骸骨尚存，將人吃了。你們住了三日，我寺裡不見了六個和尚。」三天吃了六個，而且只剩骨頭，夠狠。妖精當然要吃人，不過這個吃法卻有目的——六條人命，終於引得孫悟空離開唐僧、出面捉妖。一旦開始捉妖，猴子就會沉醉其中，全心投入，什麼變小和尚、和妖精鬥嘴皮子等，全忘了保護師父這回事——是的，這正是妖精想要的，引開孫悟空就好下手。接下來，她如願以償，繡鞋分身法成功弄走唐僧。

以上案例充分說明，老鼠精真是讀心高手，能利用唐僧的善良，也能利用孫悟空愛管閒事的毛病，其成功絕不是偶然的。而她的本領還不只這些。

無底洞溫柔鄉

老鼠精的陷空山無底洞，並非一般的妖洞可比。第一是深埋地下，書中交代無底洞在地下方圓足有三百里——趕上阿房宮；深度呢？沒有細說，不過往裡面走一遭很像是「地心遊記」，就像孫悟空向唐僧描述的：「他這洞，不比走進來走出去的，是打上頭往下鑽。如今救了你，要打底下往上鑽。若是造化高，鑽著洞口兒，就出去了；若是造化低，鑽不著，還有個悶殺的日子了。」這可是「戰神」孫悟空的判斷，可見帶著肉體凡胎的唐僧逃出無底洞這件事，真不是一般的難。所以，孫悟空才會制定先降伏妖精，然後由她馱著唐僧出洞的策略。

老鼠洞進來容易、出去難，這是對「入侵者」來說的，而對於「洞主」老鼠精卻是舒服不過的「家」。普通家鼠、田鼠都能替自己建造一個完美的「地下宮殿」，如果將洞切個剖面看，裡面有門廳、臥室、儲藏室、廁所，功能分區齊全，各室之間還有通道相連……人都說白蟻的地下巢穴像迷宮，老鼠洞同樣構思巧妙，可以得「設計師大獎」。

老鼠精的無底洞比普通鼠洞精巧多了，書中前前後後花了不少文字描述。大段的鋪排且不去管，只引幾個散句：「那裡邊明明朗朗，一般的有日色，有風聲，又有花草果木」，單這第一印象，就得到行者一個大大的讚賞：「好去處啊！想老孫出世，天賜與水簾洞，這裡也是個洞天福地！」能讓孫悟空拿自家的水簾洞來比，稱之為「洞天福地」，這個老鼠洞真是不一般。

「又見有一座二滴水的門樓，團團都是松竹，內有許多房舍」，這是真正的「大門口」，松竹也是極雅致。

再看後花園，「看不盡的奇葩異卉。行過了許多亭閣，真個是漸入佳境」，怎麼恍惚是「曲徑通幽處」的大觀園？穿越了？

把老鼠洞描寫得如此雅致有何用意呢？試猜一下。

可以連結到另一個文雅的妖精故事——木仙庵，那裡的妖精都是樹精，本不在動物世界的討論之列，不過他們可以搭老鼠精的車，在本文中露臉。

植物和動物不一樣，成精也不一樣。木仙庵的杏仙相當文雅，她有一群很文雅的「朋友」，十八公（松樹精）、凌空子（檜樹精）、拂雲叟（竹子精）、孤直公（柏樹精），個個仙風道骨，把唐僧「攝」到木仙庵，不蒸不煮，居然是請來談詩賞月！後世很多人說《西遊記》的唐僧不大像個高僧，更像個酸文人，依據主要來自這一回。被這幾位「詩翁」一挑動，唐長老詩興大發，正經做了一首七律呢！布局結束，杏仙嬝嬝婷婷捧著香茶出場，這位姑娘美豔不必說，居然也會作詩！

和一幫老頭子吟詩是風雅，和年輕姑娘對詩搞不好就引向「風情」。對著對著，姑娘就有了愛慕之意：「佳客莫者，趁此良宵，不耍子待要怎樣？人生光景，能有幾何？」麻煩大了！一觸到底線，聖僧的原則性還是很強，「汝等皆是一類邪物，這般誘我！當時只以砥礪之言，談玄談道可也；如今怎麼以美人計來騙害貧僧！是何道理？」豈知人家也有底線——文的不行，來武的，才有赤身鬼使（楓樹精）鬧鬧嚷嚷地逼婚，「這和尚好不識抬舉！我這姊姊，哪些兒不好？」真的西方路上不太平，連樹也欺負人！還是八戒乾脆，一頓釘鈀全部築倒。

木仙庵的畫風明顯和大多數故事不同，但妖就是妖，那些溫文爾雅、風花雪月是「投其所好」的手段，專用來迷惑「文藝中年」唐長老，其目的和凶神惡煞的妖精一樣明確。對照之下，老鼠精的策略和杏仙類似。前幾天連吃六個和尚，啃得只剩骨頭，如今要引誘唐僧達到目的，又使用「溫柔一刀」，想方設法地「動之以情」。

無底洞「洞天福地」般的環境，就是為了適應唐長老的審美要求。花園中摘桃子論陰陽的段落則是老鼠精極力表現自己「有文化」——談得來很重要啊。還有那一桌精心準備的素齋，不僅是照顧唐僧的宗教習慣，還是為了顯示「洞中」生活的精緻有品位：

「盈門下，繡纏彩結；滿庭中，香噴金猊。擺列著黑油壘鈿桌，朱漆篾絲盤。壘細桌上，有異樣珍饈；篾絲盤中，盛稀奇素物。林檎、橄欖、蓮肉、葡萄、榧、柰、榛、松、荔枝、龍眼、山栗、風菱、棗兒、柿子、胡桃、銀杏、金桔、香橙，果子隨山有；蔬菜更時新：豆腐、麵筋、木耳、鮮筍、蘑菇、香蕈、山藥、黃精。石花菜、黃花菜，青油煎炒；扁豆角、江豆角，熟醬調成。王瓜、瓠子，白果、蔓菁。鏇皮茄子鵪鶉做，剔種冬瓜方旦名。爛煨芋頭糖拌著，白煮蘿蔔醋澆烹。椒薑辛辣般般美，鹹淡調和色色平。」

這一桌素齋食單，估計吳老先生用心燒腦編排很久。不要以為素菜就簡單好做（好寫），高級齋菜的用料自然講究，南北山珍俱全。用水也很講究——記得吧，特意派小妖到洞外去挑「陰陽交媾的淨水」。不要想歪了，其中的「陰」和「陽」應該是以太陽為標準。無底洞深埋地下，其中的「地下暗河」晒不到太陽，屬陰，陽應該是指地面上晒得到太陽的小溪、小河等，「陰陽交媾的淨水」意如其文，是指「陰水」流出山洞與「陽水」交匯之處的水。科學地表述就是這個地方的水，水體交換頻繁，是「活水」，自然比老鼠洞裡的水要乾淨。還有餐桌、食器也很講究，「黑油壘鈿桌，朱漆篾絲盤」；用餐環境也很講究，「盈門下，繡纏彩結；滿庭中，香噴金猊」，還有香薰！

生活有品位，用餐講情調，再看看老鼠精自身的條件。老鼠精是個美女，她一出場時就交代了，「你看她桃腮垂淚，有沉魚落雁之容；星眼含悲，有閉月羞花之貌」。回到自家的妖洞裡，落難女子的可憐相不見了，精心打扮後，「端端正正美人姿，月裡嫦娥還喜恰」。這樣一個美人，難得的是性格也不錯，不是像蠍子精一樣的女漢子：對唐僧一直軟語溫存，

齊白石／繪，《鼠果圖》，一九四七年

一開口就是「妙人哥哥」。好容易準備的結婚素宴，被孫悟空變的老鷹攪個稀碎，不見她大怒，反而「戰戰兢兢，摟住唐僧道：『長老哥哥，此物是哪裡來的？』」趁機撒嬌了。甚至當她誤將孫悟空變的桃子吞進肚，跪地求饒也是那般嬌媚動情：「長老啊！我只道：夙世前緣繫赤繩，魚水相和兩意濃。不料鴛鴦今拆散，何期鸞鳳又西東！藍橋水漲難成事，襖廟煙沉嘉會空。著意一場今又別，何年與你再相逢！」

這裡裡外外、嘰嘰歪歪，哪裡是妖精洞，簡直是溫柔鄉。搞得孫悟空直怕師父頂不住，「不知他的心性如何——假若被他摩弄動了啊，留他在這裡也罷。」

無底洞路路通

老鼠精花容月貌、溫柔嬌嗲、懂生活、會浪漫，色誘的技能不是一般高，好在唐長老意志堅定，必須引用原文表揚：「好和尚！他在這綺羅隊裡無他故，錦繡叢中作痖聾。若不是這鐵打的心腸朝佛去，第二個酒色凡夫也取不得經！」只是，他們師徒都沒想到這老鼠洞的另一層威力——路路通。

前面不是埋了小小的線索嗎？說無底洞周圍三百餘里，一開始還不明白這是什麼意思

——因為之前一直討論「垂直」問題。直到孫悟空鑽進老鼠精的肚子，脅迫她背著唐僧出洞，結果又被她逃脫，再次將唐僧帶回洞。接著，連唐僧帶妖精全夥都在無底洞「蒸發」了。直到找不著師父，孫悟空才悟出來這個道理——「原來她的洞裡周圍有三百餘里，妖精窠穴甚多。前番攝唐僧在此，被行者尋著，今番攝了，又怕行者來尋，當時搬了，不知去向。」

是的，垂直問題不好解，平面問題也難答。有人研究過一種生活在竹林裡的老鼠——竹鼠的洞，內部功能分區細緻不算什麼，關鍵是一個洞有三個逃生出口！這些逃生口都很隱祕，不懂行的人很難找到，而且如果不能把三個洞口都找到也是枉然——因為不管從哪個洞口進攻，竹鼠都會選擇那個漏掉的洞口溜之大吉。無底洞的逃生出口不知有多少個，又不知通向何方。要不是人家搬家走得急，忘帶了兩樣重要的東西——李天王和哪吒三太子的牌位，孫悟空恐怕真的要就地哭死。（關於李天王為什麼會有個老鼠精乾女兒的事，參見「貂．鼠．鼬」一章）

饒是孫悟空找到牌位，上天到李天王府撒潑打滾地鬧，並終於請下天兵，這四探無底洞也不順利。捕鼠小分隊「挨門兒搜尋，吆吆喝喝，一重又一重，一處又一處，把那三百里地，草都踏光了，哪見個妖精？哪見個三藏？都只說：『這孽畜一定是早出了這洞，遠遠去

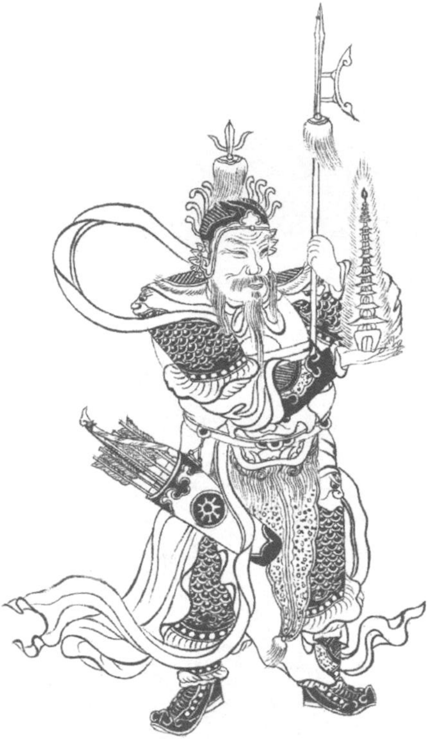

〔清〕《封神真形圖》的金塔天王李靖

哩。』」若不是躲在暗處的小老鼠精探頭探腦地洩露行藏，還不知道要找到什麼時候呢。看看也真是懸，眾天兵找到妖精時，正是老鼠精「攝了三藏，搬在這裡逼住成親」之時，再晚個一時半刻，唐僧危矣。

評書中常說「四兩撥千斤」，老鼠精似乎深得此中精髓。做為色誘唐三藏的第二個動物女妖精，老鼠精真可謂全能型選手。不過話說回來，如果沒有這麼厲害的考驗，也見不出唐玄奘的聖僧本色，不是嗎？

第二十八變

「湊數」的花豹精

隱霧山折岳連環洞花豹精的故事一直讓我很迷惑。

這是一個不鹹不淡的故事，主角妖精很不夠力，故事情節沒什麼新意。

花豹精沒有背景，這樣說不是勢利眼，而是《西遊記》中，有背景的妖精一般都比較「有戲」：或者有特別不好對付的寶貝，金剛琢、人種袋、魔幻鈴鐺等，或者有從神、佛主人、親戚那裡偷學或訓練來的真本事，什麼呼風喚雨、瞬間冰封等，其中有一樣出色，就能讓這一「難」活色生香、特別不好過；再不濟，上乘的寶貝和蠢萌的智商形成反差，還能貢獻很多笑料，例如朱紫國賽太歲。而花豹精是純草根妖精，沒有背景，也沒有寶貝。

另一方面，《西遊記》的草根妖精，一般在實力上要比有背景的妖精厲害，因為無所憑藉，必須靠自己硬拚，例如牛魔王、蠍子精、蜈蚣精，花豹精和他們相比，實力確實弱，連豬八戒都打不過，最後死得也很可笑——孫悟空的瞌睡蟲把他弄翻了，然後就死於「呆子」的釘鈀之下。

主角沒什麼神采，情節也沒有新意。本故事出現在第八十七、八十八回，滅法國後，天竺國鳳仙郡前，也就是說，八十一難已經接近尾聲。第八十七回的前半段，基本上就是金角、銀角故事中「八戒巡山」的翻版，而且還沒有那一次有意思。所以花豹精的故事很像是湊數的。這也好理解，取經故事寫到這裡，出現一些重複、類似的情節，在所難免。

不過吳老先生還是為這個故事設計了一些不一樣的東西。

南山大王

花豹精被豬八戒打死，現出原形，大家才知道他是一隻艾葉花斑豹，活著時自稱「南山大王」。這個稱呼勾起孫悟空一股無名火：「這個大膽的毛團！你能有多少的年紀，敢稱『南山』二字？李老君乃開天闢地之祖，尚坐於太清之右；佛如來是治世之尊，還坐於大鵬之下；孔聖人是儒教之尊，亦僅呼為『夫子』。你這個孽畜，敢稱什麼南山大王，數百年之放蕩！」

其實在此之前吹牛的妖精見得多了，紅孩兒那麼個小孩兒，不也是稱「聖嬰大王」嗎？

如果不了解南山之意，就不會明白「南山大王」四字怎會讓孫悟空發那麼大的火。

孫悟空最早是道家弟子，而南山是道家的聖地，特指位於中國南北氣候過渡帶——秦嶺山脈中段的終南山。終南山是道教全真派的發祥聖地，又名太乙山，簡稱「南山」。俗語「福如東海長流水，壽比南山不老松」的南山，指的就是終南山。老子、尹喜、趙公明、鍾馗等諸多道教人物都與這座山有關。早期的古書裡，如果沒有特指，南山一般指的都是這一座，所以孫悟空對一個「土妖精」自稱南山大王會氣得暴跳。

其實花豹精自稱南山大王，算不得生拉硬拽，因為本來有個「南山之豹」的典故。故事出於《列女傳》，這本書專門記錄古代一些「賢女」的言行故事。南山之豹說的是春秋時期，宋國陶邑大夫荅子任職三年，撈了不少錢財，回到家中躲藏，他的妻子哭著勸說丈夫：「妾聞南山有玄豹，霧雨七日而不下食者，何也？欲以澤其毛而成文章也。故藏而遠害。」這句話翻譯過來就是，南山裡的黑色豹子碰到大雨和大霧天，可以七天不出洞覓食，是為了保護自己的皮毛，以期待早日養成漂亮的斑紋。古人認為小豹子沒有色彩斑斕的豹紋，長大、修煉成了才會有，而這是個很緩慢的過程，因此稱之為「豹變」。荅子之妻用這個比喻來勸誡丈夫愛惜名節，不要擋不住誘惑。但荅子根本不理睬，後來果然遭人告發，被宋王處死。

〔明〕文俶／繪，《金石昆蟲草木狀》的豹

〔清〕陳士斌／詮解，《西遊真詮》的玄豹

豹子在中國是比較常見的動物，古籍中出現的次數非常多。例如《詩經》有「羔裘豹飾」，豹皮在那個年代已經是貴人們衣服上的裝飾物；《楚辭・九歌－山鬼》有「乘赤豹兮從文狸，辛夷車兮結桂旗」，赤色的豹子與「山鬼」（一般認為是山神）為伴。不過南山之豹這個典故，則有著精神上的寓意，後人多用來比喻品質高潔的隱士，稱之為「豹隱」。南山之豹的典故中出現雨和霧，所以「南山－豹－霧」就成為一組經常一起使用的意象。例如小說《三國演義》的經典段落「草船借箭」，關於發揮關鍵作用的「大霧」有一段〈大霧垂江賦〉，其中就有「初若溟蒙，才隱南山之豹；漸而充塞，欲迷北海之鯤」。

小說《西遊記》的花豹精雖然自稱南山大王，卻和豹隱沒有什麼相似之處，只是一隻會噴雲吐霧的豹子：「那霧真個是：漠漠連天暗，濛濛匝地昏。日色全無影，鳥聲無處聞。宛然如混沌，彷彿似飛塵。不見山頭樹，哪逢採藥人。」「又見逼左右手下有三、四十個小妖擺列，他在那裡逼法的噴風噯霧。」花豹精噴雲吐霧，完全和捕獵有關——可借著大霧將行人困在山裡，然後再「抓人」，「那怪物收風斂霧，號令群妖，在於大路口上，擺開一個圈子陣，專等行客」。

分瓣梅花計

花豹精故事中的亮點是「分瓣梅花計」，而這個主意是一個連「變形」還沒學會的鐵背蒼狼精出的。此計聽著名字很特別，其實不複雜：「如今把洞中大小群妖，點將起來，千中選百，百中選十，十中只選三個，須是有能幹、會變化的，都變作大王的模樣，頂大王之盔，貫大王之甲，執大王之杵，三處埋伏。先著一個戰豬八戒，再著一個戰孫行者，再著一個戰沙和尚：舍著三個小妖，調開他弟兄三個，大王卻在半空伸下拿雲手去捉這唐僧，就如『探囊取物』，就如『魚水盆內撚蒼蠅』，有何難哉！」

說得通俗一點就是「分身法」，這一招孫行者沒少用——動不動就拔下一把毫毛，數都不數，吹口氣變成很多很多小行者，把毫毛在嘴裡嚼碎再吹氣，還能變得更多。這一招搞「群架」或「團體作戰」很管用，圍攻黃風怪、破蜘蛛精的絲網等，小行者們都發揮作用。可是大聖真是沒想到，自己居然會中了低階版「分身法」——分瓣梅花計的招，正所謂「小河溝裡翻船」。不得不讚賞一下蒼狼精，高手在民間。

不過畢竟道行還淺，分瓣梅花計抓住唐僧後，蒼狼精被封為「先鋒」，接下來卻替花豹精出了餿主意：「我記得孫行者是個寬洪海量的猴頭，雖則他神通廣大，卻好奉承。我們拿個假人頭出去哄他一哄，奉承他幾句，只說他師父是我們吃了。若還哄得他去了，唐僧還是我們受用；哄不過再做理會。」於是洞裡兩次拋出「假人頭」，矇騙孫悟空——第一次是個柳木疙瘩，第二次是其他人的人頭。

蒼狼精和黃風怪的虎先鋒一樣，低估唐僧的徒弟們。事實上沒有什麼「再做理會」。悟空兄弟的確被第二次的真人頭騙到了，以為唐僧真的死了，但接下來就是更堅決的復仇：「且休胡弄！教沙僧在此：一則廬墓，二則看守行李、馬匹。我和你去打破他的洞府，拿住妖魔，碎屍萬段，與師父報仇去來。」蒼狼精的餿主意，最終讓自己死在豬八戒的釘鈀之下。

反常

值得注意的倒是悟空三兄弟的一些反常表現，先看豬八戒，按照他一貫的表現，師父「死」了，肯定會鬧著分行李，可是這次沒有。豬八戒一個「分」字都沒說，而是忙著張羅蓋個假墳，「這柳枝權為松柏，與師父遮遮墳頂；這石子權當點心，與師父供養供養。」孫悟空要進洞去探虛實，他居然擔心起師兄來：「哥啊！仔細著！莫連你也撈去了，我們不好哭得：哭一聲師父，哭一聲師兄，就要哭得亂了。」

再看孫悟空，要混進洞去看看虛實，少不得要變化的，奇怪的是，這一次他居然猶豫起來——要變什麼好呢？

「等我變作個水蛇兒過去……且住！變水蛇恐師父的陰靈兒知道，怪我出家人變蛇纏長；變作個小螃蟹兒過去罷……也不好，恐師父怪我出家人腳多。」

最後他選擇變成一隻水老鼠，「颼的一聲攛過去，從那出水的溝中，鑽至裡面天井中。」當然，之前是有一番準備，說這次是從洞裡流水的暗溝裡進去，而大家都知道孫大聖的水裡功夫不太好——算是他猶豫的一種解釋吧。然後見到了「活唐僧」，用瞌睡蟲迷倒所有妖精，基本算是大功告成了吧，但大聖居然又猶豫了：

「行者道：『師父不要忙，等我打殺妖精，再來解你。』急抽身跑至中堂。正舉棍要打，又滯住手道：『不好！等解了師父來打。』復至園中，又思量道：『等打了來救。』如此者兩、三番，卻才跳跳舞舞地到園裡。長老見了，悲中作喜道：『猴兒，想是看見我不曾傷命，所以歡喜得沒是處，故這等作跳舞也？』行者才至前，將繩解了，挽著師父就走。」

這該怎麼說？都有點失常啊。之前以為唐僧已經沒了，卻發現師父還活著，失心瘋了嗎？

如果將整個故事理解為「湊數」，問題可能簡單一些——本來就是湊出來的嘛，有些不合理、潦潦草草的情節很正常。

當然，可以這麼理解師兄弟三人的「反常」——那麼多大難都過來了，離靈山愈來愈近，這時候沒了唐僧，三人這取經一路的降妖伏魔，都算是白忙了，這種情況下「師父」失而復得，當然是不一樣的。

第二十九變

四木禽星捉犀牛

快到靈山了，怪事卻沒有減少。在佛爺的地盤，竟然出現冒充佛爺的妖精——金平府的犀牛精。這個冒充行為還不是短期的，不像烏雞國的獅俐王，冒充國王三年期滿就該回去了，犀牛精們實實在在地冒充佛祖領香油，長達——一千年。

這麼長的時間，佛祖會不知道嗎？知道了為什麼不採取行動呢？是全不在意的默許，還是另有隱情呢？犀牛精的剋星「四木禽星」又是誰，為什麼他們能克制犀牛？好吧，還是從科普開始吧。

兩個角的犀牛

說《西遊記》的犀牛精，卻先要引一段《紅樓夢》。有些看官估計已經想到——那位分外矯情的妙玉妙師父，有一件茶具著實了得，叫做「點犀盉」，特意拿來請林黛玉喝茶。關於「點犀」，古書中大致的解釋是「犀角有粟紋者為上」，說得通俗一點，就是犀牛角的橫斷面上有白色的粟米粒大小的斑點——橫著看是白點，豎著看不就是一條線了嗎？犀牛角本就是朝天長，若這條線在犀角裡一通到角尖，豈不就是「通天」了嗎？所以有這種「天線」的犀牛，就叫做「通天犀」。古人相信這條天線可以通往神界或其他神祕所在（例如人心），唐代李商隱有詩「身無彩鳳雙飛翼，心有靈犀一點通」。

這條天線是怎麼形成的呢？傳說是天上的星星落下時穿過犀角留下的痕跡，彷彿彗星劃過天空留下的「軌道」。而更多人傾向於把這條線和月亮聯繫在一起，這就要提到一個成語——犀牛望月。

一般人會把這個詞理解成優美的武功招式，或者某種神祕靈異的場景。月亮在傳說中常是一個能量輸出系統，西方有狼在月圓之夜幻身成人的故事，而中國古人認為犀牛望月也是吸取月之精華，朝天的犀角就是吸取精華的「祕密通道」（也叫「管道」）。吸取的能量多了，自然有助於修行。太白金星說金平府的犀牛精「因有天文之象，累年修悟成真，亦能飛雲步霧」，就有這個意思。

不過孫行者對犀牛望月一詞似乎不以為然，他上天請「四木禽星」幫忙降妖時特別強調，「那犀不比望月之犀，乃是修行得道，都有千年之壽者。須得四位同去才好，切勿推調，倘一時一位拿他不住，卻不又費事了？」聽他的語氣，是覺得普通的望月之犀本領有限。這話當然可以理解為望月的犀牛還在修行之中，功力不夠，不過還有另一種解釋：犀牛望月這個詞本意是指犀角帶給犀牛的一個缺陷，犀牛角長在犀牛雙眼的正前方，「頂人」自然方便，可是也帶來麻煩——擋視線，角整個把犀牛左右眼的「視力範圍」一分為二，如果犀牛正對著月亮來「望」，就只能看到半個月亮。所以犀牛望月這個詞有以偏概全、眼界不寬的意思，不算一個褒義的成語。

不管怎麼說，有這麼多靈異傳說，犀牛這種動物在古代被當作瑞獸。當然，做為瑞獸還有一個必要條件，就是數量稀少，一般人很少能見到「活的」。中國國家博物館藏有一件西漢時期的青銅犀牛酒器，犀牛的造型神態惟妙惟肖，全身的金銀錯彩更顯得華麗威風，專家都說製作者應該是見過真犀牛，才會做得那麼像。這頭犀牛的原型也許是西南少數民族或來自更南邊國家的貢品，因為西漢時，中原地區的犀牛已經很少了。一方面是中原地區的生態環境在西漢時期已經不適合犀牛生存，所以牠們的種群南移，另一方面是人為的捕殺量太大。西漢以前的人獵殺犀牛，主要還不是為了犀牛角，而是為了犀牛皮。犀牛皮厚重堅固，同時柔韌性很好，非常適合做鎧甲，金平府對那三隻犀牛精的皮就是這樣處置的：「叫屠子宰剝犀牛之皮，硝熟熏乾，製造鎧甲。」西漢之前是秦，秦再往前推是戰國、春秋，都是戰爭不斷的時期，鎧甲的需求量之大超乎想像。西漢之後，中國境內的野生犀牛就已經很少

〔明〕文俶／繪，《金石昆蟲草木狀》的犀牛

〔清〕犀牛望月銅鏡架

了，到一九二二年，野生犀牛在中國絕跡。

世界上現存的犀牛一共有五種，亞洲有三種，非洲有兩種，都是瀕危動物。牠們當中有沒有《西遊記》犀牛精的原型呢？且看牠們的長相，「彩面環睛，二角崢嶸。尖尖四隻耳，靈竅閃光明」。兩角是重點，真實的犀牛有雙角也有獨角。這個雙角是一前一後在長臉的中心線上，前大後小。現存的五種犀牛裡，分布在非洲的白犀牛和黑犀牛是雙角，分布在亞洲的三種犀牛之中，只有蘇門答臘犀（簡稱蘇門犀）是雙角，。根據地理分布來說，犀牛精和蘇門犀更接近一些。至於「四隻耳」，應該是被吳老先生藝術化了，既有六耳獼猴，四耳犀牛也沒什麼奇怪。

三個犀牛精的打扮則和他們的名字，同

時也是犀牛角的功能一一對應：「第一個，頭頂狐裘花帽暖，一臉昂毛熱氣騰」——辟寒；「第二個，身掛輕紗飛烈焰，四蹄花瑩玉玲玲」——辟暑；「第三個，鎮雄聲吼如雷振，獠牙尖利賽銀針」——辟塵。其實他們的名字在古籍裡都能找到蹤跡，辟寒出自五代時《開元天寶遺事》：「交趾進犀角一，色黃如金。冬月置殿中，暖氣如熏。上問使者，曰：『此辟寒犀也。』」簡直是天然的暖爐。辟暑出自《白孔六帖》：「（唐）文宗延學士於內殿，李訓講《易》。時方盛暑，上命取辟暑犀以賜。」這個則是隨身的風扇。辟塵出自南朝祖沖之《述異記》：「卻塵犀，海獸也，其角辟塵，置之於座，塵埃不入。」另一本唐代劉恂《嶺表錄異》也說：「辟塵犀為婦人簪梳，塵不著髮也。」哈哈，天然的「吸塵器」。

此外，也有的犀牛角可以「辟水」，金平府的犀牛精們就靠他們的角分開水路，逃入西洋大海，只是沒想到龍王也幫著孫行者和「四木」，入海反而成了自投羅網。當然，古人更在意的是犀牛角的「辟毒」功效，作用比銀筷子、銀簪子還強，可解百毒，所以大家那麼喜歡把犀牛角做成酒器、筷子等。

《西遊記》中三個千年犀牛精，就因為他們的角「有貴氣」、可以辟寒、辟暑、辟塵，才被稱為「大王」。故事結尾，犀牛精被擒拿後遭宰殺——肉分給金平府的百姓，一共六隻犀角，四隻給「四木」帶回天宮向玉帝交差，一隻唐僧師徒帶去靈山獻給佛祖，一隻留在金平府，「留一隻在府堂鎮庫，以做向後免徵燈油之證」。是的，犀角都送給最尊貴的大人物。

吹得那麼神乎的犀牛角，到底有沒有那麼多功能呢？實際上，現代醫學對犀牛角的藥物學功效沒有什麼實質性證明，頂多就是清熱涼血而已，如今犀角稀少，用水牛角亦可替代。

不信？來簡單說說動物的角。一類是「骨角」，最典型的是各種鹿的角。鹿類一般在每年的春天會長出「茸角」，外面絨絨的，裡面有豐富的血管，對的，割下來就是中藥鹿茸；如果不割，過一段時間就會變硬，最終會變成堅硬的骨頭，就是鹿角。這些堅硬的鹿角到了秋、冬季節就會自動脫落，到第二年春天再次長出茸角，一年一次，周而復始。而犀牛的角則是由角質層發育出來，不過是皮膚的衍生物，通俗地說，可以理解為一種特殊的「趾甲」。犀牛角和水牛角雖然有一些差別，但基本的形成物質差不多，所以入藥時犀牛角能夠用水牛角替代。

香油那點事

「卻才到金燈橋上。唐僧與眾僧近前看處，原來是三盞金燈。那燈有缸來大，上照著玲瓏剔透的兩層樓閣，都是細金絲兒編成；內托著琉璃薄片，其光幌月，其油噴香。唐僧回問眾僧道：『此燈是什油？怎麼這等異香撲鼻？』」眾僧回說是「酥合香油」。

網路上有資料顯示，酥合香油即為「蘇合香油」，產自一種特殊的樹——蘇合香樹。這種樹是金縷梅科的一種喬木，產在非洲、印度及土耳其等地。蘇合香油是蘇合香樹的樹脂，又稱「帝膏」。樹脂是樹木受到意外傷害之後分泌出的一種自我療傷的「藥」，例如常見的松樹的松脂，再例如名貴的沉香（產自白木香樹），形成原理上都差不多。蘇合香油的取法和大多數樹脂的取法類似，先將蘇合香樹割傷，使之分泌樹脂，並逐漸滲入樹皮，然後將樹皮剝下，榨取樹脂，即得到蘇合香油。中國古籍中較早記載蘇合香油的是《後漢書》，李時珍《本草綱目》中對它的描述比較全面：「按《寰宇志》云：蘇合油出安南、三佛齊諸番國。樹生膏，可為藥，以濃而無滓者為上。葉廷珪《香譜》云：蘇合香油出大食國，氣味皆類篤耨香。」蘇合香油的味道是比較「衝」的，所以古書中用「烈」來形容。

不過其中有一些疑問。名貴香料的使用單位都很小，愈名貴的用量愈少。一小塊已經算大了，幾滴、一小撮是更常見的用法，實在是取得不易，數量有限，沒那麼多糟蹋。此外，香料都是精製之物，已經是高度濃縮的精華，一點點就香得不得了，用量多了反而會讓人透不過氣來，香也變成臭。所有這些和金平府和尚對酥合香油的用量和價值描述似有出入：

「我這府後有一縣，名喚旻天縣，縣有二百四十里。每年審造差徭，共有二百四十家燈油大戶。府且的各項差徭猶可，惟有此大戶甚是吃累：每家當一年，要使二百多兩銀子。此油不是尋常之油，乃是酥合香油。這油每一兩值價銀二兩，每一斤值三十二兩銀子。三盞燈，每缸有五百斤。三缸共一千五百斤，共該銀四萬八千兩。還有雜項繳纏使用，將有五萬餘兩，只點得三夜。」

三晚耗費五萬兩銀子，夠奢侈的。但實際上，如果這裡所說的酥合香油就是名貴香料蘇合香油，一千五百斤蘇合香油恐怕不是五萬兩銀子就能辦得到的，你能想像裝滿這三口大缸的是名牌香水嗎？

考慮一下另一種可能性，以字面來說，酥合香油是否可以理解為藏傳佛教的「酥油」？藏傳佛教中的「酥油燈」，就是從印度來的，內中點的就是酥油，就是從犛牛奶中提煉的黃油。在青海塔爾寺，還有用酥油製成的工藝品——酥油花。在印度，酥油燈用的主要是水牛奶提煉的酥油，牛在印度數量特別龐大，提煉酥油自然就不缺原料。當然，酥油分很多種，金平府那貴重的一千五百斤酥合香油，估計是純度很高、品質很好的，花錢雖多，品質要求雖高，但只要原料牛奶的量足夠，還是供應得起。

討論了酥合香油，繼續看故事。直到「佛爺」在這一夜捉走唐僧，孫行者前往青龍山玄英洞查問，才知道佛爺是三個犀牛精，而這「收燈油」的風俗，居然已經沿襲了一千年！《西遊記》中一千年是什麼概念呢？有人計算過孫悟空的歲數，從蹦出石頭（出生）到第一次被閻王勾魂，看到他在「生死簿」上的壽數是三百四十二歲，大鬧天宮後被如來佛祖壓在五行山下五百年（準確說，從王莽篡漢到唐太宗貞觀十三年左右，應該是六百多年），打出很多「富餘」後，孫悟空大約是八百至一千歲。而犀牛精單是「偷油」的行為就持續了一千年，比孫悟空的年齡還大，還不算他們在此之前應該修煉了很多年，才能從望月之犀變成「犀牛大王」。這麼長的時間，「佛爺收油」在金平府已經成了一種傳統習俗，只是這千年的時間，在佛祖的地盤假冒佛爺來偷油，佛祖真的不知道嗎？

前面黃風怪偷了佛祖燈油，被追殺了好久，一點點油就鬧得這樣，證明佛祖對燈油非常在乎，不可能有人冒名頂替「偷」油還不在意，除非是偷給自己的。還有另一種觀點，犀牛精們是為玉帝偷油，這就要說捉拿犀牛精的「四木禽星」。

四木禽星

孫悟空兄弟三人打不過三個犀牛精，上天求幫助。太白金星和他打了個啞謎——需要四木禽星去捉才有用。等按照金星的吩咐到了地方，才恍然大悟，原來是你們啊，二十八宿中的井木犴、角木蛟、斗木獬，還有一位老相識——奎木狼。

黃袍怪、蠍子精兩段裡，已經簡單介紹過二十八宿。唐人袁天罡給二十八宿的每一個星宿搭配一種動物，這些動物有的是真實存在，有的則是傳說中的。例如四木禽星（禽應理解為「擒」），奎木狼的狼是一種真實存在的動物；角木蛟的蛟是一種帶角的小龍；斗木獬的獬其實就是獬豸，傳說中的一種大羊，只有一隻角，這隻角會去觸邪惡者，象徵司法公正。比較費解的是井木犴。「犴」有人解釋為「駝鹿」，雖然駝鹿是一種大型的鹿，角也具有殺傷力，但畢竟是食草動物，而《西遊記》中說井木犴擒住一個犀牛怪下口就咬，瞬間就咬斷喉嚨，似乎不是鹿的風格。當然還有另一種解釋，將犴讀為「案」，這是一種長得像狐狸的野狗，是不是這個比較可靠呢？

為什麼四木可以克制犀牛怪呢？這和「五行」之說有關。四木屬木，而牛（包括犀牛）屬土，木克土，所以四木可以擒拿犀牛。井木犴又是四木中戰鬥力最強的，能上山擒虎，下海擒犀。不過有人質疑井宿的做法——為什麼要瞬間咬斷犀牛的喉嚨？似乎像是「殺牛滅口」？這就牽扯到前面說的，為什麼犀牛精假冒佛祖偷油千年，佛祖卻裝糊塗的問題。有人推測，玉帝身邊的四木禽星，推薦四木的太白金星和天師、天王，包括西海龍王父子，其實都熟知犀牛怪們的底細——這油實際上是替玉帝偷的。所以是玉帝的「傳令兵」太白金星、天師，而不是如來的「傳令兵」尊者、羅漢或菩薩，來告知孫悟空有關犀牛精們的資訊。當玉帝下旨讓四木出差辦案，其他三木推脫說只要井木犴一個去就行了——這種事能躲就躲吧。犀牛精捉了唐僧想吃肉，實際上也暴露了自己，最後只能滅口頂缸了。聰明如孫悟空，後來也猜到了，所以會把六隻犀牛角中的四隻讓四木帶回去交給玉帝，算是有個交代。至於如來佛為什麼允許玉帝在佛家的地盤上「收燈油」，原著沒說，我們姑且看成是搞平衡吧。

〔清〕佚名，《彩繪西遊記》井木犴現出原形，咬斷辟寒大王的脖頸

第三十變

「弱者」玉兔精

「天竺國」這一段故事已經是八十一難的倒數第三難了，接下來取經團隊在銅臺縣與寇員外家的糾葛，純屬人類社會中的問題，而最後一難的通天河老黿，之前出現過——因此可以說，玉兔精算是西天路上的最後一個妖精。

似乎離靈山愈近，女妖精的狠毒程度愈低。女兒國的蠍子精有厲害的倒馬毒，比丘國的老鼠精吃人啃到只剩骨頭。玉兔精貌似沒什麼戰鬥力，到了婚禮的最後一刻才露面，也很不禁打，幸虧很快就有「親友團」趕到解圍。這倒很符合兔子這種動物的特點——膽小。

兔子科普

兔子是動物界裡的弱勢者，看家本領都是防禦型。例如跑得快，古語「動如脫

〔宋〕青銅鏡，唐王遊月宮

兔」，脫即逃跑，翻譯成白話就是「跑得比兔子還快」。

那對大耳朵專門收集四面八方的資訊，警惕天上地下的天敵。一對大眼睛長在頭的兩側，所以視野很廣，有人說兔子的視野裡沒有死角，當然有利於躲避敵害。

再來就是兔子洞，如今常見的兔子——肉兔、獺兔、長毛兔，還有各種寵物兔，都屬於同一個大類——家兔。家兔野外的祖先是分布在歐洲一帶的穴兔。顧名思義，穴兔都是穴居。俗語「狡兔三窟」，玉兔精藏身的毛穎山就有三個兔子洞，但這不是最誇張的，有些穴兔的洞口多達十幾個，這麼多洞口也是為了方便逃跑。

還有一類兔子，我們在野外常見的野兔，牠們沒有固定洞穴，躲避敵害的辦法是——保護色。家兔皮毛的色系比較純，即使是「花」的，也是大塊大塊地分布，而野兔的毛是「麻的」，一根毛上中下分三色，其實是為了盡量與環境色接近。中國東北山區有一種雪兔，冬天周身雪白，與冰天雪地混為一體，夏天則是背部黃褐色腹部白色，可以很好地隱蔽在林間。

順便補充一點老鼠和兔子的區別，如今不少人會把兔子和老鼠都叫做齧齒類動物——因為牠們都會磨牙，其實兔子和老鼠不是親戚，主要的區別恰恰是牙齒。

話說科學家一開始做動物分類時，的確是把都喜歡磨牙的兔子和老鼠歸在一類，不過後來發現牠們的牙不一樣，老鼠的門牙是一對，兔子表面看起來也是一對，實際上是兩對——

一對大牙的後面還長著一對小牙。這個必須掰開兔子嘴使勁看才能看得到，難怪會搞錯。就因為這一個區別，兔子就從老鼠家族中分離出來另立門戶了——哺乳綱兔形目。

兔形目的成員比老鼠所在的嚙齒目少得多，如前所述，野兔、穴兔和由穴兔選育的各種家兔。還有一種在草原生活的小型兔子——鼠兔，個子和老鼠差不多，習性也和老鼠也相似，穴居於地下，有時會把頭探出洞口來望風，見了天敵，瞬間就縮回洞。

總之，弱小如兔子，生存重點在於躲。但弱小者的反面，不一定是善良。

真假公主

天竺國的故事與烏雞國的故事有明顯的相似之處，都是把懸念保持到最後——故事開頭，冒名頂替的事都已經被揭祕，但妖精要到接近尾聲時才露面。烏雞國真國王的鬼魂來找唐僧告狀，天竺國的真公主則借著布金寺老僧之口訴冤：一年前的月夜，在祇園舊址上發現一個美麗的女孩子，自稱是天竺國公主，在月下賞花，被一陣風帶到這裡。為了保全這個自稱公主的女孩，長老只得把她鎖在後園的一間小黑屋，對外謊稱鎖住一個妖邪……

真公主經歷一整年「荒野求生」加幽閉之災、假痴不癲，外因是前世和玉兔精有仇——

真公主的原身素娥仙子曾在月宮打過玉兔一巴掌，內因則是她那位耽於享樂的父王：「現在位的爺爺，愛山水花卉，號做怡宗皇帝，改元靖宴，今已二十八年了。」皇帝喜歡花園，總是帶領后妃、公主在後院遊幸，才給了妖精攝走公主、「李代桃僵」的機會。唐僧答應「結親」的那幾天，國王帶著唐長老到後園遊幸、題詩，可見這位陛下真的愛玩。愛玩在普通人算不得什麼缺點，但做為帝王卻又不同。書中雖然沒有明說，對此卻有微詞——因為愛玩，

雲母屏風燭影深長河漸落
曉星沉嫦娥應悔偷靈藥碧
海青天夜々心
七薌居士改琦

〔清〕改琦／繪，《嫦娥獻壽》

愛女丟了都不知道，那麼其他東西丟得更多了。相對於月宮的一掌之仇來說，玉兔精的報復太狠毒了一些。

被她取而代之、一陣妖風扔在荒郊野外的真公主，失去身分，沒有生存能力，如果不是有布金寺老僧的保護，以及她的自我保護意識（怕被寺中僧人玷汙，故意把自己搞得汙穢不堪、裝瘋賣傻），又如果不是遇到唐僧師徒，沉冤得雪，日久天長，真公主估計就只有自生自滅。雖然出場很晚且貌似嬌弱，玉兔精卻幾乎做到殺人不見血。

做為嫦娥姊姊的寵物，玉兔精比起靈山腳下的野生動物蠍子、老鼠，有更多機會和神仙主人在一起，對於天庭的遊戲規則深為了解，懂得「借勢」——只要變成國王的女兒，任什麼人都能輕鬆搞定：輕鬆地用「撞天婚」的辦法選定唐僧，並表達自己願意嫁給「和尚」的心願，「父王，常言『嫁雞逐雞，嫁犬逐犬』。女有誓願在先，結了這球，告奏天地神明，撞天婚拋打；今日打著聖僧，即是前世之緣，遂得今生之遇，豈敢更移！願招他為駙馬。」然後輕鬆地打發走「礙事的徒弟」，「這幾日聞得宮官傳說，唐聖僧有三個徒弟，他生得十分醜惡，小女不敢見他，恐見時必生恐懼。萬望父王將他發放出城方好，不然驚傷弱體，反為禍害也。」婚禮之前，假公主一共就說了這兩次話，都特別「頂用」，真會抓重點。

玉兔和月宮

如前文花豹精段落，快到目的地了，大家都有些反常。為了等待婚期，師徒們在天竺國一玩就是三天，孫悟空雲淡風輕，不急著降妖，急的反而是唐僧——馬上到靈山，怎麼又惹出個「招駙馬」的麻煩？因為著急，連玩笑也開不起了：豬八戒吃了國王的「招待酒」，舉止粗魯，唐僧怕國王怪罪，「呆子」卻說：「我們與他親家禮道的，他便不好生怪。」惱得唐僧舉禪杖就打。往往一件事快要達成時，愈容易缺乏耐性，心中長草，唐僧也是如此。

而急脾氣孫悟空為什麼會耐下性來「按兵不動」、一等好幾天呢？或許是取經一路之上，神佛下的各種考驗見得太多了，萬一這又是個菩薩佛祖有意為之的「闖關遊戲」呢？著急忙慌地大打出手，萬一打的是神佛的乾親戚、小寵物，下手重闖禍可怎麼辦？所以孫悟空要等到婚禮上「假公主」終於露面之時，當眾指認妖精，逼得妖精只能在眾目睽睽之下「脫掉」禮服倉皇逃跑。這樣一來，對於國王等一眾凡人來說，「公主是假冒的」這一事實就在瞬間被揭開了，不必費太多口舌。正所謂「一擊必中」，接下來只要全力去「追逃」即可。

追逃的過程也不複雜，假公主的真實身分很快揭穿。先是她的兵器「搗藥杵」，然後她藏身的地方叫「毛穎山」，還有三個兔子洞。最後，太陰星君和姮娥仙子趕到，說明過往恩怨，收了玉兔。原來故事開頭「月夜」的設定，就是針對玉兔。

值得注意的倒是一段小插曲：豬八戒看見「舊相識」姮娥，又賊心不死地前去調戲，遭悟空一頓打。

嫦娥姊姊（也叫「姮娥」）不應該是月宮之主嗎？怎麼小說裡有很多個嫦娥？而月宮之主卻是個叫太陰星君、貌似年紀不小的女神呢（孫悟空叫她「老太陰」）？

關於月亮、兔子、嫦娥、太陰星君的關係，說來話長。

先說嫦娥姊姊，「嫦娥奔月」的神話傳說出現得很早。故事版本很多，大體是說羿的妻子嫦娥偷吃了不死藥，飛入月宮，從此大部分人認定她就是月宮主人。不過這個上古神話歷經幾千年，演變到《西遊記》時代，人物身分、名字等都發生不少變化。

嫦娥姊姊在《西遊記》第一次非正式露面，是豬八戒出場時的自述中。天蓬元帥遭貶，主要罪過是因調戲月宮的嫦娥。如果比較一下沙僧和小白龍所受的懲罰，你會覺得有點奇怪：沙僧只打破一個杯子，不但被貶為妖，還要每七天受飛劍穿胸之苦，小白龍燒了龍宮殿上明珠，犯的是斬刑，與他們比起來，豬剛鬣的調戲婦女罪似乎判得輕了點——雖說一開始是該當斬刑，可後來李長庚求情，只打了二千錘，貶下界來，而且沒有後續懲罰，當妖精還當得挺開心，娶媳婦（還先後娶了兩個）、吃人肉一點不耽誤。我們對此可以有各種解釋，不過嫦娥在小說中的身分有助於理解這個問題。

且看孫悟空怎樣向天竺國王介紹這些月宮神仙，「這寶幢下乃月宮太陰星君，兩邊的仙姝乃月裡嫦娥。」由此可以看出，吳老先生給月宮中人排的「座次」，年長的太陰星君是主，相當於《紅樓夢》賈府中的「老祖宗」，嫦娥則不是一位，而是一群年輕的仙女，甚至讓我們聯想到「宮娥彩女」，是太陰星君的下屬甚至僕人，和大鬧天宮中採蟠桃的「七衣仙女」地位相似。

〔清〕冷枚／繪，《梧桐雙兔圖軸》

太陰星君的稱號來自道教的所謂「十一曜」，道教將月亮、太陽、金星、木星、火星、土星等並為十一曜，稱其神為「十一曜星君」。其中月神為「月宮黃華素曜元精聖后太陰皇君」，俗稱「太陰星君」，就像太陽星君主管太陽，火德星君主管火星，水德星君主管水星，太白星君主管金星一樣。

明白了吧，天蓬元帥調戲的嫦娥其實是月宮裡一名普通宮女，而非月宮之主，所受懲罰自然比較輕。假如嫦娥是月宮之主，豬剛鬣調戲了她，絕不會是打二千錘、貶下天界這麼簡單。

這一回的文本中，豬八戒「忍不住，跳在空中，把霓裳仙子抱住道：『姊姊，我與妳是舊相識……』」這位「霓裳仙子」應該就是當年豬八戒調戲未成的那一位，是嫦娥中的一個。

而真公主的元神「素娥仙子」則是另一位嫦娥。當然，一些詩詞中，「素娥」也代指月亮，因為月亮就是「素」（白）的。

再說說玉兔，或者說「月兔」。

早期的「嫦娥奔月」故事中，嫦娥因偷藥而奔月，奔月後就變成一隻醜陋的「蟾蜍」，在冷清的月宮裡受罰，不但「蹲監獄」，還要工作——搗藥。所以月宮也被稱為「蟾宮」，與後來「吳剛伐桂」的傳說相結合，衍生出一個成語「蟾宮折桂」。過了幾百年，嫦娥姊姊終於恢復美女造型，搗藥的工作也找到替工——兔子，所以《西遊記》中玉兔精的兵器是一支搗藥杵。至於兔子這種動物「住」進月亮的時間卻很早，有些資料提到月亮中的兔子，會引用玄奘《大唐西域記》記載的一個印度傳說。

很久很久以前，一片樹林中住著一隻狐狸、一隻兔子和一隻猿。一天，天帝釋化身為一位老者來到林中，對牠們說：我是來找你們的，現在我餓了，你們有什麼吃的嗎？三隻動物分頭去找。過了一會，狐狸銜來一條活魚，猿猴帶回很多奇花異果，只有兔子空手而歸，還在空地上跳來跳去地玩。老者出言諷刺兔子，兔子就請狐狸和猿去撿一些柴火來，生上一堆火，然後對老者說：「我沒有找到什麼東西，就用自己來供養您吧。」說完，兔子就跳進了火裡。天帝釋很悲傷，就讓兔子的精魂住進月亮裡。

這個月兔的故事，西元前十世紀就已經在印度流傳了，有人認為中國的月兔故事應該是受其影響。的確，中國文獻中較早提到月兔的是戰國時楚國大詩人屈原（西元前三四〇～前二七八年）的〈天問〉。從時間上來說，中國月兔比印度月兔出現時間晚得多，前者是否受後者影響，不得而知。不過，二者的內涵卻有很大的區別。

屈原〈天問〉中關於月兔的句子是這樣的：「夜光何德，死則又育？厥利維何，而顧菟在腹？」關於這句話一般的解釋是，月亮有什麼德行，可以死而復生（指月亮缺了又圓）？月光有什麼好處，有一隻兔子的影子在裡面？此處的「顧菟」即「顧兔」，古人覺得月亮裡的一片陰影，看起來很像是一隻回頭張望的兔子。至於為什麼把陰影想像成一隻兔子，《諸神紀》中的解釋是月亮屬陰，代表女性，月亮崇拜最初和先民的生殖崇拜有關——兔子的生殖能力很強，平均每月可以繁殖一窩小兔，每窩七、八隻到十幾隻不等，這麼強的繁殖力是應該被崇拜的（把月中陰影想像成蟾蜍，道理也類似）。《天問》後，月中顧菟的形象時常出現。有的故事仍然是源於生殖崇拜，把月中顧菟說成是雄兔，地上的兔子都是雌兔，雌兔們只有仰望月中雄兔才能懷孕。還有一種說法，顧菟不是一直待在月宮裡，每當月亮運行到北斗七星的第七顆「瑤光」時，兔子就會離開月亮，即「兔出月」。不知《西遊記》中玉兔精的故事，靈感是否來源於此。

〔明〕沈度／寫；商喜／繪，《真禪內印頓證虛凝法界金剛智經》的月宮仙子

HISTORY 120

西遊妖物志

作　者—趙爽
副總編輯—邱憶伶
責任編輯—陳映儒
行銷企畫—林欣梅
封面插畫—久久童話工作室—葉小貓
封面設計—楊珮琪
內頁設計—張靜怡

編輯總監—蘇清霖
董 事 長—趙政岷
出 版 者—時報文化出版企業股份有限公司
一〇八〇一九臺北市和平西路三段二四〇號三樓
發行專線—（〇二）二三〇六—六八四二
讀者服務專線—〇八〇〇—二三一—七〇五
（〇二）二三〇四—七一〇三
讀者服務傳真—（〇二）二三〇四—六八五八
郵撥—一九三四四七二四時報文化出版公司
信箱—一〇八九九臺北華江橋郵局第九九信箱
時報悅讀網—http://www.readingtimes.com.tw
電子郵件信箱—newstudy@readingtimes.com.tw
時報出版愛讀者粉絲團—https://www.facebook.com/readingtimes.2
法律顧問—理律法律事務所　陳長文律師、李念祖律師
印　刷—勁達印刷有限公司
初版一刷—二〇二三年八月十一日
定　價—新臺幣五五〇元
（缺頁或破損的書，請寄回更換）

時報文化出版公司成立於一九七五年，
一九九九年股票上櫃公開發行，二〇〇八年脫離中時集團非屬旺中，
以「尊重智慧與創意的文化事業」為信念。

西遊妖物志／趙爽著. -- 初版. -- 臺北市：時報文化出版企業股份有限公司, 2023.08
384面；14.8×21公分. --（History系列；120）
ISBN 978-626-374-160-7（平裝）

1. CST：西遊記　2. CST：研究考訂

857.47　　112011911

ISBN 978-626-374-160-7
Printed in Taiwan

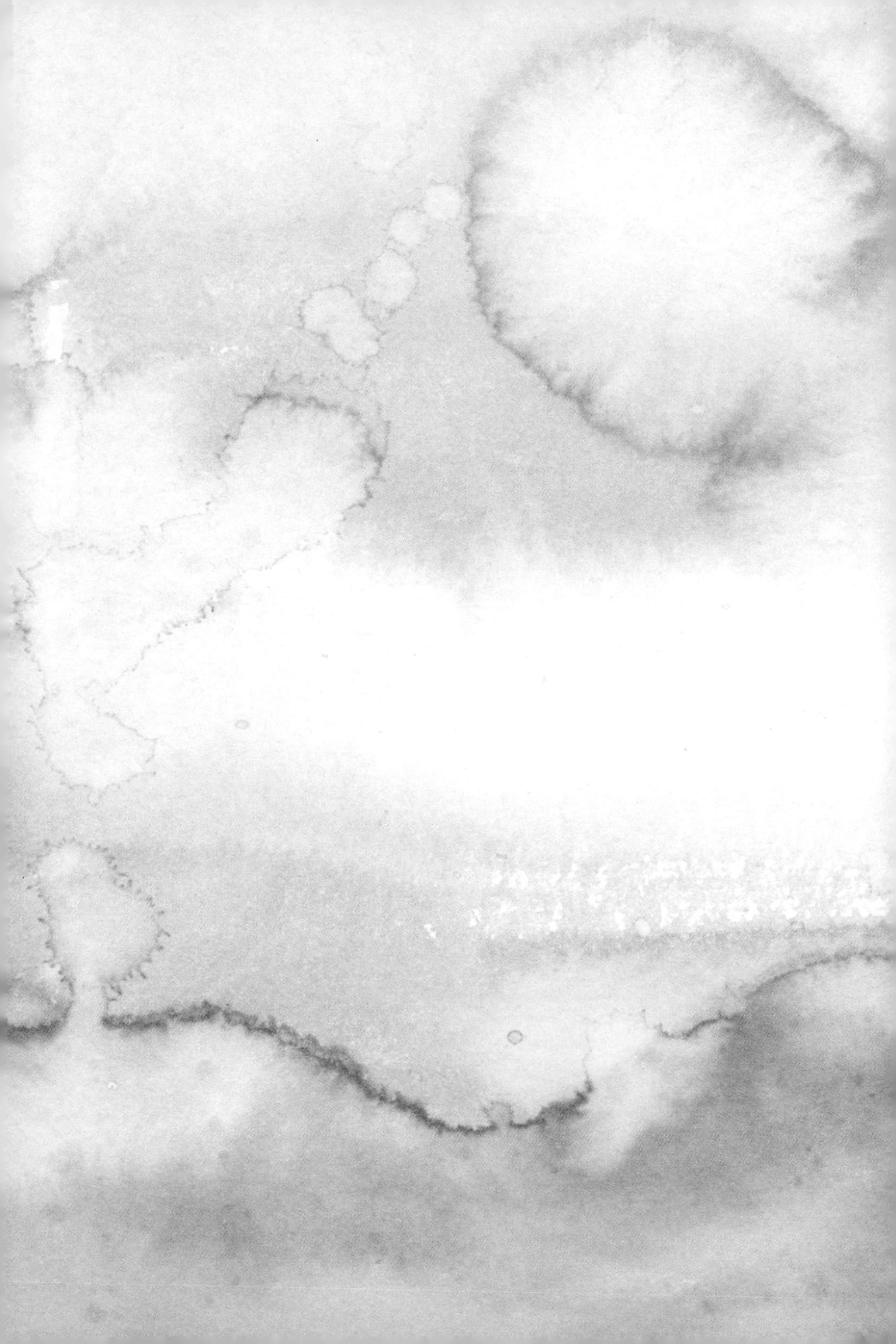